チートな転生農家の息子は
悪の公爵を溺愛する

Character
登場人物紹介

ユーリウス
将来『毒公爵』と呼ばれ、
勇者に倒される運命の少年公爵。
アッシュの愛と優しさに救われる。
アッシュ
前世の記憶を持つ農家の息子。
ユーリウスの幸せを最優先に考え、
公爵邸の環境を改革する。

ナッツ
サーダについてやってきた
ベイカー兼パティシエ。
サーダ
ヴェストの紹介で
やってきたシェフ。
エスター
アッシュが見つけてきた司書。
書物以外の事に興味がない。
ヴェスト
アッシュが見つけてきた
執事候補。
人の心の機微に疎い。
ノール
アッシュが見つけてきた
ユーリウスの家庭教師。
家が没落しかけた
ところを拾われた。
アレクシ
幼い頃よりユーリウスに仕える従者。
ユーリウスの事をいつも案じている。

第一章

僕には前世の記憶がある。おそらくこれは転生というやつだ。

今世の話をする前に、少し僕の前世について説明しておこう。

何を隠そう、前世の僕は物心ついた時には既に周囲から天才と呼ばれる子供だった。

驚異的な記憶力を持って生まれた特異な僕は、手当たり次第に本を読み始めた。五歳頃になると大人顔負けのスマートな会話を披露するに至っていた。

そんなおしゃまな子供など、大人にとっては格好のおもちゃだったりする。気がつくと僕の周りは少しばかり騒がしくなっていた。

それにうんざりした僕は私語厳禁の聖域である図書館に入り浸り、気がつけばわずか二年足らずで県内にある図書館の蔵書を全て読破していた。

実用書からラノベ系の異世界ファンタジーまで……そう、本当にあらゆる本を読み尽くしたのだ。

そして、中学に入りあっさり漢検英検の一級を取得すると、大学で教鞭《きょうべん》をとるお堅い祖父は祝いだと言って一台のパソコンを僕に与えてくれた。それはまさに天啓のごとく！

広大な情報の海に飛び込んだ僕は、それはもう無節操に無作為に、興味のあるものからないものまで、全ての情報を脳の海馬に収めていった。

僕の喜怒哀楽は全てモニターの中にあったし、その箱の中では探せばなんでも見つけられた。

そうして一日のほとんどをモニターの前で過ごし、ありとあらゆる情報をインプットし続け、その結果……うっかり人間関係をおろそかにした。

高校を卒業するまでの十八年間にできたリアルの友人は一人もいない。痛恨の極み……

その後、大学に入り一人暮らしを始めた僕はとうとうＦＸに手を出した。というのも、石橋を徹底的に叩く男である僕は、胸によぎった将来への不安に備えるなら、親の庇護下にある学生のうちに貯めるだけ貯めるのが最も効率的だという結論に至ったからだ。

情報を集め、洞察し分析し、確率をはじき出して最適解を導き出す毎日は、まるでゲームのようにスリリングだった。

半年間で目途をつける、その後は死ぬほど遊びまくってやる！

そう決めて、せっかく入った大学を休学してまで徹底的にのめり込んだ。

母親にキレられ父親に怒鳴り込まれても、僕は寝食を忘れモニターを見つめ続けた。着々と資産を増やし、ようやく向こう五十年くらいは働かなくていいほどの余裕ができた頃、……僕はデュアルモニターの前で息絶えた。

死因はおそらく栄養失調とエナジードリンクの乱飲である。

人生なんて不測の事態の集合体。

こんな事ならもっと好きなように生きれば良かった。やりたい事も行きたいところも全て後回しにして、僕は将来に備えてきたのに。

思い出の大半は自室の壁とモニターの映像。家族も遠ざけ、買い物すらネットで済ませ、恋人どころか友達さえいなかった僕に触れ合いを伴う思い出はない。遺憾の意……

そんな僕を見かねた厳格な祖母は、時折一人暮らしの僕の部屋を訪れてはため息混じりに呟いた。

「あなたね、それだけの才能があるなら人のために使ったらどうですか」

祖母は理性的な人だった。深い洞察力に基づき、僕の足りないところを的確に指摘する。

「それだけの知識と知恵があるなら人を救う事もできるでしょうに。人は誰かと影響し合って生きるものです。人付き合いが苦手なら苦手なりに、関わる姿勢をお持ちなさい」

祖母の価値観は古き良き時代に培われたものだ。僕はいつだってそれが嫌いじゃなかった。

かと言って、自分に置き換えられるかといったら、それはまた別の話だ。

「関わるタイミングがなかっただけで、人付き合いが苦手な訳じゃないよ……多分。ネッ友ならいるんだし。だからって誰彼構わず関わりたいなんて思わないし、誰かを救えるなんて思えないけど」

「ごちゃごちゃ言わずに、誰か一人でいいから無条件で力になってごらんなさい。そうすればおのずと何かが見えてくるでしょうし、それは巡り巡ってあなたの力になるでしょう」

祖母は僕にとってリスペクトの対象だ。人として生きるために必要な事はだいたい祖母が与えてくれた。

そしてその教えの数々は、転生した今も強く魂に刻まれている。

だから今世はもっと人間的に、彼女の教えに沿って生きようと思っているのだ。

前世の説明も終わったところで改めて、僕はアッシュ。栗毛に茶色い目、ごくごく一般的な外見の十二歳の健全な子供だ。

地方都市の、一般的よりほんの少しだけ裕福な家庭に生まれた前世と違い、今世の僕は田舎の農夫の次男坊。

中世の様相を色濃く映すこの世界は、よく見たファンタジーそのものだ。亜人や魔獣もここらじゃ見かけないけどどこかにはいるらしい。

そして、この世界では皆固有スキルを一つ持つ。

この固有スキルこそがこの世界をファンタジーたらしめる、魔法の代わりとなるものだろう。

各々が固有スキルの特性を活かす事で、この世界は上手く回っている。普通なら不便であるはずの様々な事象が固有スキルで解決されているのだ。

僕のスキルは『種子創造』。植物の生命活動、その全てを制御するスキル。このスキルはスキルランクの中でも相当上位に位置するものだ。スキルは有用さや貴重さによってランクづけされている。

農夫の息子である僕が種子創造、、まさにうってつけのスキルじゃないか。

ちなみに父さんはいくら疲れてもすぐに回復するスキル、兄タピオは熊のような怪力スキルを持っている。そんな訳で、体力系スキルを持つ父兄と違って小柄な僕は、今世でもやっぱり頭脳労働担当である。

僕は前世に死ぬ気で（比喩でなく）手に入れた情報をすっかりそのまま覚えているのだ。ああ、神様ありがとう。

こうして僕は日々作物の品種改良を趣味としながら土と戯れ、農夫の息子として平凡な毎日を過ごしていた。

彼と運命の出会いを果たした、あの熱い夏の日までは。

◇◆◇

この世界の夏は比較的過ごしやすい。とはいえ、こんな炎天下に帽子もかぶらず日向《ひなた》にいたら、すぐに脱水症状を起こすのは目に見えている。

僕はそう考えながら、目の前の綺麗な顔を涙で濡らしたどこかのご令息から目を離せずにいた。

この田園風景が目に優しい小さな村は、全てがとある公爵家――リッターホルム公爵家の契約農場だ。村の外れには、公爵家の別荘がある。

ならば彼はおそらく……

今も昔もお金持ちには御家騒動がつきものだ。その例に漏れず、この公爵家にも下卑た噂がついてまわる。そう、庶民の僕が耳にするほどのかなり有名なゴシップ。

「うぅ……ぅ……ぐっ……」

田舎の子供はたいていギャン泣きをする。こんな声を押し殺して泣く子供になどお目にかかった事はない。

苦しそうに嗚咽《おえつ》を漏らす彼を見ていると、胸が締め付けられる。

きっと農家の子供には分からない、よほどの事情があるんだろう。なんて綺麗で、そして哀しい涙……

僕に気づいて俯いてしまう彼の、艶やかで、サラサラとした銀髪がせっかくの綺麗な顔を半分隠してしまう。

それでも隠しきれない気品だとか優雅さだとかが、まるで絶版になった希少本のごとく僕の琴線に触れて……ふと祖母の言葉を思い出した。

「誰か一人でいいから無条件で力になってごらんなさい」

そうする事で何かが見えると、それは巡り巡って僕の力になるだろうと、彼女はそう言った。

祖母は僕にとって、常に正しき導き手だった。僕がそれを行動に移すかどうかは別として、その言葉を疑った事など一度もない。

その祖母から与えられた含蓄のあるミッション。誰かのために生きる……

その意味を理解する前に前世の僕は人生を終えた。同じ轍を踏んではならない。もっと好きなように生きれば良かった。あの日胸をよぎった最期の無念を僕は決して忘れない。

なら、今生の僕が誰かを救ってみるのはどうだろう？

祖母の言葉、その意味を理解できたら僕の中できっと何かが変わる。そう思うのだ。

「人は誰かと影響し合って生きるものです。人付き合いが苦手なら苦手なりに、関わる姿勢を持ちなさい」

神の啓示のように祖母の言葉が蘇る。目の前には涙に曇る濃紫の瞳。濃紫……？

違う、そうじゃない！　その紫の瞳はもっと高貴に輝いてしかるべきだ！

心が騒めく。そうだ、救わなければ！　そして彼と関わりたい。影響し合いたい。僕は彼を笑顔にしたい！　僕が救うべきなのは、僕の目をくぎ付けにして離さないこの子に違いない！

今世では「やりたい事をやる」、そう決めたじゃないか！

僕は自分でも分からない衝動に突き動かされ、心の赴くままにそう固く決意した。いざ行動あるのみ！

「ねぇ君、そんなところで泣いていたら熱中症で倒れるよ？　日陰に移動したらどうかな？」

声をかけても見向きもしないし、無反応……。まぁそうだろうな。平民相手じゃこんなもんか。

「僕はアッシュ。怪しい者じゃないよ。とにかくこっちへ来て。ほら手を出して？」

こちらから手を差し伸べると彼は唇を引き結び、それでもそろそろと僕の手を取る。

あれ？　意外、というか大丈夫なのか、この警戒心の無さは。子供だからって油断してる？　僕が怪力スキルを持ってたらどうするんだろう。

とは言え、手をつなげたならこっちのものだ。

僕は何も言わず、涼しい林の奥へと場所を移すため少し強引に彼の手を引いた。

場所を移し、木陰に入るとかなり暑さが緩和される。

まずは高貴な彼を平らな岩に腰掛けさせた。農家の子である僕は地面に直座りで十分だ。おっとハンカチを忘れてた、彼の座る場所にはハンカチを敷かないと……。これエスコートの常識ね。

「これ飲んで。大丈夫、ただのハーブティーだよ」

相当喉も渇いてたんだろう。水筒の蓋にお茶を注いで差し出すと、彼はコクリコクリと喉を鳴らして飲み干した。

「飲めた？　いい子いい子。じゃぁもう一杯ね」

二杯目のお茶はゆっくりと。これで水分補給はよし。

「次はこれ、ソルトキャンディー。舐めてね」

ナトリウム摂取も完了っと。

「あとはこれね。微妙な甘さだけど」

『夏の過ごし方　熱中症予防』に書いてあった通り水分と塩分を摂取させてから、昼食代わりに持ってきた少しの焼き菓子を彼の膝にのせた。

「……あー、僕はここでレポートをまとめてるから、泣きたいなら泣いてもいいよ。えー、何か必要なら声をかけて？」

彼を救うと決めたはいいけど、所詮人付き合いをしてこなかった僕にはどうすればいいのか分からない。でも『対人関係八十八の法則』の本に書いてあった。こういう時はそっとしておくのも一つの方法だと。

小川のせせらぎと鳥のさえずりが響く中、しばらく待ってみても、もう嗚咽《おえつ》は聞こえてこない。

泣きやんだ、のか？

「君……このあたりの子……？」

おおっ、口を開いた……。田舎の平民とは口をきかないのかと思ったけど。

「そう。ここの農家の次男坊。君は公爵家の人だよね？」

「ど、どうして分かった……？」

「分からない訳ないよ。ここは公爵家の専用農村だし、近くには公爵家の別荘もある。ここで見かける貴族様なんて他にはいない」

僕みたいな子供が世事に詳しい事に驚いたのか、彼は目を丸くして僕を見る。そして、田舎の農村にしては珍しく甘みを含んだ焼き菓子や、僕の持つ紙の束にも疑問を持ったようだ。

「……君の家は裕福なのか？」

「まさか。だけど僕は甘味を手に入れる方法を知ってるから。家族にだけ渡してるんだよ」

「そんな事ある訳ない、だって君は子供じゃないか」

彼はそう言って胡乱《うろん》げに目を細めるけど、……ホントだよ？

「子供には違いないけど……君だって同じくらいだよね？　公爵家のご令息……いや、若き公爵様なんだっけ？　確か十二歳だ」

あっ！　また目を見開いた。そんなに驚く事？　まさか同い年っていう事実にビックリしたんじゃないよね？　いくら僕の背がほんのちょっぴり彼に届かないからって……あんまりだ。

「リッターホルム……名前は？　名前はなんて言うの？」

「ユーリウス……」

「いい名前だね。ユーリウス・リッターホルム。響きがとっても綺麗だ。綺麗な君にピッタリ」

「あ……ありが……とう」

うっ！　何この破壊力……。貴公子のはにかむ顔ってたまらない。

それにしても僕ときたら、誉め言葉が綺麗だけってなんてボキャブラリーが貧困なんだ。僕には『過去から現代　形容詞用法大辞典』がついてるはずなのに。情けない……

話しながらも僕の視線は自作のノートに向いているし、レポートをまとめる手は休めない。

実はなぜか分からないけど、さっきから彼の顔がまともに見られないでいる。身分差に心がひれ伏してるんだろうか？

「それ……、君は何を書いている？」

「うん？　ああ、これは近所のおじいさんに頼まれた、寒さに強い苗を育てるための交配の方法をね……」

彼に乞われるまま、『品種改良、その歴史』で覚えた農法に関する知識や、望遠鏡を作った苦労なんかをひたすら話しまくった。

しょうがない。僕はその時必死だったのだ。こんな話が楽しいのかどうか分からない。だけど、親しくなるための会話っていうのを誰かと交わした事のない僕にはこれが精一杯。

だから、彼が話を真剣に聞いてくれてホッとしたのだ。僕の顔を穴が開くほどじぃっと見つめてくるのには参ったけど。お願い、見ないで……

「ふ……」

わ、笑った！　うっすらだけど、でも確かに笑った。ぐうかわ……。何この生き物？

そしてその話の流れで、僕らはたわいもない口約束を交わしたのだ。

「僕は果実のように甘いトマトを研究しているんだよ。もうすぐ収穫だから、成功したら一番に君に食べさせてあげる。約束するよ」

おっと、試食は必要だから正確には二番目かな。彼が村を去るまでには食べさせてあげよう。

僕は彼に小指を差し出した。

「約束……あ、ああ！　約束だ。ここにいる間は毎日ここへ来る。だからアッシュ……約束だ」

訳も分からず僕の差し出す小指に小指を絡めた彼の顔に、ようやく大輪の笑顔が咲いた。

それにしても、ここに来てからずぅっと胸の動悸がおさまらないのは泣いている彼が心配だったから？　ならそろそろおさまってくれるだろうか、この不整脈……

ともかく、かれこれもう数時間は経つ。日が暮れる前に彼を別荘に送っていかなくては。

公爵様が共も連れず半日も自由に過ごすなんて本来ならあり得ない事だ。名残惜しいけど、従者が騒ぎ出す前に送っていくとしよう。

「まだ帰りたくない……あそこにはいたくないんだ……」

せっかく上げた顔がまた伏せられ、花開いた笑顔が萎んでいく。

どうすべきか……。だからってうちに泊める訳にもいかないし。

「いやだアッシュ……もう少しここにいよう」

気がついたらいつの間にか彼はシャツの裾を固く握りしめている。僕のね。

押し問答している間にも陽は落ちていく。

本気でそろそろ帰らないと僕がヤバイ。これ、公爵様を拉致ったとかで捕まるやつ。

「明日また、この場所で会おうよ。そうだ！　さっき話していた望遠鏡、君にも見せてあげる。夜の星空ほどじゃないけど、ここでも良いものが見られるんじゃないかな？　鳥とか蝶とか」

「いいのか？　とても珍しいものなのだろう？」

「君はもう友達だよ。大事な友達とはなんでもシェアするものだよ」

「僕は友人がいないから普通が分からない……」

僕にも友達いなかったけどね……

心で盛大にため息をつく僕の右手は、さっきから彼の体温に包まれたままだ。

「友達同士なら普通の事だよ」

「そ、そうか。友達なら普通……。分かった、じゃあ明日また、ここで。アッシュ、絶対だ」

そう言って笑い合って、痛いほど握りしめられていた彼の手からようやく力が抜けた。

ふぅ、良かった。もう少しで誘拐犯になるとこだった。

僕はそのまま別荘へ向かう途中の分かれ道まで付き添うと、名残惜しそうに何度も何度も振り返る彼の背中が見えなくなるまで、手を振りながら見送り続けた。

そして翌日、……昨日の場所にあの子――ユーリは来なかった。

まあそうだよね。平民相手に約束を守る義理もない。少なくとも、公爵家の家人が怒ったであろう事は想像に難くないし、別に落胆も失望もしない。チーン……

あきらめ気分でトボトボと帰路につく。仕方ない……この世界には身分制度が存在するのだ。

それにしても一人で舞い上がった自分自身が虚しい。だ、だから人付き合いは苦手なんだ！

凹みながら歩いていた僕は、目の前にやってきたそれに気づくのが少し遅れてしまった。

「うわっ！　あっぶな……何だよもう！　あっ！」

脇道に避けた僕の横を、何台もの馬車が車輪を軋ませながら乱暴に通り過ぎる。

その中の一台にユーリがいた。その虚ろな表情に、昨日の面影はどこにもない。

涙に濡れても高貴に輝いていた濃紫の瞳は光を失い、今やただ暗く濁ったガラス玉のようだ。

焦燥しきった顔からは生きる力を感じない。まるでねじの切れた人形みたいなユーリを見て、僕の本能が叫ぶ。

だめだ！　このままではユーリは死んでしまう。

こんなところでウジウジしながら、僕は家に戻ってどうするつもりだ!?　僕は……ユーリを救うと決めたのだ。

「男は簡単に決意を覆さないのですよ。己の格が下がります。でなければ、初めから決意や覚悟といった言葉を気安く使うんじゃありません」

祖母の教えが脳裏に蘇る。そうだ！　この決意は覆さない。何があろうと絶対にだ。

それからの行動は素早かった。

前世ほどではないけど、僕にはそれなりに資本がある。

『種子創造』でメープルの木を作り出し、この世界ではまだまだ貴重な甘味であるメープルシロップを売っているからだ。『お役立ち樹木』の本を読み込んでいて本当に良かった。

村に来る行商人を介しそれなりの高値で売りさばいているのだが、それでもこれだけなのかと詰め寄られるのが毎回の恒例なのだ。恐るべし、甘味の威力。

馬車で行けば数日かかる公爵領だけど、翼竜の空輸便に乗せてもらえば夜通し飛んでほんの一日。決して安い訳ではないが、うん、問題ない。

あの日何が起こったのか知るのにもお金がモノを言う。

別荘に残された公爵家の使用人も、忙しく荷物を運び出す人夫たちも、銀貨一枚でその口はまるで羽毛のように軽くなる。すぐに噂は広まったから、無駄金だったかもしれないけど。

僕が聞き出したのは、まるで昼メロドラマのように衝撃的な内容だった……

ユーリの家——リッターホルム公爵家には、ひどく胸糞悪い醜聞がある。誰でも知ってる有名な話だ。

血筋を遡れば王家にさえ行き着く公爵家は、ほんの数代前まで近親婚を繰り返していた。そのため生まれてくる赤子は心か身体どちらかに問題を持つ子が多く、先代、先々代と生まれつき病弱で長生きはできなかった。

その先代の娘がユーリの母親カルロッタだ。

男子に恵まれなかった先代は、娘に乞われるままとある没落伯爵家の息子を婿にとった。顔しか取り柄のないつまらない男、それがペルクリット伯爵家の子息マテアスだ。

婚儀を終えるとカルロッタはすぐに身ごもり、孫の顔を見て満足したのか、先代はその後すぐに亡くなった。

この世界の貴族社会は爵位継承に年齢制限はない。江戸時代の将軍様と同じ仕組みだ。貴族の爵位は直系男子に継承される。その中にあって、公爵家の爵位だけは直系血族にしか継承されないという縛りがある。

その事を知らなかった夫マテアスは、生まれた息子が自分をすっ飛ばして公爵位を継ぐと、「話が違う！」と荒れ狂った。王都の公爵邸に長い付き合いの愛人と隠し子を堂々と連れ込み、傍若無人に振る舞い始めたのだ。

厚顔無恥な愛人は我が物顔で屋敷を練り歩き、マテアスの愛を独り占めした。そして正妻カルロッタはプライドが邪魔をしたのか、事を荒立てもせず広大な領地に引き揚げた。生まれたばかりの幼い公爵、ユーリを王都に置き去りにして……。

残されたユーリは亡くなった先代の兄でもある大公の助けもあり、マテアスたちに邪険にされながらも七歳までは守られていた。

だけど乳母の手を離れ教師がつく頃になると、嫌がらせはますます激化する事となる。マテアスと愛人はユーリの財産を掠め取り、贅沢三昧をし始めた。

その暮らしに子供とは言え、大公を後ろ楯に持つ正式な主人が屋敷にいるのは目障りだったのだろう。

見かねた大公は彼らの贅沢などはした金とばかりに王都邸を放棄し、ユーリをさっさと領地へ連れていった。それが彼にとってさらなる不幸を呼ぶとも思わず。

誰もが知る話はここまで。ここから先がこの一両日に屋敷の関係者から聞き込んだ情報である。

そもそもマテアスとカルロッタの出会いは、命あるうちに爵位を継承したかった先代と、公爵家の爵位を狙ったマテアスとの利害の一致によるものだったのだ。互いに齟齬があるとも気付かずに。

そうして薔薇園でのドラマチックな出会いと甘い囁きに、箱入りのお嬢様はあっという間に陥落した。カルロッタは父親と違い身体に問題はなかったが、心の方はそうではなかった。

もともと過剰に繊細だった令嬢は、戻らない夫の愛を求めてよりいっそう壊れていったのだ。

失意の中領地に戻ったカルロッタは、薔薇園の手入れだけをして毎日を過ごした。どれほどその指から血が流れようが決して手を止めず、まるで薔薇さえ咲き誇ればあの頃の夫の愛が戻るとでも言うかのように。

時を経て幼い我が子が領地にやってきた頃には既に手遅れ、彼女はとっくに夢の世界の住人だった。令嬢の目に幼子は映らず、呼び掛けるその声も届かず、姿のない夫の名だけを呼び、薔薇園を徘徊した。

そんな母の姿をどんな気持ちでユーリは見ていたのだろう。どれだけ使用人がケアをしたところで彼の寂しさは埋められやしない。

見かねた大公が親子の気分転換になるようにと手配したのが、今回の農村への避暑だった。しかし、最悪の悲劇はそこで起きたのだ。

僕と別れ、別荘へと戻ったユーリが見たもの、それは母親の事切れた姿だった。

公爵家が血族婚を続けた理由は、とある貴重なスキルを維持するため。脈々と受け継がれる他に類を見ない唯一のスキル、それが【毒生成】。

彼の母は、己の体内で生成されたそれを自身で飲んだのだ。そして……第一発見者は息子だった。

なんたる悲劇。なんたる不幸。その時彼を襲った衝撃は計り知れない……

その結果があの光を失った目だ。それなら僕のすべき事は一つ！


「母さん父さん、それから兄さん、僕は公爵領に行ってくる。あの子を放ってはおけないんだ」

「あのねぇ、アッシュ。あんたみたいな田舎の子が行ったからって、公爵様に会えるとでも思ってんの？」

公爵家の別荘で起きた悲劇は既に母さんたちの耳にも入っていた。そして悲劇の直前まで僕があの子と一緒にいた事も話してある。

なのに、一世一代の覚悟を一笑に付されてしまった……。まぁ予想はついてたけどね。こんな刈り入れ前の忙しい時にこんな馬鹿な事。小麦の収穫までにはもう一週間しかない。

「まあまあ母さん、どうせアッシュは一度言い出したら聞きやしないんだ。行かせればいいさ」

いつも大らかな父さんが「心配いらないさ」ってプッシュしてくれる。その言葉をさらに後押ししたのが兄さんの一声。

「アッシュの分まで俺が頑張るから、行かせてやろうよ母さん」

「……しょうがないわね。気を付けて行ってくるのよ」

「ありがとう母さん父さん、タピオ兄さん。公爵領の都でお土産いっぱい買ってくるね。期待してくれていいから！」

この世界は十六歳で成人だけど、十二歳頃から一人前として扱われるようになる。

貴族の子弟などは学校へ通いだすし、騎士の息子は修行が始まったりもする頃だ。

そして僕みたいな平民も、行商を通じてものを売り買いしたり、あしらわれずに相手をしてもらえるようになる。

僕は十歳にも満たない頃から今まで何度となく、前世の知識を活かして突拍子もない事を始めてきた。そんな僕に家族はすっかり慣れている。

だけど間違いを起こした事はない。失敗した事もない。いつだって僕の行動は大きな利益を生んできた。日頃の行いってとっても大事。

こうして多大な信頼を味方につけ、刈り入れまでという期限付きで僕は公爵領へと向かったのだ。

◇◆◇

目の前にそびえ立つ巨大な建物が、リッターホルム公爵邸だ。一農民である僕が誰に阻まれる事なくあっさりここまで来られた事に拍子抜けしながら、それでも正面玄関の豪華さには驚きを隠せない。なんなの？　この規模。正門から延々歩いたんだけど？

気を取り直して人の顔を模したドアノッカーを何度か叩くと、少し待ってその扉は開かれた。

「おや、小さなお客様。ここが公爵家のお屋敷とご存じですかな？」

人の好さそうなご老人だ。執事さんかな？

「ええまぁ。僕はリッターホルムの別荘があるマァの村で農家を営むラーシュの息子で、アッシュと言います。ここの若き公爵様とお約束があったので伺いました。公爵様はご在宅ですか？」

先ずは名を名乗り、用件は簡潔に。うん。パーフェクトだ。

「お約束……と申されましても……。主人はその、立て込んでおりまして……」

「ご不幸があったのはマァの村での事だし、村人なら誰だって知ってます。葬儀は済みましたか？　彼は……公爵様はお元気ですか？　彼の様子が知りたいんです」

彼と別れてから既に半月ほど過ぎている。そろそろ落ち着いている頃だと思ったんだけど、早かっただろうか。あの暗い瞳はどうなっただろう？　ユーリはどこだ？　早くあの子の顔が見たい……

「その、主人はただいまこちらの屋敷にはいないのです。葬儀の後、今後の事も含め父親であるマテアス様とのお話し合いのために王都へと出向いておりまして……いつ戻られるかは……」

あっちゃぁ……王都か。なんて間の悪い……

一日も早くユーリに会って、あの暗く濁ったガラス球を高貴な宝石に戻したいのに。

それだけじゃない。実は僕がこうして急ぐのには……不確かな理由だけど……訳があるのだ。

「いつ帰るか分からないのなら、明日帰ってくるかもしれないって事ですね。分かりました。三日ほどは領都の宿に泊まりますので毎日伺っても良いですか？　いないならいないで構いませんので」

「こんなにお小さいのにしっかりしておりますな。御年はいくつでございましょう？　まだ十にはいかない……八つほどですかな？」

「十二歳です……。成人前ですが一人前です……」

いくら背が低いからってあんまりだ……。身長、それは前世から引きずる僕の憂いだ。僕は二重の意味でとぼとぼと宿へ戻った。

そうして翌日も翌々日も公爵邸へ出向いたけれど、彼は戻っては来なかった。こればかりは仕方ない。

タイムリミットだ。いつまでもあてもなく待ってはいられない。一度戻って仕切り直しだ。

結果は分かっているが、公爵邸に最後の訪問をする。返事はいつもと同じ、「戻られてはおりません」だ。

「せめてこれだけ、彼に渡してください。約束の甘いトマトです。保存の箱に仕舞ってあるので傷んではいません。それからこれも、僕の作った『望遠鏡』です。楽しみにしてくれていたので」

保存の箱とは、その名の通り『保存』のスキルで作られた箱だ。実に便利なものである。

「承知しました。どうやってお帰りになるのですかな？　乗合馬車では大変でしょうに」

ここの執事さんはいつも優しい。さすが公爵家の執事様は一味違う。お屋敷の執事ってもっとこう……高飛車かと思ってたのに。僕は頭の中の偏見をこっそり塗り替えた。

「大丈夫です。翼竜の空輸便であっという間です。それじゃぁさようなら、また来ます！」

残念だったけど、また来ればいい。約束は約束だ。麦の刈り入れが終わったら改めて来よう。その頃には彼も戻っているだろう。冬前には来れるだろうか？　冬の空輸便はちょっとツライ。

そう言えば家族にお土産を買っていかないと。まぁいいや、いったん領都に戻って適当に見繕うか。

そして、少し時間はかかったものの一通り買い物を済ませ、何とか最終便に間に合った僕は、停泊場で翼竜の食事が終わるのを待っていた。給油……みたいなものだろうか。大切な事だ、身に染みる……

手元には手製のノート。『種子創造』で作った桑の木を利用して自作した樹皮製だ。

紙も貴重なこの世界では、これも売ればそこそこいい売り上げになるだろう。だけどほとんどは自分用に使っていて、今も『有機農法　そのポイント』で見た、害虫を寄せ付けないための除虫薬のレシピを脳内から紙へと書き写している。

ここにタブレットが……キーボードがないのが本当に辛いと日々思う。それが目下最大の悩みだ。

陽が落ちる前にキリの良いところまで書き上げたくて、必死になってペンを動かしていると、頭上からふいに影が差した。

「ん？」

そこにいたのは見間違えるはずもない、濃紫の瞳が綺麗な子。ユーリが立っていたのだ。慌てて顔を上げ、立ちすくむ彼の手を躊躇なく取る。まるであの夏の日のようだ。だけどあの時と違うのは彼の腕の細さ……。げぇぇぇ……！

内心の動揺をひた隠し、再会の言葉を探す。ああ……己のコミュ力が恨めしい。気の利いた言葉一つ浮かんでこない。よし！　こうなったら直球だ。

「あー、会えて良かった。その……ねぇ、君に会いに来たんだよ、約束をどうしても守りたくて」

「アッシュ……」

「そうだよ、アッシュだよ。覚えていてくれてありがとう。それからここまで来てくれた事も、……ありがとう」

「アッシュ……」

壊れたスピーカーみたいに彼は僕の名前を繰り返す。

困ったな……こういう時はどうすればいい？

僕の困惑を見透かしたように、タイミング良く声がかかる。

「失礼、私はユーリウス様の従者アレクシだ。アッシュ君、どうしても今日帰らないといけないのかい？　そうじゃないならぜひ屋敷に泊まっていってはくれないか。ここまで訪ねて来てくれた君をこんな風に帰す事など、公爵家としてとてもできない」

ここまで走ってきたのだろう。右に左に乱れたグレージュの髪を整える事も忘れ、荒い息のままアレクシと名乗った柔和な顔の従者は言った。

「大丈夫だけど……ちょっと待ってて。……おじさ～ん、料金はそのまま受け取ってくれていいから、僕の搭乗キャンセルで！　ユーリ、本当に泊まってもいいの？」

「……ユーリ……？」

ん？　……何を戸惑ってるんだろう？　あぁっ！　ヤバイ、脳内の呼び名で呼んでしまった。距離を詰めるのが早すぎただろうか。コミュ力～！　もっと仕事しろっ！

心配で思わず「ダメかな」って聞いたら、ユーリはうつむき加減に、それでもはにかみながら「かまわない」って返してくれた。

ホッとしながらアレクシさんに誘導されて公爵家の馬車に乗り込む。おおっ、クッションがふかふかだ。

ユーリは僕の手を握りしめたまま、それでも何も話さない。僕は場の空気に耐えきれず、たまりかねて彼の頭を一撫でした。するとその綺麗な目から大きな雫が零れ落ちた。

う、うぉぉぉ！　こんな時、なんて言葉をかければいいのかさっぱり分からない。だから黙ってハグをする。ハグするのが一番良いって確か『初めての育児』に書いてあった！

「う……うぅ……うあぁ……あぁ……うぅ……」

どうしていいかも分からずに、彼の涙が止まるまで僕はひたすら抱きしめ続けた。


「あ、それ」

ようやく泣き止んだ彼を改めてよく見てみれば、その手にはお土産代わりに置いていった僕の自慢の望遠鏡を握りしめている。

ガラスから凸レンズを作るのは少し大変だった。だけど、前世の夜には見えなかった満天の星をどうしても鮮明に見たくって必死に作ったのだ。彼はそれをここまでずっと握りしめてきたらしい。

「ねぇ、アッシュ、望遠鏡……なぜ置いていったんだ？」

「望遠鏡は大事だけど、君の方が大事だもの」

たった一つしかない望遠鏡。だけどそれより貴重で大切で、代わりの利かない唯一無二、それがユーリだ。

「大事……アッシュは僕が大事なのか？　どうして？　たった一度しか会ってないのに……」

「どうしても！　だってあの日、君を護るって決めたんだもの」

「それだけでここまで来たのか？」

「そうだよ。それよりあの屋敷は不用心だよね。正門の施錠ガバガバだったよ？」

「あの門を越えてきたのか……」

あの夏の日と同じように、ユーリは目を見開く。

そんなに驚く事だろうか。別に鉄壁の要塞、アルカトラズじゃあるまいし……

「それよりほら、覗いてごらんよ」

「何も見えない……」

「馬鹿だね、こんな狭いところでこんな近くを見てるからだよ。ほら、レンズを外に向けて向こうの木を見て」

人は辛い時ほど近視になる。目の前の事情にいっぱいいっぱいで……世界が広いって事をつい忘れてしまう。

「すごい……あんなに遠くのものが近くに見える……」

「広い世界に目を向けていれば色んな物が見えてくるよ。君は今、自分には何もないって思ってるだろうけど、そんな事ない。見えてないだけでほんとはちゃんとそこにある。これからは僕だってここにいる。ねっ？」

さっきから一度も離される事のない僕の手を、さらに強くきゅっと握ったのが伝わってきた。

誰よりも狭い世界で生きてきた僕が何を偉そうに……笑っちゃうね。心の中で盛大に突っ込みを入れる。さっきの言葉も本当は、前世で僕が祖母に言われ続けた事だ。

「情報がその箱の中にしかないと思っているなら大間違いですよ。遠ざけているから見えていないだけで、そこかしこに情報はちゃんとあるんです」

そう言われたのがついこの間の事のようだ。やはり祖母はリスペクトすべき存在。言葉の一つ一つが今になって身に染みる……

それにしても、今ここで彼に会えて良かった。実は、僕が再会を急いだのには訳があるんだ。母親を死に至らしめた公爵家だけに受け継がれるスキル【毒生成】。死因を聞いて僕は気づいた。僕の記憶に間違いがなければ、それはあるファンタジー小説の中に出てくるラスボスの魔法だ。

この世界には魔法がない。いや、正確には固有スキルが魔法みたいなものだ。だけど魔法という表現を使わないから、ここがその世界だとそのスキル名を聞くまで気がつかなかった。

前世で読んだ、ネット限定で公開されて大人気を博したファンタジー。それが『セイントキングダム』。

世界を恨んだある公爵の大魔法によって世界は腐り、崩壊へと向かう。それを防ぐため、選ばれし勇者は行く先々で様々な亜人を仲間に加え、悪の公爵へ決戦を挑む……という、典型的とも言えるありきたりな勇者の冒険譚だ。

なのにとても人気だったのは、これが読者参加型という、ある種お祭りのような作品だったからだ。

大筋の話、登場人物、変えられないエピソード以外は全て読者からの投稿をもとに進められる。話が崩壊しない程度の規定はあれど、参加者みんながまるで自分の作品のようにこの小説を愛し、そして熱狂的なムーブメントを呼んだのだ。

とはいえ、あくまでネット上での事。権利関係でもめにもめ、紙媒体へと進化はできなかった……それはそれは残念な結末。

そう、僕も暇つぶしとして幾度か投稿した事があり、実は一度だけ採用された事がある。

その投稿エピソードこそが、まさにラスボス公爵と英雄の出会いの場面だった。五百文字程度の短い文章だったけど、僕は公爵のビジュアルに思春期の理想をぎっしりと詰め込み、それはもう事細かに描写して採用されたのだ。

絶望に濡れる濃紫の瞳、人を寄せ付けないプラチナの髪、百八十を超す長身に、すらりとして均整の取れた身体、背に孤独の影を背負い、甘いバリトンの声は……以下略……

ぎゃぁぁぁー！　恥ずかしい！　それなんて厨二……

ああ……どうりで初対面から妙に顔を直視できない訳だ。恥じ入っていたのか、僕は……

だからこんなにも彼を守らなきゃって、使命感にも似た感情が湧き上がったのか！

ラスボス公爵には『毒公爵』という二つ名以外の正式名はなく、『ユーリウス』なんて雅びな名前も持っていなかった。結びつく訳がない。体躯の良いセクシーで大人な公爵と、成長期前のきゃるるんな彼に共通点はほとんどない。瞳の色と髪色以外は……

あああ……「見えてないだけでそこかしこに情報はちゃんとある」……やはり祖母は正しかった。

話を戻すと、そのラスボス公爵の大魔法の名前がまさに【毒生成】だったのだ。

って事はある意味、僕はユーリの生みの親みたいなもの。やぁ公爵、こんなところで再会できるなんて嬉しいよ。だけど大丈夫！　君には僕がついてるからね。生みの親だもの、君の事は必ず僕が守ってあげる！

それはそうと、戻ったらまずは何か食べさせなくちゃ。まぁこんなにも細くなって……

僕は前世であんな終わりを迎えたから、今世は少しばかり食にうるさいのだよ。反動ってやつ。

公爵邸に戻ると、執事のおじいさんが満面の笑みで出迎えてくれた。

「おお、無事お会いできたようで、良かったですな」

「その節はどうも、執事さん。あの、さっきのトマトはどこですか？　それと厨房を借りても良いですか？」

「私の事はオスモとお呼びください、小さなお客人。調理場……トマトを調理なさるのですか？」

おっと、聞き捨てならないな。

「ちょうど食材も持ってるし、何か作って食べさせようかなって。なんだか随分痩せたみたいだから。それから僕はそれほど小さくないですよ」

こういう事はハッキリ言っておかないとね。

「え……ですが、ユーリウス様は今何もお召し上がりにはなれず……」

なにっ！　新情報だ。だからあんなに痩せたのか。まぁ気持ちは分かるけど……

「食べられないの？　それとも食べたくないの？」

「味がしないんだ……。何を食べても味がしないから食べたくない……」

気分的なものだろうかと聞いてみると、実際味がしないと言う。

何て事だ！　彼は味覚障害を起こしている。『ストレスによる心因性症状一覧』にあったあれだろうか？　それとも他に原因が？　どうしよう……

「でも……食べてみたいな。アッシュが作ってくれるものなら食べてみたい。作るところを見てていいかい？」

公爵様が厨房なんかに入っていいんだろうか？　少なくともオスモさんが一瞬顔をしかめたのを見逃さなかったよ、目ざといのだ僕は。

まあいいかと厨房に移動して、調理台にお土産にしようと買い込んだ、村では手に入らない食材の数々を並べる。なんて間の良い。

調理台は今の僕にはとても、いや少し、……ほんのちょっとだけ高い。空いた木箱を足台にして次々と弱った胃にも優しいものを作っていく。

まずはトマトとチーズのカプレーゼを……おっとその前に、大事な事を忘れていた。

僕は調理の手を止めて真っ赤なトマトをひと切れ取り、そのまま彼の口へポイっと放り込む。

「あ……甘い……なぜ……？　アッシュ！　味が分かる！」

味見するって約束を果たそうと舌が反応したのかな？　なら、やっぱり心因性で確定だ……

「成功かな？」

「ふふ、成功だ」

「二つの意味で成功だね」

よかった。これで作り甲斐がある。過去にお料理動画を視漁っておいて良かったよ。

栄養と消化を考え、白パンとミルクにチーズをたっぷり入れたミルク粥と、それからミルクにすりおろし人参を入れた甘くて優しい味のポタージュスープを作った。明日になったらもう少し固形のものを作ってあげよう。

「ふーふー、はい、あーん。熱いから火傷しないよう気をつけて」

「え、あ、だけど……その……、ああ、ん！　このパン粥、美味しい。とても美味しい」

口元までスプーンを運ぶと、公爵様の矜持だろうか？　ユーリは少しだけ躊躇った。けど最後には観念してひな鳥のように口を開ける。カワイイなぁ……

「じゃあもう一口ね、ふー、はいあーん」

「誰かと一緒の食事なんて……大伯父以外……初めてだ。ん、やっぱり美味しい」

そう言えば貴族の食事はお付きの人って背後で見てるだけだっけ？　こんな時くらい一緒に食べてあげればいいのに。貴族ってホントめんどくさい。

そうやって手ずから食べさせているうちに、器はどんどん空になっていった。

そのまま調理台をテーブルにしていたから、シェフをはじめとした使用人たちはドン引きしてるみたい。遠巻きにされたまま背中に彼らの視線だけが突き刺さる。まぁ別に気にしないけどね。

そんな中、従者のアレクシさんだけが空になった器を感慨深げに眺めている。彼は本当に主人想いの善良な従者だ。

ユーリはお腹がいっぱいになって気が抜けたのか、なんだか眠そうだ。食事も済んだし、次は休息が必要だよね。

うとうとし始めたユーリをアレクシさんと一緒に寝室へ送る道すがら、ふいに荒れ果てたその部屋が視界に入った。

「どうしたのこれ？　とてもその……あー、ここだけ台風でもきたのかな？」

「あ……それは……その……僕が……あの……」

ユーリは口ごもる。ああああれか。思春期の子供が壁に穴開けたり……それの最上級バージョン。

「そういう事ね。でもなんでまたそのままに？　片付けようよ」

少ないったって、これだけの使用人がいてこのままだなんて……怠慢じゃないの？

「触らないよう、ユーリウス様がおっしゃいまして……」

「ユーリはガベージアートが趣味なの？　もう片付けていいよね。良くないよ、荒れた部屋をそのままにしておくのは。部屋の乱れは心の乱れって言うからね」

「かまわない。いいよ、アッシュの好きにして……」

僕は本以外で部屋を散らかした事はあまりない。だが、母親と言い合いをするたび無性に書棚を分類し直した。するといつの間にか心は整った。もちろんこれも祖母の教えだ。

壊れた家具を部屋から出し、汚れたラグも剥がしてもらう。本当は破れたカーテンも外したかったが、見てはいけないものがうっかり見えてしまったのでそのままにした。

裏庭の方を見ないように伏せられた、ユーリの視線……。ああ……ここは地雷なのか。そうか。そうなのか……

おどろおどろしい裏庭。何があったかは大体想像がつく。同じような描写をＷＥＢ小説で読んだから。

……僕は何も見なかった。おかしな空気感を誤魔化すように寝室への道を急いだ。

体力の限界だったのか、寝室へ着くなり、ユーリはすぐに寝入ってしまった。アレクシさんは感慨深げに微笑み、僕に頭を下げる。

「こんなに安らかな表情でお眠りになるのはいつぶりだろうか。アッシュ君、君にはいくら感謝してもし足りないよ」

感謝……感謝か。僕は実際、自分のやりたい事をしている訳だが付け入るスキは逃さない。

「そう思うのなら一つお願いを聞いてもらってもいい？　どうしてもしたい事があるんだ」

時間は有限。僕の夜はまだまだ終わらない。

まだ陽も昇りきらない早朝、焦ったようなユーリの声が屋敷に響いた。

「アレクシ！　アッシュの姿が見えないんだ！　どこに行った？　帰ったりはしていないだろうか？」

「大丈夫ですよ。アッシュ君は庭にいます」

「えっ……庭に……？」

庭という言葉を聞いて、ユーリの声に不安が滲む。

「アッシュ君を信じてぜひカーテンをお開けください。そこに彼はいます。心配いりませんよ」

その会話のあとも待てど暮らせどカーテンは開かない。大丈夫だよ、信じてユーリ。僕はユーリのどんな姿も受け入れ態勢万全だから。

この窓から庭を眺める……それはユーリにとって心の傷とも言えるものだ。

昨夜アレクシさんから聞かされたこの惨状の詳細は、胸を締め付けられるほど痛々しく惨く、そして辛いものだった。

ユーリのお母さん、カルロッタさんはいつもこの庭に立っていた。最愛の夫と出会った薔薇園だけが彼女にとって世界の全て。美しい顔は正気を失いユーリと同じ紫の瞳には狂気が灯った。彼女は血濡れた指を拭いもしないで薔薇の手入れだけを続けていたのだ。

後ろからどれほど息子が母を呼ぼうが、気を引こうと必死になって話しかけようが、チラリとも振り向かないで背中だけを向け続けたのだ……。だからユーリは毒素を吐いた。その薔薇を見るのも嫌だと半狂乱になりながら。

どれほど逡巡《しゅんじゅん》したのだろう。しばらくして、カーテンはようやくソロリソロリと開かれた。

「あ……」

よく見て、ユーリ。カルロッタさんの庭はもうどこにもない。

そこに広がるのは一面の焼け野原。毒を中和するため、僕は夜明けを待って野焼きをしたのだ。

「灰は毒を中和するうえに、栄養になるからね。きっと来年にはとても良い土になるよ」

「アッシュ……」

今にも泣き出しそうなユーリの顔。カーテンを開ける、たったそれだけの事に彼はどれほどの勇気を振り絞ったのか。

「ここにおいでよユーリ」

「僕は……行けない……そこに……庭には出たくないんだ……」

「そっか。じゃぁそこで見ててね。『種子創造』」

汚染を免れた綺麗な土面にスキルで苗を植えていく。赤青黄色、色とりどりの、祖母がよく植えていた小さく素朴な花たち。

「これが僕のスキル『種子創造』だよ。土が戻ったところから順番に植えていこう！　ほら見て、お日様を浴びてお花が生き生きしてるでしょ。君が見るべきものはこういう光景なんだよ！」

昨夜、僕はアレクシさんに言ったのだ。

荒れた庭をこんな風に放置してはいけない。生き物はちゃんと世話しないとダメなのだと。荒れた庭を視界に入れるたびによりいっそう心は荒れていく。枯れた植物をそのままにすると心も同じように枯れていく。生きた人間は生きた花を視界に入れて元気を分けてもらうんだと。庭は心のあり方を映し出す。

……まぁ、全部僕の尊敬する祖母の受け売りだけど……

我ながらよく頑張ったと思う。僕は一睡もせず夜通し枯れた草木を抜き、色の変わった土を集め、腐食した支柱を廃棄した。僕はたった一晩でカルロッタさんの薔薇園とユーリによる毒の痕跡を消したのだ。

瞬きもせず庭に見入るユーリの頬は、心なしか上気している。

「どうかな?」

「驚いた……とても嬉しいよ。ああ……この庭は僕と君の庭に生まれ変わったんだ……。そうだ、薔薇園なんてここにはなかった。ここは初めから僕と君、二人だけの庭だった……」

窓際まで駆け寄った僕へと、白魚のようなユーリの指がまっすぐ伸ばされる。

「あ、待った! さすがにちょっと灰まみれで申し訳なさすぎる。手を洗ってくるからちょっと待ってて」

「いいんだアッシュ。そのままでいい。その手を取りたいんだ。ふふ、アッシュが灰《アッシュ》まみれだなんて……、名は体を表すとはこの事だ。灰は栄養になる……か……ふふ、あはは」

ユーリのこんな笑い声、出会ってから初めて聞く。ああ……感動で胸がつぶれそうだ。

昨日は泣いて、今日は大笑いして、ユーリの顔にはたった一日で色んな表情が戻ってきた。ガラス玉みたいな濃紫の瞳にも輝きが充ちている……

良かった。この顔が見られただけでも、ここに来た甲斐があったというものだ。

灰だらけの僕に執事のオスモさんは朝からお湯を溜めてくれた。朝風呂か……めんどくさいな。けど、ユーリが背中を流すと言い張っているのでありがたくお受けしよう。

そうしたらその後は厨房に籠らなければ。なにしろユーリときたら、僕の手作り朝食しか食べないと言い張るのだ。

シェフは憮然としていたが知った事か！　オスモさんとアレクシさん以外、僕はこの屋敷の使用人を好きにはなれない。いつも遠巻きに僕とユーリを眺めるだけで決して近寄ってはこないから。

朝食を作る僕の周りをウロウロとする可愛いユーリ。子供みたいだ。

「夜は湯葉を作ってあげる。栄養があって食べやすいよ。実はね、昨日の晩から仕込んであるんだから！」

「ふふ、楽しみだ。待って、じゃあ今日も一緒にいられるのかい？」

「うんまぁ、でも明日にはいったん帰るよ。刈り入れもあるし」

「え……」

「そんな顔しないの。またすぐに遊びに来るから」

参ったな……。僕は自ら地雷を踏んだようだ……

明日の帰郷を告げてから、ユーリの情緒は乱れに乱れ、誰の言葉にも耳を貸さずに僕の腕にすがり続けた。

これは……デジャブだ！　あの日の別れ際と同じじゃないか！　ああ……。あの時どれほど大変だった事か。僕は内心のオロオロをおくびにも出さず、ただひたすら説得を試みる。

「アッシュ……帰ってはダメだ」

「刈り入れが終わったら戻ってくるから」

「アッシュ……帰らないで……」

「すぐだよ。すぐ戻ってくる。今回は急な事だったから、なんにも準備してないんだ」

「必要なものなら公爵家で全て整える。それでは駄目か？」

「そっちの準備じゃなくて……」

参ったな……。すがりつくその姿が愛しいと言えば愛しい。あ、あれ？　僕は何を言ってるんだ。とにかくこのままここに居座るなんて事、ちょっとそれはポリシーに反する。

「ユーリ、君と僕は友達だって言ったよね。僕は友達って対等なものだと思ってる」

……今までリア友いた事ないけどね。けど『友人関係に悩んだら読む本』にはそう書いてあった。

ユーリはその紫の瞳に今にも零れ落ちそうなほどの涙を溜め、それでも僕の話を静かに聞く。なんてお行儀が良いんだろう。いつでも食い気味に母の話を遮っていた前世の自分とはえらい違いだ。猛省……

「何の用意もなくこのまま君の厚意に甘えてだらだらとお世話になるなんて、周りは僕がたかってるって思うだろうし僕もそんなのは嫌だ」

「そ、そんなの気にする必要など……領内にいるのは僕の領民で……この屋敷には僕と僕の使用人しかいない……」

大上段な台詞のはずが自嘲気味に聞こえるのはなぜなのか。

それでも僕は冷静に説得を続ける。

彼との間に利害があるのは嫌だという事、何があろうと僕はユーリと対等でいたいという事。

「僕が出会ったのは公爵じゃない、ただの泣き虫な男の子だ。僕はユーリに、僕の前では肩書なんか何もないただのユーリでいて欲しい」

「……ただの僕なら空っぽだ……。僕は公爵でなければ何の価値もない存在だから……」

「ユーリのバカ！　僕のユーリを価値がないなんて言わないで！」

なんて事を言うんだろう！

思わず大声になる僕にユーリの肩がビクっと竦む。だけど彼は我が子も同然。ユーリの発したその言葉は、まるで自分が否定されたみたいでとてもスルーはできなかったのだ。

「ユーリは僕の事を権威に群がる農家の子だって、そう思う？」

「まさか！　思わないよ……」

ユーリは油断するとすぐ闇に呑まれそうになる。ラスボスまっしぐら、大変だ。目が離せない。

「良かった。ねぇユーリ、僕はいつでも自分の意思で君の傍にいたい。君に乞われたからとか、アレクシさんに頼まれたからとか……そんな理由でここにいるのはイヤなんだ」

ユーリは従者のアレクシさんに一瞬だけ視線をやる。昨日から見ていたけど、アレクシさんの深い思いはどうも一方通行のようだ。

これほど彼の事を考えているのに、ユーリときたらわりとそっけない。主従関係って報われない。

このまま彼の傍にいたいのは正直な気持ちだ。だけど、うちみたいな零細農家はこんな僕一人でもいないととても困るだろう。家族に迷惑かけてまでワガママを通すのは、前世で色々やらかした身の上としてもうしないって決めている。

だからこそ一回家に帰る。ちゃんと色々下準備をして、それから自分の意思でここに戻ってくる。僕はそう切々と訴えた。

「すぐに戻るから、待っててくれる？　そうしたら二人で生きていこう？　百年先まで一緒だって誓うよ。信じてる！　同じ時間を刻んでいけるって！」

勢いで言ってはみたけど、まだ出会ってから数日なのに何を言ってるんだろうか僕は……。ぽろっと『歴史を超えて歌い継がれる最強恋愛ソング』の中にある一曲の歌詞が口を衝いて出てしまった。だけどその違和感に気づく者は、ありがたい事にここにはいない。

それどころか、ユーリにはなぜかその言葉が響いたようだ。すごいな、最強恋愛ソング……

「信じたい……僕たちは同じ時間を刻めるって……信じたい、だからアッシュ……、一日も早く僕の元へ帰ってきて……」

その後僕たちは、昨晩と違い随分遅くまで話し込んだ。

その中身はたわいもない内容ばかりだったけど、彼はそのうちに小さな寝息を立て始めた。僕を両腕で抱きしめながら……

これは抱き枕というやつだろうか……？

まぁ別に？　問題ないっちゃ問題ないけど？　一回り大きなユーリの腕にすっぽりと包まれていると……なんか……妙に身体が熱い。……ああ、眠気と共に僕の体温も上がってきたのかもしれない……

そう結論付け、少し考えた結果同じように彼をソロソロと抱きしめ返し、昨夜の完徹に白旗を上げた僕はあっさり眠りに落ちていった。

翌朝、厨房に新しく置かれた僕と彼のためだけの、小さいけど高そうなテーブルで朝食を済ませた。

その後、彼はしびれを切らした家庭教師に無理やり書斎へ連れていかれた。葬儀があったり正気でなかったり、あげく王都に出かけていたりして、もう何日も勉強は中断されていた。成果報酬である家庭教師は、このままじゃ今月のお給料がガタ減りなのだとか。

ユーリは今日は嫌だと随分拗ねていたけど、「その間にたくさんの作り置きのおかずを用意しておいてあげる」と言ったら、振り返りならもしぶしぶ書斎へ入っていった。

日持ちのしそうなものを中心にこしらえながら、僕は通りかかったオスモさんに、いくつかの疑問をぶつけてみた。

「なんだってまた、公爵家では近親婚を続けていたんですか？　良くない影響が出る事は周知のはず。それに公爵家にだけ爵位の継承が血族限定という特例があるのはなぜ？　まぁそっちはなんとなく想像つくけど……」

「……公爵位を直系血族にしか継承しないのは、想像通りスキルのためです」

【毒生成】のスキルを確実に継ぎ、そして王家が抱え込むために王家によって定められた忌まわしき因習。それが近親婚であり血族継承。血を濃くし毒の純度を上げる、それだけのために。

だが濃くなり過ぎたその毒は、結果スキルの持ち主を体の内から蝕み……成人を迎えられない早死にが続いた。血統が途切れる事を恐れた王家は、今度はそれを禁忌とした。なんて身勝手な。

「なんか……王族に連なる希少な家系のわりに扱いがこう、雑……」

「王族に連なるとはいえ、体内で毒を作る公爵家のスキルを彼らはよく思ってはいないのです」

書斎から戻ってきたアレクシさんはオスモさんの言葉を引き継ぎながら忌々しげに眉をひそめる。

「むしろ忌み嫌っていると言ってもいい。都合のいい時だけその毒を差し出させておきながら……。いいかい、ユーリウス様は王宮での行事に招かれる事はない」

ユーリに届けられる形ばかりの招待状には、末尾に必ず『体調等を鑑み、けして無理に参加はしないように』と書かれている。それがアレクシさんには許せないらしいのだとか……

「ふーん、でも公式行事なんて面倒なもの出なくていいならそれに越した事ないと思うんだけど。準備するのも移動も、それに行ってからも、全部大変でしょ？」

しがらみの多い貴族社会では断るのも一苦労だ。「一つ楽できて良かったね」と言うとアレクシさんの困り眉は困惑と共にさらに下がった。

そこに本日の抗議、いや、本日の講義を終えたユーリが飛び込んでくる。

「楽……ふふ、アッシュはいつも素敵な考え方をするね。そうか、そう思えば良かったのか」

「ユーリ、講義はもう終わったの？　ほら、貯蔵庫いっぱいに作っておいたよ。スーシェフがスキルで保存をかけてくれたからしばらく持つよ。いい？　ちゃんと食べなきゃダメだよ。次来た時には一緒にお風呂に入って確認するからね」

ユーリは顔を伏せながら、それでも赤い顔で「分かった……」と素直に返事をしてくれた。昨日の説得は功を奏したようだ。

◇◆◇

「アレクシ、アッシュに頼んでくれたのか？　ここに留まってくれるように……」

「え、ええ。今のユーリウス様には彼が必要かと思いましたので。ですが彼は先ほどお話しされていた事と同じ事を申されました」

アッシュの言葉が思い出される。彼は僕に肩書のないただのユーリウスでいて欲しいと言ったのだ。対等でいたいと、そうまっすぐ僕の目を見て……

「彼を利用していると周りに誤解されるのは嫌だ。たとえそれが真実じゃなくても、そう思われるのも、付け込まれる隙を作るのも絶対嫌だ。彼の足を引っ張りたくない……そう頑なにおっしゃいました」

「そんな事を……」

感情に任せ、きっとアッシュは自分が何を口にしたかも覚えていないだろう。だが僕は忘れない。彼はハッキリ「僕のユーリ」と、そう言ったのだ。

それだけではない。彼は無駄にさせてしまった翼竜便の代金をアレクシが支払おうとしても、固辞したというのだ。あれは自分の意志で決めた事だからと。

「翼竜の代金は決して安くはなかったはずだ……」

「自分でそうしたいと思ったんだから払ってもらうのは筋違いだ、そうおっしゃって。お小さいのに随分と男気にあふれた少年ですね、アッシュ君は」

「そう、自分の意志……そうか……」

そうだ。アッシュは家令によって連れてこられたアレクシとも、大伯父上によって雇われた家庭教師とも違う。自分の意志で、誰に何を言われたでもなくここに来たのだ。いくら開け放たれていようが、誰も足を踏み入れなかった正門をくぐって、自分自身で僕の元へとやってきた……

ならば残りの数時間を悲しい気持ちで過ごしたくない。アッシュと過ごせる時間はあとたった一日なのだ。

彼はすぐに戻ってくると言った。だがそれは数日したら、という意味ではないだろう。

何しろアッシュは僕と同じまだ十二歳。両親は家を離れる事にそう易々と許可を出したりはしないはずだ。マァの村はこの公爵領の管轄地で、口減らしが必要なほど貧しくはない。せめて成人までは手元に置きたいのが普通の親というものだろう。

アッシュの言う準備が何の事かは分からない。だが彼は、家族に対しても誠実であろうとしているのだ。僕も誠実であらねばならない。彼と歩むに相応しい男として。

それでも残りの半日はアッシュから離れない、そう決めていたのに……報酬欲しさにこんな時にまで授業を強行する家庭教師には心底うんざりする。

彼は大伯父上に雇われ不承不承ここにやってきた嫌な教師だ。だが僕を忌避するあまり理由をつけては授業を休む。それに気づいた大伯父上は彼の報酬を成果報酬としたのだ。

どうせ社交界になど出られない僕に教育が必要だとは到底思えない。貴族学校にだって入学しないのだから。だけどアッシュが「勉強は大切だ。サボらないで」と言うから仕方なく、午前の一時間だけ許可を出した。

その間に彼は魔法のようなカエデの手で僕の食事を作り上げていく。彼のいない間も彼の事を思い出しながら食事ができるようにと。

授業を終え厨房へ向かうと、僕の出入りを良く思わないシェフはあからさまに顔をしかめた。

こんなのはもう慣れっこだ。

王都邸の使用人だけじゃない。ここの使用人であっても……領民であっても……、僕がそこにいるだけで、彼らは何か恐ろしいものでも見たかのように視線を逸らし、僕を避ける。

それは薔薇園を腐食させたあの事件により顕著になった。

だけどもう構わない。僕にはアッシュがいる。彼のためにも僕は価値のある男でいなければならない。権威も名誉も必要としないアッシュにとっては、社交界など面倒なものでしかないようだ。

ふふ、そんな彼に選ばれた事実がまた一層誇らしい。

最後の最後までつないだ手をようやく離し、翼竜の飛ぶ空をいつまでもいつまでも見上げながら、それでも涙をこらえ小さな彼を見送った。

あれ以来、僕は毎週届くアッシュからの手紙だけを支えに日々を過ごしていた。

翼竜便の代金もそうだが、彼から届く手紙に使われている紙は王都の高級品と比べても遜色のない品質だし、何よりこれだけ頻繁では切手代もけっして安くはないだろう。

なのに彼は、金銭の援助を申し出た僕に「ユーリがくれるものはステキな笑顔だけでいいよ」と書いて寄こしたのだ。僕が胸を熱くしたのは言うまでもない。


そうして三か月ほどが過ぎ……、このリッターホルムの地を再びの黒雲が覆い隠す。

あの男——僕の生物学上の父親が卑しくも金の無心に現れたのだ。

来訪を知ったアレクシは僕に決して階下へは下りてこないよう言い渡すと、ホールに向かって踵《きびす》を返す。そうしている間にも階下からは押し問答をする声が聞こえてきた。

「お帰りください、ペルクリット伯爵。ここへは足を踏み入れない、そう大公と約束されたはずです。その引き換えに、王都の屋敷と遊行に困らない程度の手当を受け取っているのでしょう？」

執事のオスモはすげなく対応する。だが父親から爵位を継ぎペルクリット伯爵となったあの男は、横柄にもズカズカとホールの中央まで歩を進めると、僕に聞こえるようわざと大きな声を張り上げたのだ。

「何を言うか、あんなはした金程度。それに父親が息子の顔を見に来て何が悪いのだ」

ぬけぬけと「子の心配をするのが親というものだ」などと嘯くあの男と親子である事が、どれほど忌まわしいか……

「なんと愚かな真似を。ペルクリット伯、あなたは何を考えておいでですか」

オスモは呆れ声を出す。爵位を継承した僕は正式な公爵閣下だ。伯爵であるあの男とは家格が違う。ましてや彼らの出入りを差し止める事は、大公である大伯父上のもと正式にサインをした取り決めである。

「この不敬は見逃す訳にはいきませぬ。貴族議会を通じ正式に抗議を申し立てますぞ」

「そうだ！　心配などと空々しい！　王都邸でのユーリウス様への冷遇の数々、私は何一つ忘れてはいない！　父親らしい事など何一つしてもいないくせに……この恥知らずめ！」

感情的になるアレクシなど歯牙にもかけず、あの男はさらに声を荒げる。

「従者風情が偉くなったものだ。誰に向かってものを言っている！　下町で拾われた孤児ごときが！」

アレクシは僕が七歳の時、乳母と入れ替わるようにして王都邸にやってきた。その後すぐにこの公爵領へと引き揚げたため、彼とあの男はほんの数か月程度の面識しかない。だがこの男はアレクシを下町の孤児と蔑み、一度たりとも本邸への出入りを許さなかった。なんて傲慢な男。

「では私から申し上げましょう。これが最後の通告です。この小切手を持ち今すぐその扉から外に出て、この地より即刻お立ち去りくださいませ。さすれば今回に限りお見逃しいたしましょう」

オスモの用意した小切手を奪い取り、その内ポケットへと乱暴にねじ込むと、下劣な男はどこかの部屋にいるであろう僕の耳に届くよう、ことさら大きな声で刃のような言葉を投げつけた。

「ふん！　小切手などと……。だがくれると言うのなら貰っておこう。いいかユーリウス！　聞こえているのだろう、みじめな私の声が！　それとも先代のリッターホルム公に騙された私をあざ笑っているのか!?　だが私をこうしたのはお前の存在だ！　お前は全てを腐らせる毒の子だ!!」

毒の子……それが僕を表すもっとも的確な言葉……

「お前の母もお前が壊した！　お前さえ生まれてこなければ私とカルロッタは上手くやっていたのだ！　毒公爵……それがお前の二つ名だ！　忘れるな！　毒を振りまくお前は一人寂しく生きて、絶望の中で死んでいくのだ！」

母は僕が壊した……父は僕を憎んでいる……。だから僕は独りで生きていくのだ。こうして死ぬまで絶望の果てで……

「八つ当たりはやめろ！　ユーリウス様の存在がなくともあなたが公爵位を受け継ぐ事はなかった！」

「およしなさい、アレクシ。声を荒げるのではありません。気は済みましたかペルクリット伯。ではお引き取りを……」

乱暴に扉が閉められる音がした。張り裂けそうな心を抑えきれずに、僕は咄嗟に一番近くの部屋に飛び込んだ。

中央の階段を上がり、右奥に突き当たるこの部屋こそ、母があの男を待ちわびた部屋だ。

日当たりの悪い部屋の窓からは屋敷脇の馬車止めが見える。来る日も来る日もこの窓から、彼女は夫の馬車を探したのだ。待てど暮らせど到着しない馬車を待って、あの人は恋慕と恩讐を毎夜毎朝募らせていったのだ……

「オスモ！　ユーリウス様はあの部屋の中だ。だが扉が開かないのはどういう事だ！」

「あの部屋には内鍵がついている。カルロッタ様が望まれたのだ……誰も入ってこられないようにと……」

「誰も……それはユーリウス様の事か……」

困惑したアレクシの声が中まで聞こえてくる。

父から浴びせられた言葉、そして母の残した黒い情念が僕の心を塗りつぶしていく。

「……オスモ……、こうなったユーリウス様はそう簡単には出てこないだろう」

「王都邸を後にした時のように、そして庭を腐食させた時のように毒素を吐かれる、そう思うのだな」

アレクシがオスモと何かを話している。その声すらもはや朧《おぼろ》げにしか届かない。

「私はアッシュ君を呼びに行ってくる。必ず連れて帰る。だからそれまで……頼む！　ユーリウス様に間違いがないよう……」

錯綜する感情。打ち消しては浮かび、浮かんでは打ち消す言葉の刃。そうして最後に残ったのはたった一つの言葉。【毒公爵】。

アレクシの声が遠ざかる。そして僕の意識は……いつしか闇に囚われた。

◇◆◇

公爵領から帰った僕は精力的に動いている。

一週間ほどは刈り入れに追われ、こんな僕まで肉体労働に駆り出されて毎日ヘロヘロだった。でもようやく落ち着き、これで農作業の効率化を徹底的に考える事ができるだろう。

うちはしがない零細農家だけど、僕の発案で冬の間はキノコ栽培で生計を立てている。

一年を通して収入がある事は暮らしの安定をもたらし、心の豊かさにもつながってくる。

ちなみに、メープルの甘味は僕のナイショの収入源だ。あれの売買は素朴な父さん母さんたちには少々荷が重い。あっという間に食い物にされ、利権を奪われるのが目に見えている。

『種子創造』は自分で作る植物なら何であろうが、大小問わず生み出すのも枯らすのも自由自在。

本当に有用なスキルを持って生まれた僕はとことんついている。前世でろくに徳も積んでないのに……これも転生特典なんだろうか……？

さてそんな事より、人手を増やさず効率を上げるには農具をレベルアップさせるしかない。

トラクターやコンバインを作るのはさすがの僕にも無理ゲーだ。僕が作れるのは頑張っても精々、木製の砕土機や脱穀機ぐらい。

『農具のすべて』で見た記憶を頼りに必死になって設計図を描き起こす。

ああけど……やっぱりトラクターが欲しい……。アナログなトラクターといったら……牛？　そうだなぁ……、牛ぐらいはいた方が良いだろうか？

材料と道具を買い集め、こういう事は器用にこなすタピオ兄さんに組み立てては丸投げした。その間に並行して行商人には牛を一頭手に入れてもらう。

でき上がった砕土機を牛に引かせれば、ほーら、立派なトラクター。あれ？　これ僕より有能じゃない？　小柄な僕より牛はよっぽど役立つ働き者だ。おまけにかわいい。思わず兄さんが牛にモーモーって名付けるほど、彼はあっという間にわが家に馴染んだ。

そんな風に奔走していたある日、いきなりすごい形相のアレクシさんが現れたのだ。

「アッシュ！　アッシュ君！　頼む、今すぐ公爵領に来てくれ！　一刻の猶予もない、すぐにだ！」

「ア、アレクシさん……一体どうし……ユーリに何かあったの!?」

「ああ、事情は翼竜の上で話す。ともかくすぐに！」

マァの村へと戻ってから僕とユーリは文通をしていた。『交際術初級編』にも記載のあった、離れていても互いを知るのにとても有効な手段だ。ただ……あの本の初版年月日は確か昭和だったけど……

でもでも！　つい先日届いた返事は、とても落ち着いて過ごしているのが伝わってくるものだったのに……！　一体この数日間で何があった!?

「父さん母さん、それから兄さん、僕は公爵領へ行ってくるよ。あの子を放ってはおけないんだ」

「アッシュ……あんたはこの間もそう言って出かけたのに、何をやってたの？　情けない……。助けてあげられなかったの？」

アイタタタ……、さすが母さん、ツッコミがするどい。

「いいえ、お母上、彼は十分公爵家の救いになりました。ですが、若き公爵にはまだまだ支えが必要なのです」

「あらまぁ、こんな立派な従者様がいて、支えになってやれないのかい？」

ぎょぎょっ！　母さん……公爵家の従者にこの言い草。強い。そこに割って入る援軍はいつもの二人、父さんとタピオ兄さんだ。

「まぁまぁ母さん、年の近いアッシュの方が良いって事もあるんだろうさ」

「アッシュ、行くなら半端してないでしっかり行ってこい。心配すんな、家には働き者のモーモーがいるからな。いいか、帰ってくる時はお土産だぞ。この間の干し肉美味かった〜！」

つくづく思う。日頃の行いってやっぱり大事。帰郷の際は大量の肉、その言葉を合言葉に僕はリッターホルム公爵領へと再び降り立つ事になったのだ。

「それにしてもそのくそじ、……父親ってほんとにお金の無心だけが目的だったのかな？」

「分からない……。彼らには十分すぎる手当が支給されてはいるが……浪費を楽しむ者たちにとって、いくらであろうと十全と言う事はないからな」

だけど、お金を引き出したいなら罵倒するよりすり寄る方が有効だ。だってユーリがいなくても、どうせそのくそ父親は公爵位につけないんだから。

そう言うとアレクシさんも「言われてみれば……」と同意を示す。ホールにおける父親の振る舞いは、罵倒をユーリに聞かせる事が目的だったのかもしれないと。

「くそじ、父親の目的はユーリを傷つける事だったたって言うの？」

「……ああもぅ！　くそじじいで構わないっ！　……だとして息子を傷つけて何の利がある？」

「今はまだ分からないな。何を考えてるんだ、そのくそじじいは！　だけど必ず突き止めてみせる！　ばっちゃんの名に懸けて！」

そうとも！　僕を鼓舞する存在である祖母に誓って！　絶対だ！

アレクシさんが金にものを言わせて用意した三騎だての翼竜は現状かなりのハイペースで飛んでいるが、それでも事件から既に一日半が過ぎている。

ユーリは大丈夫だろうか？　僕という異分子により、この世界はＷＥＢ小説とは既に違う道を歩んでいる。だけど、ユーリの父親であるマテアスの口から飛び出した【毒公爵】という言葉。このままでは僕のユーリがあの毒公爵になってしまう。

だが残念だったなくそじじい！　僕がいる限りその結末には行かせない！

「一つ思いついた事があるんだけど……」

僕はアレクシさんに語って聞かせた。

昔々のとある文献に載っていた眉唾な話だ。ある偉い人たちが実験を行った。一つの植物には毎日優しい態度で優しい言葉を、一つの植物にはひどい態度でひどい言葉をかけるという実験で……結果は七割五分ほどの確率で優しい言葉をかけられた植物の方が発育も葉色も良く、野菜に至っては栄養価まで増したという。

「だから……こうは考えられない？　ユーリは体内で毒を生成するから……」

「そうか！　冷酷な態度で罵倒され続けたら……毒の濃度が増すかもしれない。少なくともマテアスはそう考えた……」

「それをどう利用しようとしているかは、まだ分からないけど……」

僕の意見を受けてアレクシさんがブツブツと独り言を呟く。

「……カルロッタ様がいる時は必要なかったのだ……奥様がユーリウス様に負の感情をぶつけていたから。その負荷がなくなってしまった……だから自ら来たのか……」

なるほど、と心の中で相槌を打つ。けっこういい線いってるんじゃない？

それにしてもあのくそじじいは、ユーリの毒をパワーアップして何かに利用しようとしているのか……。馬鹿め、それは国が滅ぶやつだ。

ユーリの傍には僕がいる。前世では天才とも奇才とも言われたこの僕だ。僕のユーリに手を出した事、その身をもって必ず後悔させてやるからな！

◇◆◇

「オスモ！　ユーリウス様は大丈夫か！」

数か月ぶりに訪れた公爵邸。ホールに入るなり、アレクシさんは大声で執事のオスモさんを呼ぶ。

その声を聞いてホールの奥からやってきたオスモさんの後ろには、荷物をまとめた大勢の使用人たちがいた。

「もうこんな屋敷では働けません！　私には家族がいるんです！」

「恐ろしい……、やはり公爵家には死が付きまとうんだわ！」

そう吐き捨てると、彼らは次々と最後の給金を受け取り裏口から出て行った。

「な、何があった？　オスモ……」

「見ての通りです。さすがに二度目ともなると引き留める事もできませぬ。ユーリウス様の毒に怯えた使用人たちは次々とこの屋敷を出ていき、あとは数人の通いの者を残すのみです……」

「二度目……、怯えてって、まさか！」

そうだ。忠実な執事であるオスモさんがなぜ一階にいるんだ？　ユーリは亡くなった母親の部屋、二階の突き当たりにいると聞いたじゃないか。

中央の大きな階段を上り、広い広い公爵邸の一番奥を目指す。その途中で、僕とアレクシさんは異様な気配に足を止めた。

「毒素が……もうこんなところにまで……」

無理に進もうとしたアレクシさんは眩暈《めまい》を起こしうずくまってしまう。致死毒ではなさそうだけど……、彼でダメなのだ。子供サイズの僕なんか、あっという間にバッタリだ。

その時、ふと窓の外に意識が向いた。窓……窓……、そうか、窓だ！

うずくまるアレクシさんの腕を引いて、階段の手前まで後退する。う～ん、重い！

そしてオスモさんに、その部屋から見えるという馬車止めの場所を教えてもらう。

「窓を割って侵入します。そうしたら換気ができるでしょ？」

「ですがあそこには階段もないですし、二階までかけられるはしごなどもございませんよ？」

「問題ないです。僕に任せて！」

そうしてやってきた屋敷横。新鮮な空気に少し回復したアレクシさんも、ふらふらしながら僕のする事を見守っている。

「ど、どうするつもりだアッシュ君……？」

「いい、見てて。『種子創造』」

これぞ『種子創造』の本領発揮！　僕が生み出したどんぐりの木は一瞬にしてその幹を伸ばし、その高さはゆうに十五メートルを超えた。

「す、すごい……」

その声はどちらの声だったのだろう。

とにかく僕はそこいらにあった薪割り用の斧をベルトに差し込むと、決して得意とは言えない人生二度目の木登りを決死の覚悟で始めたのだ。

「タピオ兄さんのスパルタ特訓がこんなところで活きるなんて……」

独り言で気を紛らわせながら、なんとか部屋の中が見える窓の位置までやってくる。と、そこには……

あああああ!!　堕ちてる！　闇に堕ちかけてるよっ！

ぎょっとして驚きのあまり足を踏み外した僕は、闇よりも先に地面に落ちそうになる。

あ、焦った～。仕切り直して身体をいったん紐で固定すると、僕は深呼吸したあと思いっきり持ってきた斧を振り上げた。

「ひっ！　ひぇぇ！」

うわっ！　破片が飛んだ！

ビビりながらもなんとか何枚かの窓を割り、中への侵入を試みる。尖ったガラスは母さんの縫ってくれた服をびりびりに破いていく。

母さんゴメン……。うっ！　まだ少しクラっと来る……なんて効き目の毒だ……さすが僕のユーリ。

ふとWEB小説の毒公爵を思い出す。国を滅ぼすほどの毒……。ああ……あの彼の絶望は一体どれほど深かったのか……。それを思うと胸が痛い。

ガラスの破片を砕き、パリパリと音を立ててユーリに近づく。

闇に堕ちかけているユーリの目に僕は映っていない。それが無性に腹立たしい！

あれほど帰らないで！　一緒にいて！　ずっと傍にいて！　大好きアッシュ!!　って言ったくせに！

あ、最後のは村で見た夢か……

ともかく！　腹立ちまぎれに近づくと僕はその右手を振り上げ思いっきり……

……ソッ。

あ、あれ、おかしいな。もっとこう、バシィっとカッコよく決めるつもりだったのに……優しく頬に手を添えてしまった。本能がユーリを痛い目に遭わせる事を拒んだようだ。おっと、こっち見た。

「ア……アッシュ……」

「そうだよアッシュだよ！　何やってんの、こんなところで！」

ユーリの手を取り無理やり立たせると、扉を開け放ち部屋を出る。

毒素の残滓でよろめきながらもなんとか空気のいい場所まで移動して、僕はユーリに向かってコンコンと説教を始めた。

あの部屋は実に良くない。なんて言うか、気の流れが悪くて嫌な感じだ。後で塩撒いておこう。

「ユーリ、手を貸して？」

「あ……ダ、ダメだ……僕からは今……」

ユーリは距離を取ろうと後退るけど、そんなのこの僕が許す訳ない。僕は少し強引にユーリの手を握りしめた。

「毒素ならもう止まった。だから握り返してユーリ。ねぇ、温かいでしょう？　僕の手からは今、気が出てる。ユーリを想う気持ちの気だよ。こうして胸に当てていると温かくなってくるでしょう？」

「ああ……」

「なぜ傷の治療を手当てって言うか分かる？　こうして手を当てたところから……その人を想う気持ちが溶け出して痛みを消すからだよ」

「手当て……」

「僕の気はユーリを癒す。だけどあの部屋の気は……気落ちの気だ！　二度と入らないで！」

駆けつけてきたオスモさんとアレクシさんは、ガラスでひっかいた僕の傷を心配している。でも今はそんなのどうでもいい！

「ユーリ、あのくそじ、くそった、ええい！　くそ親父はこれからもやってくるよ。そのたびに君はこんな風に心を乱すの？　それはちょっと承認できないっ！」

そうとも！　ユーリの感情すら左右していいのは創造主であるこの僕だけだ！

「ねぇユーリ、君はこれから僕の言葉だけ聞けばいい」

ユーリはぐっと息を詰まらせた。無茶苦茶言ってる自覚は……ある。

だけどこんな風に他人の言葉で傷つくくらいなら……僕の言葉だけ聞いて僕の事だけ見て、僕にだけ話しかけて……とまでは言わないけど……僕の事だけを信じていればいい。そうでしょ？

「君の心が迷ったら、その時は僕が教えてあげる。君が進むのはこっちだよって」

前世で祖母が僕にそうしてくれたように。ユーリが何度間違えそうになっても、根気よく。

そして伝えたのだ。

「家族が欲しいのなら、僕が何にだってなってあげる。お父さんでもお母さんでもおばあちゃんでも。なんならペットでもいい！　ユーリの心に僕以外の誰かがいると思うだけですごくこう、なんかすごく……すごく……あー！　イライラする」

詰まるところそういう事だ！　なに僕以外の誰かの言葉で傷ついちゃってんの？　ダメでしょ。

「イライラしたのか……」

「したよ！　ものすごく！」

「ごめん……もうしない……」

「絶対？　約束する？」

「約束……、ああ、ああ約束するとも！」

ユーリは約束という言葉に思いのほか強く反応してみせた。

僕はあの時の約束通り甘いトマトをユーリに味見させた。もう一つの約束である望遠鏡も今では彼の宝物だ。

……そしてユーリは言うのだ。アッシュが約束を守ってくれたように、自分も約束をする。これからは君の言葉しか聞かないし、君の事しか見ない。心の内は君にしか話さないし君の事しか信じない、と。

「約束だ。そうしたら僕の全てになってくれる？」

「何にだってなるって言ったでしょ。ね、約束だよ、やくそ……」

その瞬間、僕は意識を失った。予兆も見せずいきなり倒れた僕に、さぞかしみんな驚いた事だろう。

目が覚めた時には手足を包帯まみれにしてユーリのベッドに横たわっていた。

満足とまでは言えないけれど、実家の方はできる限りの準備を済ませてある。僕の代わりの労力は牛と農具（改）が代わってくれるし、害獣対策も備えてきた。

もう少しだけ畑の拡張も進めておきたかったけど仕方ない。後は兄さんに頑張ってもらおう。それでも暮らしに困らない程度の収穫には十分だろう。へそくり代わりのメープルと桑の木は枯らしてきたし、手持ちのお金は半分母さんに渡して、残りは全部持ってきた。

ちなみに、母さんは渡された金額を見て絵に描いたように口を開けてた。あんぐりと。

今後はユーリに相談して、刈り入れの時だけ毎年帰らせてもらうのはどうだろうか。

それからどこかに場所を借りて、メープルと桑の木の群生林を作らせてもらおう。

明日からの新生活を思うとわくわくして胸が高鳴ってくる。

ユーリウス、僕の大切な毒公爵。君を亡国のラスボスになんか絶対しないと、今ここに宣言する！

第二章

鳥のさえずりで目が覚める。農家の子は朝が早いのだ。隣には部屋の主人が眠っている。一晩中僕を抱き枕のようにして眠った、少しばかり訳ありな部屋の主人が。

「起こさないように……そぉ……っと」

ベッドから降りた僕は、まっ先にアレクシさんの姿を探した。聞きたい事は山ほどあるのだ。

厨房の奥で途方に暮れるアレクシさんを発見。その奥、パントリーにはオスモさんの姿もある。

「なに秘密の会合してるんですか？」

「ああアッシュ君、おはよう。いや、今朝の食事をどうしようかとね……」

どうやら逃げ出した使用人の中には、いつも忌々しげにユーリを見ていた無礼者のシェフとスーシェフもいたらしい。

ユーリが薔薇園を腐食させた事で、大半の使用人は逃亡してしまった。ただでさえ少ないお屋敷の使用人がさらに数を減らして、残ったのは通いの最下級使用人のみ。主に掃除や皿洗いをするための若いホールボーイだけとなっている。

彼らは働き手のいない家の年若い少年たちで、ここを辞めたら即刻家族が路頭に迷うとあって、家族の反対を押し切ってまでここに来ているのだ。もちろん今日の食い扶持を稼ぐために。

「シェフもメイドも高給でつなぎとめていたに過ぎないのです。ここ公爵家は、その……」

「人がいつかないんだ。君も知っての通りの理由でな。毒を生成するスキルを持つからと言って、人を殺めてまわっている訳ではないというのに……」

翼竜便で初めてここへ来た時、宿屋のおかみさんも親父さんも「あそこへ行くなどやめておけ！」「いいかい、絶対公爵さまを怒らせるんじゃないよ」と口々に僕を止めた。

それでも彼らがこの領を出ていかないのは、他領よりも格段に納める税が少ないからだ。

畏怖とお金の力で治めているのが、このリッターホルム公爵領の実体……。権力に物を言わせないだけ、随分良心的だと思うんだけどね、僕は。

聞けば聞くほどユーリを取り巻く環境がどれほど酷いか伝わってくる。屋敷の中でも、屋敷の外でも、彼はこの世に生まれ落ちた瞬間から偏見に晒され生きてきたのだ。

「先代から仕える私と亡くなったアレクシの養父、そして側仕えのアレクシ以外には、本当に……ユーリウス様を恐れない者は誰もいなかったのです」

天才と呼ばれ注目を浴びていた前世の自分でさえネガティブな視線でなくともあれだけストレスが溜まるのだ。ならば、それが負の感情を伴ったものならどれほどキツイか……

「……そっか。分かった、とりあえずしばらくは僕が食事を作るよ。二人とも朝食まだなんでしょう？　簡単なものでいいよね。頭数が減っててよかった。不幸中の幸いだね、ははは……」

「アッシュ君、それは……」

ちょっとアレクシさん、ここ笑うとこだよ？

「ですが、アッシュ様にそんな事をさせる訳には……」

「朝はちゃんと食べないと一日働けないよ。いいから遠慮しないで。けど早めに何とかしなくちゃね。ちょっと考える」

僕は食材を探しにパントリーへと足を向けた。


いい匂いのポタージュと美味しそうなフレンチトーストが焼き上がった頃、お目覚めの遅いユーリがそろそろと厨房へ姿を現す。そして周囲を一瞥するや、何が起きたかを理解した。

「おはようユーリ。匂いにつられるなんて食いしん坊だね。ほらそこに座って。食べながら今後の事を相談しよう？」

「今後……？　君はもうどこへも行かないと言っただろう？　今後の……何を相談するんだ……」

「どこにも行かないって、大丈夫。そういう相談じゃなくてお屋敷の事だよ。使用人の事とか……、あと樹を植えさせてほしくて」

前回の別れから再会までの経緯を思えば無理もないけど……今後っていう単語だけで反応しすぎじゃないか？

今回の事が相当堪えたのか……。繊細だな。僕とは大違いだ。そう、僕はいつだってポジティブな引きこもりだった。繊細さからは対極にいる者、それが僕だ。

「樹？　ああ、『種子創造』か。君のスキルはいいね。死の影がついて回る僕のスキルとは大違いだ……」

「うっ！　ちょちょちょ、あのねユーリ、君の毒は貴重な薬になってたくさんの人を助ける事ができる。もっと胸を張っていいんだよ」

「胸を張るのは難しい……。僕は王家の意向に従って採取された毒を渡しているだけで……それがどのように使われているかもよく知らないんだ」

王家がユーリの毒をどのように利用しているのか、ＷＥＢ小説を知る僕はよーく分かっている。が、それをここで告げる事はできない。

それにしてもさっさと公爵を継がせ、こうして王家に縛り付けるとは……実に上手いやり方じゃないか。かと言って、王家のこのやり方には一ミリも納得できない！　毒を差し出させておきながら使い道も教えないなんて……。だからこそ余計な憶測が偏見を生み出すのだ。

ならば……今こそ僕の『危険な山野草一覧』の知識が炸裂する時だ！

毒の多くは生存本能によって生み出されている。生き物なら子孫を、植物なら株を残していけるよう、ただただ上位種に捕食されないために毒を持つのだ。そしてその毒は使い方次第で薬にもなる。

僕はそこまで一気に説明すると、ユーリに向かって不意にお願いする。

「ちょっとその毒見せてみてよ」

「ダメなんだ。僕の毒は王家によって厳重に管理されている。命に関わる制約があるんだ……」

「なっ！　クソ王家め。ん？　何を笑って……？」

「昨日も言ってた。クソ親父って。ふっ、あはは、君は案外口が悪い」

あー……、現代の若者だったからね……。祖母によく「クソって言うんじゃありません！」と叱られていた事を思い出す。こんな笑われるならちゃんと言う事聞いとけばよかった。

でもまぁ、気品溢れる公爵さまにはお楽しみいただけたようで……

そして僕はユーリの手を引き屋敷の外へ出ると、ヤードボーイの来ない一角で空いた地面にいくつかの植物を生やす。ヒガンバナやベラドンナ、あの有名なトリカブトまで。

「いいユーリ。これらはかなり強力な毒草だけど、少量なら使い方次第で薬になるんだ。これは鎮痛に役立つし、こっちは筋弛緩薬になる。それからこれは咳や痰を止める事もできる」

ユーリは僕が説明した植物を手に取ってしげしげと眺めている。

「それが解明される過程で命を落とした人もいたかもしれない。だけど、その犠牲さえ無駄にしない人がいたからこれらは薬になったんだ。毒が悪いんじゃない。いつだって人を殺すのは毒を扱う人間だ」

そう、どこかの偉い学者が言ったのだ。巨大なエネルギーは世の中を進化させる事も滅ぼす事もできる。そしてそれを決めるのはいつだって扱う人間なのだと。それと同じだ。

「『毒薬変じて薬となる』、僕が昔言われ続けた言葉だよ。毒薬変じて薬となれって。結果良ければそれでいいわって。ユーリも薬になって！」

ユーリはその言葉を噛みしめ静かにうつむく。その姿は前世の自分と重なって見える。祖母のように、彼に僕の言葉を届けられればいいけど。

「ねぇアッシュ、僕を毒にするのも薬にするのも君次第だ。僕は君の薬でありたい。あり続けたい……」

「何も問題ないよ。僕は今まで野菜の研究だって失敗した事がないんだ。なぜなら僕は、成功するまであきらめないから。成功するまで、絶対に考える事を止めたりしない。君を護ると言ったよね。その言葉が叶えられる確率は……なんと百パーセントだっ！」

「ふふ、頼もしいね」

枯れていく草を握りしめたまま、泣き笑いのユーリがそこにいた。

さて、守銭奴の家庭教師も逃げ出したため、今日の公爵さまにお務めはない。暇を持て余したユーリときたら、まるでカルガモみたいに一日中僕の後をついてくる。

「何をしているの？　アッシュ」

「屋敷内を把握してるんだよ」

この公爵邸は僕にとって初めて訪れた場所であって、初めてではない場所だ。

それは来訪が二度目という意味ではない。僕は中途半端にこの場所を知っているのだ。もちろんソースはＷＥＢ小説である。小説内で少しずつ描写されていた様々な場所の中で、一番見てみたかったのが《白金の部屋》だ。毒耐性を持つこの部屋こそが、【毒公爵】がラストフェーズで過ごす部屋だ。

「やめようアッシュ。その部屋は……君が見る部屋じゃない」

「ユーリ。僕とユーリに隠し事はなしだ。僕は何を見たって何とも思わない。だって僕はユーリの汚物だってわし掴みできる！」

「アッシュ……。ふふ、そうだね。君に見せられないものなど何もない。さあどうぞ」

後ろのアレクシさんから「だからって汚物はないだろう……」という声が漏れたが、残念でした。そもそも美形はトイレに行かないから。知らないの？

ＷＥＢ小説を思い出しながら少しワクワクしながら入った《白金の部屋》は、その名の通り白金で作られたテーブルと椅子以外何もなく、どことなく合理的で機能的でホテルライクな……前世の自室を思い出させた。


そして……アレクシさん特製、屈辱のお立ち台に乗った僕が立派な寸胴でシチューを作り上げた夕食の席。

「ねぇ、ユーリはお茶会とかそういうのには出席しないの？」

「残念ながら招待されないんだ……、ああそうか、面倒がなくてちょうどよかった。これでいいかい？」

「そう、その調子！　けどちょっと今回ばかりは当てが外れたな……」

屋敷の抱える問題を解消するために……、善は急げだ。まず何事も行動に移さなくては。

社交が命の貴族でありながら社交のお誘いがユーリにないとは……。公爵家を舐めてんのかな？

「行きたいの？　なぜ？」

「使用人のヘッドハンティングに。募集するよりこの目で動きを見た方が分かるかと思って。もー、そんな顔しないの！」

ユーリやオスモさんはリッターホルム公爵邸を小さなお屋敷だと言うけれど、ヨーロッパのちょっとした古城程度の大きさはある。こんなのとても使用人なしでは回らない。

だけど給金で釣ったたって同じ事の繰り返し。何かあるたび逃げ出されるのが関の山だし、新たな悪評となるだろう。

ならばここは禁じ手〝やりがい搾取〟だ！　琴線に触れる付加価値があれば働き手はきっと来る。だからって誰でもいい訳じゃない。ユーリを……このリッターホルム公爵家を理解できる人じゃないと。

「アッシュ君、もしや……君が行く気なのかい？　私が言うのも何だが、平民の君が行っても嫌な思いをするだけだ。やめた方がいい」

「大丈夫だって。ゴミ虫見るような眼で見られたって平気だから」

前世のスクールライフで色々と免疫がついているからね。

幼少期は天才と呼ばれ、ちょっとばかり人生を舐め切っていた前世の僕だが、学校という小さな社会で女子からは見向きもされず、男子からはチビだなんだと失笑され……スクールカーストの現実を知ったのだ。椅子に座り続けたせいだろうか？　僕の成長期は中二の春で終わってしまった……。おっと、涙が。

ともかく平気なのだ。身分差があるなら尚の事、仕方ないって思えるしね。理由があれば人は我慢ができるのだ。納得できるかどうかは別として。

「それなら大伯父上に頼もう。近々来訪される予定だから、話してみよう」

大伯父……大公様か……

ユーリの祖父である前公爵の兄にあたるのが大公、ヴェッティ閣下だ。公爵家のスキルの継承は一子相伝だけど、子の誰に発現するかはランダムである。

ヴェッティ閣下のスキルは……なんと『発酵』。そのスキルを活かし、ヴェッティ領の特産品は芳醇なワインや薫り高い紅茶である。

同じ兄弟でありながら、片や素晴らしいワインを生み出し畏敬の念を抱かれる大公家、片やその耳障りの悪いスキルゆえに畏怖される公爵家と、明暗ははっきり分かれてしまった。

そのうえ悪しき慣習は、弟からは健康を、兄からはその視力だけを奪った。大公は酷い弱視なのだ。

きっと仲のいい兄弟だったのだろう。彼に責任はないというのに、大公は弟に対し後ろめたさを持ち続けている。その後ろめたさは又甥ユーリウスへの献身に引き継がれている。又甥のためと言えば快く引き受けてもらえそうだ。

僕はあらゆる本を読みつくしてきた。心理学の本、ビジネス書、メンタル系に自己啓発本。なんなら詐欺師の書いたカモの見分け方のレクチャー本まで！

人を見抜く目に、根拠はないけど自信がある！

……それを発揮する人間関係には縁がなかったけど……そんな事はどうでもいいっ！　上級使用人だけはこの目で見極めなければ。僕とユーリのハッピーライフのために！

そうして待つ事数日、ユーリの願いを聞き届け、このリッターホルムに大公ヴェッティ閣下がやってきたのだ。

真っ黒なサングラスの向こう側には、おそらく僕を見定めんとする厳しい視線がある。

「お前がユーリウスを闇から救ったマァの村から来た子供か。名は何と言ったか」

「アッシュです。縁あってここで一緒に暮らす事になりました。だけど自分の事は自分でするつもりです」

僕は言った。

そのための資金は持ってきたし、それを元手に資産を増やす手段も知恵も僕にはあると。

「取引できる行商人だけ紹介していただけたら助かります」

僕がここで暮らす事になった時、ユーリは当然のように生活の心配はいらないと言った。

貴族社会では去就に迷った遠縁や食うに困った古い友人など、誰かを受け入れ面倒を見る事はよくあるようで、おそらくそこに邪心はない。

だけど僕は農家の子供で、ましてや僕はユーリを護りにきたんだから！　そんな本末転倒……男が廃《すた》る！

「ユーリ！　僕と君は対等だって言ったよね。食と住は……お言葉に甘えさせてもらう。だけど生活の面倒まで見てもらうつもりはないよ」

「対等……、もちろんそうだ。すまないアッシュ、出過ぎた事を言った」

男のプライドをユーリは正確に理解し、その後敷地の西門近くに《僕の森》を作らせてくれた。

そう。それこそが僕の奥の手！

「ほう、言うではないか。お前のような何も持たない子供に何ができると言うのか……。謀《たばか》る気か。私はホラ吹きは好きではないぞ」

「大公、彼は自身の持ち金で往復分の翼竜便の代金を払っていました。虚言だとは言い切れないかと存じます」

僕の品定めをするヴェッティ大公に、アレクシさんが物申す。礼を重んじるアレクシさんがこんなに気安いなんて、家令に育てられたという彼は大公とも旧知なのだろう。

「翼竜の代金は片道でも金貨五枚ほどするのではなかったか。それが自身の持ち金だと？　マァの村に住む農家の子供があり得ぬわ！　嘘を申せ！」

「嘘じゃないです。その証拠に……これらは全て僕のスキルで作ったものです」

僕は事前に用意しておいたテイスティング用の調味料を差し出した。弱視の大公には『種子創造』のあの感動的な光景をお見せできないのがとても残念だ。

「む……う。いらぬ気を回しよったか。恐れ知らずな子供だ。まあよい、これはなんだ」

後ろに控える従者がそっとお毒見をする。目を見張ったあとで一つうなずき、合図を受けた大公はそのスプーンを口に運んだ。

「これは……甘露か！　砂糖ではないな。次は……なんと！　こ、胡椒だと⁉　それにこれは……、塩ではないか！」

「あと、これはついでっ。僕お手製の紙！」

「どれもこれも、この国では貴重なものばかりだ。一体どういったスキルだ、本当にお前が作ったのか？」

簡単にスキルを教えるなど、愚か者のする事である。スキルとは切り札でもあり、時と場合によって弱点にもなるのだ。特に希少な上級スキルは狙われやすい。僕のスキルは、マァの村以外では今ここにいるユーリとアレクシさん、そしてオスモさんしかまだ知らない。

「全てを知りたいのであれば、僕への協力とこのスキルの秘密を守ると約束してもらわないと」

「舐めた口を利く。子供よ、私がその気になればお前などどうとでもできるのだぞ」

「大伯父上、それをしたら、……その時は全てが毒の海に沈むと思ってください……」

ぶほっ！　ちょ、亡国フラグ立てないでユーリ……。びっくりした。おちおち気が抜けない。ほんと油断も隙もない……。僕のユーリはちょっぴりスリリング。そこがチャームポイントなんだけどね。

結局、僕は大公にスキルの秘密を語って聞かせた。大公が守秘と協力のどちらにも同意をしたからだ。その同意に「書面でお願いします」と告げた僕に死角はない。

脳裏に思い浮かべた植物を生やす事も育てる事も枯らす事もできる、一見とんでもないスキル。だけど実際は……、既知の植物しか生み出せない、知識がなければただ園芸に便利なだけのスキル。

でも僕には知識がある。『お役立ち樹木』から『山野草百選』に祖母の愛読書だった『園芸画報』、他にも様々な本が脳内にインプットされている。ふっ、勝機しかない。

「甘味はメープルの木。胡椒は本来なら熱帯地域の植物だけど、胡椒の木。それから塩は、海や塩湖に生える塩を含んだ植物をその状態で再現したんだ」

僕の説明を聞いて、先ほどから大公は喉を鳴らすか唸るばかりだ。

これらの樹木は、リッターホルム公爵邸の西門近くにユーリが僕にくれた僕の森、命名《シーズニングフォレスト》で生育している。

「もっと大掛かりにはできぬのか？」

「できるけど……あまり目立つと目を付けられるし、価格相場に影響が出ても困るでしょ？」

「そこをなんとかできればよいのだな？　それにしても相場か……ふむ、一度大公領に……」

「あ、もしかして操作しようと考えてます？　悪い人だなぁ」

まさか大公とこんなに気が合うとは思わなかった。ワクワクしている僕らを横目にユーリはさっきから不機嫌そうだ。

「大伯父上、彼は僕のものです。勝手に連れ回したりしないでください」

「お、おおそうか、そうかそうか、ユーリウス、お前のものであったな。そうであった」

話の邪魔をされても、ユーリが初めて見せる子供らしい姿に大公は大層お喜びだ。

実に不本意ながら、ユーリは僕よりほんのちょっぴり背が高い。おかげですこーし見上げる姿勢になってしまうのだが、それを見て「兄弟のようではないか、微笑ましい」とはこれいかに。どういう意味かな？

「しかし……アッシュは小さいのに物知りであるのう。他には何を知っておるのだ」

「ん？　それほど小さくないですけどね。う〜ん、あっそうだ。大公のスキルは発酵だそうですが、……ワインや紅茶以外にもいっぱいいいろんなものが作れますよ？」

「詳しく申せ」

発酵食品は身体にいいものばかりだし。人は古今東西、健康には目がない生き物である。上手くやったら……かなり儲かりそう。それを話すと、またもや大公は前のめりになって続きを促す。

「大伯父上、その件は僕が後から聞いておきます。アッシュ、大伯父上とばかり話さないで！」

暗い目をしていたシャイな又甥の劇的な変貌に大公は大笑いし、「使用人の消えた屋敷では満足に寛げぬわ」と、その日のうちに王都に帰っていった。

そして一週間ほど経った頃、茶会にも夜会にも出たいという僕の望みは難なく叶えられた。

来週からの一週間、僕は王都の大公邸に滞在する。大公が選んでくれたいくつかの会に出席し、これはと思う人材をこの目で見繕うためだ。

「そう上手くいくかい？　アッシュ君」

「う～ん、完璧じゃなくてもいいんだよ、将来性が見て取れれば。あとは僕とオスモさんの調理次第ってね」

「……君、ほんとに十二歳かい？　中に誰か入ってるんじゃないか？」

ぶほっ！　どうしてバレた⁉

……そしてここで、大きな問題にぶち当たる。それは……、片時も僕と離れたがらない、淋しいと死んじゃうウサギの様なユーリをどうするか、だ。ユーリはどうしても一緒に行くと言って譲らない。

「アッシュを一人で行かせるなんて……！　誰かの目に留まったらどうする！　君は僕だけのものだ！」

「農家の息子なんか誰も見ないって。すぐ戻るからオスモさんとここで待っててなよ。……王都には行きたくないでしょう？」

王都にはあのクソ男が住む公爵家の王都邸がある。王家に疎まれた公爵邸は、王城から離れたやや不便な立地にある。それでもうっかりバッタリ、なんて事が絶対ないとは言い切れない。

「だけど……」

「ユーリウス様、私もご一緒はできないのですよ？」

僕はアレクシさんに、リッターホルムの隣に位置する大公領へ、大公の伝手を頼って下級使用人を探しに行くように指令を出した。ここに残ったヤードボーイがそうであるように、食い扶持のためなら多少の事は気にしない若者は、探せば案外いるはずだ。

「分かっている。それでも……アッシュと一緒に行く」

ユーリが同行したがっていることを知らせると、大公からは「どうせ避けては通れぬ道。その気になったのならまさに願ったり」と返事が来た。なんて豪快で器のデカい人だ。大公領が栄えている理由が分かった気がした。

こうしておそらく大公やオスモさん、そしてアレクシさんが焦燥の中待ち望んだであろう、ユーリの社交界デビューが急遽決まったのだ。

馬車に揺られる事二日半、ついに僕たちは大公家王都邸へと到着した。

おじいちゃん執事であるオスモさんと違い、隙のないピシっとした大公邸執事であるベイルマン氏以下、鍛え上げられたメイドやフットマンたちが左右に列をなして僕たちを迎え入れる。

訳アリのユーリ、そして農家の子である僕にまで顔色一つ変えずに敬意を払う姿はさすがと言うしかない。

「ユーリは来た事あるの？」

「実は初めてなんだ。王都での記憶は公爵邸の離れだけだ……」

「じゃあ、実質ユーリの王都での記憶は僕が一人占めって事？」

「ふふ、そうか。そうだね。王都の記憶には全てアッシュがいる。なんて素敵なんだ」

それはこっちの台詞だよ、ユーリ。

案内された部屋はユーリの祖父ジョナスさんがここを訪れた際に使用していたという部屋で、そのクローゼットには膨大な量の衣装が今も保管されている。中には子供時代の衣装もあるのだとか。

「これらが全ておじい様の……」

「うむ。今のお前なら立派に着こなせるであろう。これはどうだ。お前の紫の瞳によく映える」

大公が選んだのは、ユーリの瞳に合わせた美しいラベンダー色のジャケット。だけどユーリはその隣にある明るい茶色のものを手に取った。

その色は似合わないと思うんだけどな……、でも大公は「そうか」と一言漏らし、目を閉じ静かに頷いた。

そして二日後、ついに夜会へ出席する日がやってきた。ユーリは社交界デビューのために、僕はヘッドハンティングを敢行するために。

実に慌ただしくタイトなスケジュールだけど仕方ない。ユーリを王都に長々滞在させるのは気が乗らない。

それよりももっと大きな問題がある。僕は大公の付き人……みたいな感じでこっそり裏方にでも置いといてくれたらよかったのに、渡された衣装ときたら高そうな素材の……その……はぁん？

「ちょっとちょっと！　なんで僕がこんな格好なんですか？　不本意の極み！」

「よく似合っておるわい。お前はわしの従兄弟の甥のその友人の孫として連れていくのだ、文句を言うな」

セーラーカラーのシャツと半ズボンに不満はあるが仕方ない。幼ければ多少の不調法は許されるだろうという、大公からの気遣いである。

この一両日で僕と大公はすっかりくだけた間柄になった。既に肝胆相照《かんたんあいて》らす仲と言っても差し支えないだろう。

「ユーリウスの手を離すでないぞ。社交界とは伏魔殿《ふくまでん》でもあるからのう」

「ふっふっふっ、僕を誰だとお思いで？　望むところ！」

こうして僕、アッシュ君の社交界デビューもどさくさに紛れて決まったのだ。

しかしまぁ……、まさか貴族の社交界に顔を出す日が来るなんて……。でも、こうして着込めばこの僕だってそれなりに見えるんじゃない？　……子供服でさえなければ……

気を取り直して若干にやけながらその服を眺めていると、立派な公爵さまの出で立ちになったユーリがやってきた。

「アッシュ！　ああ、とてもよく似合ってる。可愛いよ」

「ユーリ、僕みたいな男の中の男を褒める時はカッコいいって言うんだよ。それにしてもユーリ、すっごく似合ってる。いやほんと……えっ、マジで……ホントに格好……いい……」

ほぉぉぉぉ……惚れ惚れするとはこの事である。

「ふふ、そうかな……。君をエスコートするために頑張ってみたよ」

僕をエスコートするだって。馬鹿だなぁ……ユーリはエスコートされる側なのに。まぁそう思いたい年頃だよね。そういう事にしといてあげよう。

「ねぇアッシュ、この大公邸の使用人はよく教育されているけど、……それでも今まで僕に対してどこか緊張していたんだ」

「そうなの？　そんな風には見えなかったけど」

「君がいるからだよ……。君がこうして僕の傍にいてくれるから……」

僕の存在が緩衝材になってるって訳か。それを差っ引いても彼らは実に有能だ。だけど僕が求める上級使用人はこうじゃない。

そう、僕の求める使用人とはＡＩみたいな使用人。何にも心を乱されず、すべき事をし、成すべき事を成し遂げる、そんな不屈の執事が欲しい。

ユーリはぶっちゃけ訳アリだ。そんじょそこらの使用人じゃおそらくきっと務まらない。

それに加えて先代から仕えているオスモさんは既に高齢だ。アレクシさんの養父がそうだったように、オスモさんだっていつまでもは働けない。

だから今のうちに若くてピチピチの人材を確保しなくては……。できたらオスモさんには身体の動くうちに慰労休暇でもとってほしい。この十二年は休まる時などなかっただろうし。

やりたい事もやれずに人生を終えるなんて……身につまされて泣けてくるのだ……

さて、本日やってきたのはオーケソン侯爵家が主催する、若き芸術家をサポートするための夜会。慈善事業は言うに及ばず、文化、芸術、この辺りにどれほど力を注げるか……それは貴族としての格と財力を見せつける事になるらしい。

日本で言ったら相撲の力士のタニマチになるようなもんだろうか？

「さあアッシュ。僕の手を握って」

ユーリはまっすぐに前を見て僕の手を取ったけど、その手は微かに震えている。

「大丈夫だ、ユーリウスよ。私の傍らにおれば誰も何も言うまいて」

手をつないだ僕とユーリは、延々と続く大公ヴェッティ閣下への挨拶をただ黙って聞き続けた。

何人かの有力な当主にユーリは時々挨拶をする。そんな時、僕の手を握りしめる力はより一層強くなった。

その横で僕の眼は狙撃手のそれである。狙い目は若きフットマン。執事へのクラスアップを夢見る彼らにこれぞという人材はいないか……

鵜の目鷹の目になる僕にユーリは少々ご機嫌斜めだ。

大公がその場を離れた間隙《かんげき》を縫って、ユーリに声をかけてくる人がいた。

主催者オーケソン侯爵の娘、ビルギッタお嬢様とやらだ。若干お嬢様という年齢じゃないが……

「これはこれは若きリッターホルム公爵、おいでいただき光栄ですわ。まさかあなた様が社交の場にお出ましになるとは……。我が家の夜会などお若いあなた様には退屈でございましょう？　ご退出なさるなら遠慮なくいつでもおっしゃってくださいましね」

「……そうか。気遣い痛み入る……」

カッチーン！　着火！

「あっそう。そこまで言うならもう帰ろうかユーリ。明日はショーグレン家の骨董の会だし、明後日にはベルトサーリ伯爵家の茶会だってある。早く帰って休もう。明日はもっと話すに値する人がいるといいいな。ここには残念ながらいないみたい」

「なっ！　なんですって！」

「自分で言ったんじゃないか。若きリッターホルム公爵って」

脳みそ腐ってんのか？　このご令嬢。

「分かっててその態度なら、残念としか言いようがないね」

「アッシュ!?　あ、ああご令嬢、私たちはこれで失礼する」

オーケソン家の執事に大公への伝言を頼み、僕らは先に馬車に戻った。

「アッシュ、驚いたよ……。ご令嬢にあんな事を……」

「ユーリにふざけた嫌みをかますから腹がたって、つい」

あれでもかなり抑えたんだけど……。ババアとかクソ女とか言わなかったし。

「ああ言われるのは想定内だ。慣れている……。いつだって僕のスキルは嫌悪されて、その」

「ダメ！　言わないでって言ったでしょ。僕のユーリを蔑むのはいくらユーリでも許さないよ！」

ユーリの口ときたら油断するとすぐにこうなる。僕は両の掌でその悪い口を強く塞いだ。

「そうか……。僕は君のものだった。君のものを貶めてはいけないね」

そしてユーリの口を塞いだ僕の手はそのまま彼に搦めとられた。

……結局ユーリに話しかけてきたのはあの嫌みなお嬢様だけだったな。

ユーリを闇へと誘う問題が、こうしてまたもや一つ明らかになる。前途多難だ……


翌日のショーグレン家の骨董の会は、何があったか知らないけれど当日いきなり中止になった。届いた手紙に目を通すと、大公は不機嫌に喉を鳴らした。何が書いてあったのやら。

「ユーリ、リスケになったから今日はお屋敷の中で遊ぼうか」

「ふふ、いいよ。何をして遊ぶ？」

ユーリたち貴族の遊びと言えばチェスだろうけど僕は……、大学教授だったお堅い祖父の影響で将棋を嗜む。僕は自作の将棋盤を作ってマァの村でも流行らせたのだ。

「昨夜から作っていたのはこれ？　チェスでは駄目なのかい？」

昨夜僕は紙に書いた将棋盤と、おはじきに名前を入れた駒四十個を用意した。

「チェスも好きだけど……、将棋は持ち駒が使えるからより戦略が広がるんだよ」

「敵から得た駒を味方にするのかい？」

「昨日の敵は今日の友ってね」

大公邸の大きなベッドの上でだらしなく寝そべり、僕とユーリは将棋もどきを指す。その距離は椅子に掛けるよりも近くて、ふと顔を上げると、いつでも息がかかるくらい近くにユーリの顔があるのだ。

「顔近くない？」

「そう？　普通だよ。それよりこれは？」

チェスを嗜むユーリは将棋も覚えが早い。さすが僕のユーリ。顔よし、頭よし。完璧だ。

「ああ……、シルバーを取られてしまった……」

「ごめんねユーリ。でも銀将だけはどうしても取りたくて。だって」

ユーリの色だから。その言葉は聞かなくても通じたようだ。

ようやく肉付きを取り戻したユーリの頬が、また一段と幸せそうに綻んだ。


そしてさらに翌日。ベルトサーリ伯爵家のお茶会は孤児への寄付金を集めるための有意義な茶会である。茶会の主催は伯爵夫人のため、招待客も女性が多い。そして見ていて分かったのだ。

ユーリは女性がダメみたいだと……

あれほど退屈な先日の夜会ですら、どこの当主が来ても、ユーリは萎縮しつつも微笑みだけは絶やさなかった。なのに今日のユーリは萎縮どころか、強張っている。

……手が冷たい。緊張してるんだ。『ストレスと自律神経』の本に書いてあった通り、顔には変な赤みが差し、その額にはうっすらと汗がにじんでいる。……なんて事だ。

大公邸にメイドさんは大勢いるけど、ユーリの身の回りの事はほとんど僕がしていた。だから気づかなかった。

彼にトラウマを植え付けた二大悪は、母親と父の愛人。

ユーリの幼少時、王都邸での父親は彼自身では何もしなかったとアレクシさんは言っていた。不敬を問われ手当が減らされぬよう自分では手を出さず、ただ愛人の振る舞いを見て見ぬふりし続けただけだったと……それもどうかと思うけど……

おそらくユーリの中で女性とは、自分を虐げるものと同義語である。

「大公様、あっちのテーブルで休憩します。ユーリも連れていくけどいいですよね？」

「うむ。頼むぞアッシュよ」

大公様の登場に主催の伯爵夫人は大喜びだ。箔が付いたというやつか。当分離してはもらえまい。

ユーリの様子には大公様だって気づいている。その場を離れて休む事を咎めたりはしなかった。

「ユーリ、ここで少し座って休もう。ちょっと待って、今お茶を」

「こちらをどうぞ。それからこれを。少しお召し上がりになった方がよいかと」

「……ありがとう……」

やたら顔の整った給仕さんがお茶と軽食を差し出してくる。

なんなの？　今の絶妙なタイミング。それにここへ来てから何も口にしていないのを見てたって事なのか？　こんなに大勢の招待客がいるのに？　ま、まぁ……僕らは注目の的だろうし……

「ふぅ、それにしても美味しいお茶だね……。アッサムかな？　おおっ、ミルクが入ってる……」

「そう？　僕のお茶はいい香りがする……なんだか落ち着くよ……」

「クンクン……ベルガモットだ……アールグレイか！　なるほどね！」

紅茶の知識は『ヌン活のススメ　紅茶五十選』で覚えた。ちょっとイケてる気がしてアメゾンで片っ端からぽちったあの日の自分を褒めてやりたい。僕は利き紅茶ができるのだ。

僕の紅茶がミルクティーなのは、実に不本意ながら子供だと判断されたからだろう。だけど……ユーリの紅茶がリラックス効果の高いダージリンベースのアールグレイとは……。分かって持ってきたなら侮れない。なによりさっきの彼はユーリを見ても顔色一つ変えなかった。

きょろきょろと周りを見渡し、先ほどの顔のいい青い髪の給仕を探す。

あっ、いたいた。僕はその瞬間から面接官になったのだ。まったく本人のあずかり知らないところで。

◇◆◇

いやぁ～、あんな人材を見つけるなんて、昨日は収穫だった。さて、どうやって話をしようか。

これには意志が必要なのだ。彼が自らその場所を望む強い強い意志の力が。彼を求めているのはここ大公邸ではなく、リッターホルム公爵邸なのだから。

「アッシュ、また彼の事を考えてるの？　もういいじゃないか。彼の事は考えないで！」

「あー？　あ、うん。週末までに茶会と夜会が残り一つずつか。あと何人お宝発見できるかな」

「アッシュ！」

「はいはい、ユーリはしょうがないなぁ。今日は何も予定がないものね。のんびりしようか」

「それならほら。一緒にバードウォッチングとやらをしよう。君のこの望遠鏡で」

中世カラーのこの世界は王都とは言っても緑が多い。見ようと思えば鳥でもなんでも……おやあれは？

「ああ……、あれはエスキルセン聖図書館だよ」

「大きい……。まるで神殿みたい……」

「大神殿はもっと大きいよ。いつか行きたいな、君と」

「ユーリ……。いつか必ず。ね？」

……ユーリを連れて街には出られない。仕方ない。王都にはくそ、ゴホン……顔しか取り柄のない無能で下劣な不倫男がいる。どこかでバッタリなんてごめんだ。

ペルクリット伯爵……彼は前妻が亡くなると、喪が明けるのも待たずすぐに後妻を貰った。当然あの愛人だ。血を分けたもう一人、彼の息子もワンセットで。

その息子は先日貴族学院に入ったらしい。王都にいるとそんな話も簡単に耳に入る。

毒公爵を倒す勇者も確か、貴族学院の卒業生だ。あの話の投下時は賛否両論が渦巻いた。勇者の出自設定について、本格ファンタジーを求める参加者たちと学園物支持層たちがもめにもめたのだ。

結局最後は、

――勇者の奥義は学院の古文書に記されており、それを発見した事で会得のための修行ストーリーが展開される――

――学院内の最奥にある洞窟には、重要な文言が刻まれた石板があり、仲間集めの旅に出るきっかけとなる――

という既出の投稿によって、学院設定は決定稿となったのだ。誰だ!? 学院にこだわったのは！

なんだか嫌な流れだ……。だが負けるもんか！

「ユーリは何も心配しないで。最高の使用人を連れ帰ってみせるからね！」

「アッシュ……。頼もしいな……。ふふっ、何も心配なんかしてないよ。僕は君を全て信じると決めたから」

ぐっ！　……その顔は……反則だよ……

こうして話しながら窓から景色を眺めていた僕たちの元に、大公が墓参りの誘いにやってきた。

先祖を尊ぶのは大切な事だ。

「ユーリウス。せっかく王都に来たのだ。少し滞在を延ばし、佳き日を選んでお前の祖父ジョナスの墓に参らぬか。赤子の時分以来であろう」

前世の僕も、「先祖とのつながりが心の拠り所になる事もあるのですよ。おろそかにしてはなりません！」と言う祖母に墓参りへ強引に連れていかれた。今ではいい思い出だ。

「構いませんがアッシュは……」

「あそこは王城内だ。さすがに平民のアッシュは連れていけぬ」

ユーリが僕の同行を気にしてる。いや、動向か？

「行っておいでよユーリ。小さな時以来なんでしょ？　お墓参りは大事だよ。僕は僕で行きたいとこがあるから、気にしなくて大丈夫！」

「行きたいとこ……僕を置いてどこに行くつもり？」

ほら、あっという間に声のトーンがだだ下がり。

「さっき望遠鏡で見ながらユーリが教えてくれたんじゃない。あそこが王都の大図書館だって。僕は図書館が大好物で……行けるものなら行ってみたい」

「大図書館くらいなら……。だけどそこから一歩も出ないで。誰かに連れていかれたら大変だ」

「農家の子なんか誰も連れてかないよ。でもいいよ。約束する。平民の僕でも入れるかな？」

僕の問いにユーリはいつの間に用意していたのか、公爵家の紋章が入ったリングを手渡してくれた。

「ねぇアッシュ、覚えておいて。今の君はどこから見てもとても農家の子には見えないよ。良家の子供はそれだけで狙われる。ましてや公爵家の縁者となれば……お願いだから用心して」

「……人攫いか……。そっか、ここはそうだった。分かった、用心する」

マァの村で安穏に暮らしていた頃は分からなかったが、この世界は僕が思うよりずっと野蛮だ。

でも問題ない。地方とはいえ、僕が暮らしていたのはそれなりの都会で繁華街も当然あった。夜の街にはオラついた怖いお兄さんたちもそれなりに存在した。

トラブルを避けるための防衛本能ならユーリが思うよりもちゃんと備わっている。いざとなったら『子供でもできる護身術』で見た、急所だけ狙うピンポイント技がある。ダミー人形を使って一生懸命練習もした。何があったって安々とやられたりなんかしないのだ、僕は。

さて、夜会も二度目ともなれば慣れたものである。今夜は大公推薦のコーネイン侯爵家、そのご子息の誕生日だ。

大公の出席を伝えられた屋敷の当主は、同行者の名を見ても顔色一つ変えなかったと言う話だ。先触れの手紙を侯爵家へと持参した、大公家の従者から聞いたのだから間違いない。

ふむふむ。できる貴族だ、覚えておこう。

今日は祝宴のせいか、先日の夜会より参加者が多い。幸いなのは、ユーリの参加を伝え聞いてペルクリット伯爵が来るのを止めた事だ。人前で現公爵に向かって滅多な事は言えないし、ましてや、息子にへりくだる姿を人に見られたくもないのだろう。

大公ヴェッティ閣下、そして序列第二位リッターホルム公爵ユーリウスに、皆が恭しく挨拶の列を成す。

そのたびに繰り返される僕の紹介は、従兄弟の甥の友人の孫、……他人じゃん。他人だけど。

ま、まぁいい。ここにいる事に意味があるのだ。

コーネイン侯爵子息は予備学院へ通う十六歳、いや、本日で十七歳。

この世界の貴族はおおざっぱにだが、十二歳から十六歳頃まで貴族学院で学びを得る。そしてその後、高度な学術院に進む者は、その前の二年間を予備学院で学ぶのだ。名前の通り予備校だ。

この辺りになると馬鹿坊ちゃんはほとんどいない。つまり彼は話すに値する人物という事だ。

すっかり主役の座を奪われた彼に、少し同情しながらお祝いを言う。

「このたびはお誕生日おめでとうございます。評判はかねがね。これからもますますご活躍される事を心から楽しみにしています」

「ああ、ありがとう。ところで評判って？」

「……なんかこう……イイ感じの……」

「ははっ、君はおませだね。無理はしなくていいよ。気を抜いて楽しんでいって」

爽やかないい人だ……。それにしてもおかしいな？　『挨拶の仕方　社会人編』から引用したのに。

「大公、主役の御子息の名前を伺っても？」

「ああ、ヘンリックだ。ヘンリック・コーネイン。将来有望な若者だ。実に明晰で学業もなかなかと聞く」

「アッシュ、僕だって同じくらい勉強はしてる。彼の年になればきっと彼より……」

「もうっ！　ユーリが素晴らしいのは僕が一番知ってるよ。きっとユーリより知ってる」

「ふふ、そう？　アッシュも誰よりすごい。僕の自慢だ」

うっかりイチャイチャ……あ、いやいや、話し込んでいたら、また新たな行列ができていた。

大公は滅多に社交界には出ないのだ。もう現役世代じゃないしね。スーパーレアってやつ。だから皆チャンスとばかりに群がってくる。

大公は大公で、ユーリの顔を知らしめるまたとない機会だと張り切っている。

「ユーリ、ちょっと、あの……」

「アッシュ、どこへ？　あっ、ああ……、すぐ戻ってくるんだよ」

モジモジのジェスチャーは異世界でも共通なのだ。


お手洗いからの帰り道。廊下を歩く僕を追って何人かの若者が駆け寄ってくる。

「やぁ、君はあのリッターホルム公爵の知り合いなのかい？　大公が連れ歩くんだ、従者ではないんだろう？　君は知っているのか、彼のあの恐ろしいスキルを」

「知らないのなら教えてやろう。彼のスキルは毒を産む。感情の高ぶりで毒素をまき散らす事もあるらしい」

なんという事だ。あのクソ親父、ペルクリット伯がそう吹聴して回っているというのだ。口の軽さと人間性は比例するんだな。サイテー……

「悪い事は言わない。健康を害する前に深入りせず離れるんだ！」

……悪気はないんだろう、悪気は。現に彼らからは本気で心配しているのが伝わってくる。

悔しくて仕方ない。こんな風に言われっぱなしでいるなんて。あのクソ親父め、いつか〆める。

だけど先日のビルギッタ嬢とは違う。彼らはきっと善人だし、ヘンリックはいい人だった。迷惑はかけたくない。こんなときはどうしたら……

「彼はずっと手を握っていましたよ、あのリッターホルム公爵と。だけどこんなに元気じゃないですか。きっと問題ありませんよ」

誰⁉　いつからそこにいたのか……、目の前には黒髪の貴公子が立っていた。彼らは知り合いなのだろう。お互い名前で呼び合っている。

「ねぇ君、君と公爵はとても幸せそうに話していたね。彼が恐ろしい存在だとはとても思えない。そうでしょう？」

ノールと呼ばれたその彼は、なんと！　今僕が一番聞きたい言葉をサラっと口にしたのだ。

「そう！　彼の言う通りだ。ユーリウスは所かまわず毒を撒いたりしない。毒は王家による制約で管理されてるってユーリウスは言っていた。つまり、……むしろとても安全っていう事だよ」

「けれどペルクリット伯の話では……」

「それは自制が利かなかった小さい時の話だ。ねぇお願い。一度でいいから偏見を持たずに話してみて！　そうしたらきっと分かるはず。彼はとっても思慮深い……繊細な子だって……」

僕は俯いて肩を震わせた。その後おずおずと顔を上げ、うるんだ瞳で彼らの目をじっと見る。

彼らは僕の頬を伝う涙を見て焦ったように曖昧な返事をすると、後から来た黒髪の彼を残して気まずそうにその場を去っていった。

「大丈夫？　泣かないで。ああどうしよう……、公爵様を呼んでこようか？」

「それ絶対ダメなやつ！　ちなみに泣いてない。涙なんか自由自在だ。釣れたかな？」

『主導権はこうやって握れ』に書いてあった涙を流すいくつかの方法の中でも最も楽な……はっか

水ならぬレモンの皮を使ったのだ。

まだまだ続く夜会の眠気覚ましに、と思って廊下に飾ってあった果物タワーからレモンを拝借していたのだが役に立った。おかげで痛いほど目が覚めたよ……

「それよりノールさんって言ったよね。あなたはどこのお家の人？　とても助かった。ねぇ一緒に会場に戻ろうよ。ユーリに紹介したい」

「僕はノール・ショーグレン。ショーグレン子爵家の……と言っても、直に家屋敷もなくなってしまうのだけどね……。今日は母に言われて支援をお願いしに来たんだ。コーネイン侯爵はとても慈悲深いお方だから。だけど断られてしまった……。仕方ない……侯爵には既に何度も無理を聞いていただいた。ああ……残念だけどもう行くよ。予備学院を退学する手続きをしなくては」

予備学院を退学？　という事は、彼は本日の主賓であるヘンリック氏のご友人か……

「……それにお若い公爵や大公閣下に下心があると思われたくない。こんな僕でも矜持はあるんだ。誘ってくれてありがとう。あの公爵は気の毒なお方だ。せめて君だけでもついていてあげてね。君を見る公爵の目はとても優しかったよ」

いや待てよ……？　ショーグレン……？　先日骨董の会がドタキャンになった子爵家じゃないか！　一体何があったって言うんだ？

こんな風に聞いたからには、知らぬふりなどできやしない。

ユーリの元に戻ると、彼の機嫌はかなり下降線を描いていた。まぁちょっと時間かかっちゃったし、ユーリってばホント寂しがり屋なんだから。

「大公、ショーグレン子爵って知ってますよね？　先日の骨董の会、なぜ中止になったか聞いてます？」

「ショーグレンか……ふむ……」

大公が言うには、先ほどの彼、ノールの父親ショーグレン子爵は人好きのする気のいい男だが、取り立てるほどの事もない、凡庸な男でもある。骨董が趣味で目利きにはそれなりの定評を持つショーグレン子爵は、ついに趣味が高じて家を傾けてしまったというのだ。

「私のところにも商会を通していくつかの花瓶が持ち込まれた。大層よい品であったが、金策のために売ったのだろうて。会の中止はその辺りが理由だろう。まったく愚かな事だ……」

骨董か……こればかりは美術書を読むだけじゃ目は肥えない。本物に触れる機会がないと、いや触れる機会があったとしても、これればかりは感性の問題であって、さすがの僕も骨董品は範疇外だ。その来歴だけならいくらだって語れるのに。

「その子爵の息子さんとお話ししました。今さっき、廊下で」

「だから遅かったのか！　何を話してたんだ！　アッシュ、僕はっムグ……」

「その人、ノールさんはユーリの事を庇ってくれたんだよ！　僕と君が幸せそうだって……。僕にユーリの傍にいてあげてって言いながら帰っていったんだ！　お願い大公！　彼を大公邸に招待して！　僕が王都にいる間に。彼が家を失う前に！」

ユーリを気遣ってくれた彼をこのまま逃す訳にはいかないんだ。

協議の結果、最後の茶会はユーリを留守番させる事にした。大公のチェス友の子爵家主催の茶会だが、どうしても参加者はご夫人が多い。それに連日の気づまりな社交にユーリは疲れ果てていた。もう十分だ。

数日後にはノール・ショーグレン子爵令息をこのお屋敷に招いてる。

あとは肝心かなめの執事（予定）を取り込むばかり。どうするべきか。う～ん、悩む。

「ところでユーリ、もうお昼だよ。ベッドから出なくて大丈夫？」

「大伯父上は商会の会議に出かけていったよ。いいじゃないか。もう少しゆっくりしよう。人に会いすぎて疲れたんだ。アッシュ、手を貸して。さぁ僕を手当てしてくれる？」

僕のユーリは甘えん坊だなぁ……でもたくさんの人に会えてよかった。社交界デビューは大成功だ。ユーリはほとんどの当主が大公としか話さなかったと言ったが、大人ばかりの社交場で子供を侮る人は多いから仕方がない。

「ユーリ、それは単に年齢の問題だよ。スキルの事は関係ない」

「そうかな……」

きっとそうだ。そう思いたい。

「それより、ほとんどって事は少しはまともな人もいたんでしょ？」

「そんなことより手を貸して」

ユーリは僕の手を取り、自らの頬に宛てがう。そして時にその手の甲に口づける。少し気恥ずかしいが悪くはない。

手当てはあれ以来ユーリのお気に入りだ。

穏やかな午後。彼の待ち望んだたわいもない一日。


アレクシさんから聞いた、母親が健在だった頃のユーリの一日はこうだ。

十時頃までにゆっくり目を覚まして、アレクシさんの手で支度を整えると、誰もいない独りっきりの朝食室で軽く食事を流し込む。

午前中いっぱいかけて、亡くなった家令と共に公爵としてサインが要る書類に目を通し、昼過ぎ、少し遅めの昼食の席もやっぱり独りっきり……。食べきれないほどのお料理が並べられただだっ広いダイニングに親子が並ぶ事は一度もなかった。

昼食後は家庭教師による貴族教育を一、二時間ほど受けると、あとは母親の気を引く事だけに残りの時間を全て費やす。そしてまた、独りきりの夕食。

そんな繰り返しの毎日が、以前のユーリのルーティーン。

決して好意的とは言えなかったあのクソ教師でも、貴重な交流相手だった。いないよりはマシだったのに……あいつもこの間の騒動で職を辞して帰ってしまった……。軟弱者め！　お前なんか辞めてもらって清々したね！

ん？　家庭教師……？　そして名案が浮かぶ……。キラリン！

「早く帰りたいな。二人だけのあの場所に……」

僕の思考を遮ったのは、ポツリと呟かれたユーリの声だった。

「ねぇユーリ。帰ったら僕は君のための庭を造るよ」

「庭？　庭ならもう……」

野焼きをした裏庭には土壌の様子を見ながら少しずつ花を増やしている。でもちょっとやそっとじゃ埋まらないほど、あの裏庭は広大なのだ。

「あれを完成させる。いつかユーリが庭に出て……大の字になってそこでくつろげるように」

「嬉しいよアッシュ。じゃぁ僕は何をすればいい？　君のために僕は何ができるだろう」

「う〜ん。じゃぁお茶淹れて？　美味しいお茶。庭仕事の後の一杯のお茶」

「ふふ、どの茶葉が好みなんだい？」

ユーリの大伯父である大公が治める領は『発酵』を生かしたワインと紅茶が目下の売り。だからだろうか？　大公邸にはたくさんの茶葉がある。

「茶葉には色んな効能があるって知ってた？　だからじっくり僕を見て、その日何のお茶を淹れればいいかユーリが決めて。僕の気分とか、体調とか……。よく観察しなきゃ分からないよ？　僕を見て、僕の事だけ考えながら……毎日僕のためのお茶を淹れてよ」

「アッシュ……！　なんて素敵な提案なんだ……。ああ！　きっと君の気に入るお茶を淹れる！」

男なら誰もが言ってみたいフレーズをアレンジしてみた。共に人生を歩むための定番台詞だよね。みそ汁は……この場合お茶になったけど、けっこうイイ感じに決まったんじゃないだろうか。ほらね、ユーリも嬉しそうだ。

その日の晩、ユーリは大公にお茶のレクチャーをおねだりして、たいそう大伯父を喜ばせたという、ちょっとしたおまけの話。

そして、ついに最後の茶会にやってきた。ここは大公のチェス友の家なんだとか。どうりで家格の違う子爵家の茶会をやたらに勧めてくるはずだ。

その大公ってば、僕を置き去りにしてさっさとチェステーブルに御着席。なんという暴挙！ユーリがいる時と扱いが違う。

「放置プレイ……」

「お前を子供と思ってはおらぬわ。一人で十分であろう」

まぁ、いいんだけど。大公のちいさ、小柄、……もうすぐ成長期のお供はご夫人方に大人気だ。子供の姿が安心を誘うのか、やたら女性にこのマシュマロのようなほっぺをつつかれる。

ちょっとちょっと、僕が隠れオオカミだったらどうすんの？　まったく貴族のご婦人は油断が多い……

なんとか香水の漂う群れの中から逃げ出して、目立たぬ場所で一休みだ。あー、空気が美味しい。

ふぅやれやれ、どっこいしょ。ん？　おや？　あれは……

「デューセ、今日の君は動きが悪い。何度もご夫人にぶつかっているだろう？　お客様の邪魔になるなら裏方に回ってはどうだ」

「ヴェスト！　お前こそ、新参のくせにいい加減にしろよ！　デューセが田舎のおふくろさんの病気を心配して気が気じゃない事ぐらいわかってるだろう！　少しは気遣ったらどうだ！」
「それは聞いた。だから裏に回れと……」
「物には言い方ってもんがあるだろう！　邪魔などと、お前には人の気持ちが分からないのか⁉
来いよデューセ。俺がカバーするから一緒に庭を担当しよう。ここはこいつがやると言ってるんだ。放っておけ！」

準備室の扉の裏から不穏な会話が聞こえてきた。そしてその声の一つは僕の心を捉えて離さない、あの青い髪の彼に似てる。

僕はごくごく一般的な農家の子。当然マナーなんかお構いなし。だから一寸の躊躇もせず覗き見を……

えー！　やっぱり当人なんだけど、なんでここに？　一週間前まで伯爵家にいたんじゃなかった？

だけど僕には下心がある。これは……チャーンス！　彼にはこの言葉を捧げてあげよう。
『禍《わざわい》転じて福となす』のだ。

大公のチェスも終盤戦。ウイニングロードをひた走る大公はもうすぐご機嫌で出てくるだろう。その前にすべき事をし、言うべき事を言わなくては。

人気の途切れるタイミングを見計らって、僕は静かにその人の前に立つ。
「君は先日ベルトサーリ伯爵家にいた……。その節は、その……若き公爵様のお加減はよくなられましたか？」

「ええまぁ、すっかり。でも大事をとって今日は休養しています」

「それは安心いたしました。大公様はあちらでチェスに興じておいでです。お声がけしてまいりましょうか？」

ほらね。やっぱりそうだ。彼はメインホールに姿を見せなかった。つまり、担当が違ったはず。なのに大公の動向も、さっきの給仕の様子もつぶさに観察してるじゃないか。

「僕はあなたに話があるんだ。あのね、僕も見てたけど、あなたの忠告は間違ってない。彼はずっとふらふらしてたし、きっとそのうち何かこぼしてた。ゲストのドレスを汚しちゃ大変だ。そうしたら彼は夫人からもっとひどく叱責されただろうね。そう、……危機管理ってやつは大切だ」

「あの……」

さあ！　ここからがいざ本番！

「でも赤毛の彼の言ってる事も分かる。言い方ってとっても大事。僕も昔《ぜんせ》はよく叱られた。でもそんなの適材適所だ。あなたにここは合ってないのかもしれないよ？」

「……そうかもしれません……」

青い髪の給仕さんは顔色一つ変えないけれど、何も感じていない訳ではないのかもしれない。美しいブルーの瞳はほんの少しだけ影を落とした。

「違う！　それは、しかるべき場所でならあなたの長所が発揮できるって事だよ。長所……もしかしてスキルかな？　あなたの目端《めはし》の利き方は普通じゃない」

大方図星だったんだろう。彼の僕を見る目が変わった気がする。

「ねぇ、僕は今月末まで大公邸にいる。それまでにもしここを馘になったら……これはもう運命だよ。騙されたと思って訪ねてきて。僕にはあなたが必要なんだ。あ、ウソウソ、やっぱ馘じゃなくても訪ねてきて。ねぇ、悪いようにはしないから、いいね、待ってるよ」

もうあなたしか見えない。君に決めた！　等価交換だ！

色んなセリフが頭をよぎって、言うべきセリフが分からないっ。

「ま、待ってるからね！　絶対来てねー！　信じてるよー！」

大公邸に帰った後、青い髪のフットマンを勧誘したと話すとユーリは少し複雑そうな顔をした。

「君がそんなに気に入るなんて……、彼は随分綺麗な容姿の男だった」

「だったら何？　僕はユーリ以外、見惚れたりなんかした事ないよ」

「僕には見惚れたのか？」

「……まぁ……」

泣いてるユーリの姿から目が離せなかった……とは、さすがに不謹慎すぎて言えないけど。でも少し肉付きのよくなった彼は、日一日と美しさがマシマシの増量中で……眼福……

「それにこれはユーリのためだからね。誤解しないで」

僕はユーリを諭した。オスモさんは高齢だからいつまでも働かせる訳にはいかないって事を。

この世界はホントに就業倫理が皆無だ。アレクシさんやオスモさんみたいな貴族家に仕える上級使用人は、基本独身順守だし。

「アレクシさんは生涯独身か……。ユーリはいつか結婚するの？」

「しない。僕は結婚など……」

「しないの？　僕はしたいけど……」

前世でできなかったし……。男女交際すらした事ないのに何言ってんだ、って話だけど……夢見るぐらいはいいじゃん。

そんな心を見透かされたのか、少し羞恥に顔を赤くした僕をユーリは優しく励ましてくれる。

「あ、ああ……、そうだ。そうだとも！　できるはずだ！　必ずだ。アッシュ、君は必ず結婚できる。してみせる！」

なぜか公爵様のお墨付きを貰ってしまった……。ん？　してみせる……？　ま、まぁいっか。


その数日後、ノール・ショーグレンさんがやってきた。尋常ならざる緊張と共に……

「お、お招きいただきまして……恐悦至極でございます閣下。私はショーグレン子爵家のち、長子、ノールと申します」

「うむ、気を楽にせよ。今日の招待は我が又甥ユーリウスの……うむ……友人アッシュの希望によるもの。私は席を外す故、ゆるりと過ごすがよかろう」

少し小さめの、といっても十分広いドローイングルームに案内された彼は、僕を見るなり開口一番すごい勢いでクレーマーになった。なぜ!?

「もう君ってば、一体これはどういう事なの？　言ったはずだよ？　僕は若き公爵に……」

扉を開けるか開けないか、勢い余って少しばかり文句がフライング。

「初めまして、ショーグレン殿。私はリッターホルムの当主ユーリウス。私のアッシュが面倒をかけた」

「これはっ！　はっ、いえ、面倒などとんでもない事でございます。ただ私は当家の状況を鑑みて、むしろ私の方が面倒をかけてはいけないと愚考いたしまして……」

「やぁノールさん、お屋敷はまだ手放してない？」

「あっ、君！　説明してくれるかな？　僕はこれから骨董商との話し合いが……」

説明ならこっちこそ聞きたい。一体ショーグレン子爵家に何が起きたのか？

彼の家、ショーグレン子爵家は領地を持たない宮廷貴族。小さな侯爵領で代官を務めてきた家系だが、何かやらかした侯爵の領地接収のあおりを食って、彼の父親の代からは代官の職を失った。

それでもなんとか官吏に就き、王都ではそれなりに暮らしていた。

そしてそんな時、骨董商に惑わされてとんでもないほど高価な壺を……彼の父親ショーグレン子爵は借金してまで買ってしまった。たくさんの友人に迷惑をかけて、ただただ欲望の赴くままに。

しかも壺を引き渡す前に骨董商は逃げてしまったんだとか……

「父はとてもいい人なんだよ。善良で友人も多く……とても人に好かれる質で。だけど古美術、特に焼き物には目がなくてね……。人が変わってしまうんだ」

収集系芸術マニアに有りがちな事だ。ヲタクなら誰もが持つ気質だけど……骨董品は時に桁が違う。

「僕も美術品は好きだからその気持ちは分かるよ？　分かるけれど……これではひどすぎて庇えない。ご友人にまで迷惑をかけて……。母は弟を連れて生家に帰ってしまった。父は途方に暮れている。僕がなんとかしないと。だけど得意じゃないんだ、こういう事は……」

「まぁまぁ、今日はあなたに提案があって呼んだんだよ。ユーリに紹介したかったのもあるけど。それよりも、ねぇノールさん、予備学院はもう退学したの？」

「え？　まあ……。どうしたって学費は出ないから……。振ってももう、何も出ないよ……」

田舎のヤンキーじゃないんだから、「そこで飛んでみろ」とは言わないけど……肩を落とした清廉な人を見ると、悲惨だな……

「じゃぁさ、リッターホルムに住み込んでユーリに勉強教えてみない？　公爵家は高給だよ？」

「ええっ⁉　そんな馬鹿な事……僕はまだ予備学生で……学術院生じゃない。分かってるの？」

予備学生が家庭教師……つまり肩書のない半人前が公爵家の家庭教師。いまいちピンとこないのも無理はない。

だけど僕は覚えてる。ネットコミュニティには大学入りたてでチューターしてた人もわりといたし、バイトと称して親戚の子に九九を教える高校生もざらにいた。知識の有るなしに年齢は関係ない。まったく問題ないね！

「下手に頭の固い大人よりも、年の近いノールさんの方がいい」

とはいえ、所詮彼も十七歳。そこで時々王都に来て学院で集中講義を受ける事を提案してみたが、どうだろう。大公は知り合いの教授に講義を頼んでくれると言った。知識のブラッシュアップは必要だろう。彼のためにも、ひいてはユーリのためにも。

「予備学院に行ってたくらいだもの。ノールさんは勉強続けたいんでしょう？」

勉強好きな人種の気持ちなら僕にも分かる。家門を助けてあげるとまではおこがましくて言えないけど……彼個人の事は助けたい。

「っていうか、嘘です、助けてほしい。困ってるの、ホントに」

ええい！　格好つけてる場合か！　この際必要なら土下座でもなんでも……

「で、でも……」

あ、あれ？　完全拒否って訳でもなさそう。ならここはひたすら押すべし！

「夜会でも聞いたでしょ？　みんなユーリに偏見を持ってる。悔しいけど成り手がいないんだ。大公も探してくれたけど、イヤイヤ来るやつじゃダメなんだよ！　ユーリにはまだまだ学ぶ事がたくさんある。できたら勉強や教養以外も……いろいろ教えてあげてほしい！　ねぇ、お願い！」

ユーリは目を丸くしてる。僕の意図には気づいていなかったみたい。まぁ気づかせなかったとも言うんだけど。下手な事言うと、ユーリはすぐにむくれるからね。

ただのお友達紹介だとでも思ったんだろうか。そんな訳ない。僕は理由もなく面倒な事はしないのだ。

「アッシュ……そういう事か……」

「ねぇユーリ、彼はあの夜会で唯一ユーリを気遣ってくれた。彼は大丈夫、僕に君の傍にいてあげてって言ったくらいだもの。僕を信じるって言ったよね？　ユーリ」

「……信じる。そう約束した。君だけを信じるって。君が彼を大丈夫だと言うなら……信じるよ」

「あとはあなた次第だよ？　ノールさん、お茶一杯分時間をあげる。その間に決めて。ここで決断できないならあきらめる」

いっぱい考えて、なんて僕は言わない。『トップセールスの心得』に書いてあった。チャンスの神様はつるっぱげのうえ、毛が三本しかないんだから。掴めないならそれまでだ。

ノールさんがお茶を飲むだけの、静かな時間が流れていく。品のある人だな。肩までの黒髪がよく似合っていて、椅子に掛けた姿も凛としてる。

「その……、本当に集中講義を受けさせてもらえるんでしょうか？　僕が学びたいのももちろんですが、公爵にお教えするのであれば、いつでも万全を期していたいのです」

「……リッターホルムへようこそ、ノールさん。これからよろしくね」

握手をしようと伸ばした手は、……ユーリによって遮られた。もうっ！　可愛いな！

◇◆◇

さて、本来ならここで帰るはずだったのだが、大公の希望で少々延期となっている。今日は以前約束した、大公がユーリを祖父の墓参りに連れていく日だ。

そこで、王城に入れない平民の僕は念願叶ってこの世界初の図書館へ、前世から通算して何年振りかの図書館へとやってきたのだ。

期待値爆上げのまま見上げたのは王都の誇る大図書館。エスキルセン聖図書館だ。

外観からして前世で通った市立図書館とは違う。『本好き必見！　一度は訪れたい世界の図書館』で見た、チェコにある修道院の図書館みたいだ。くしゃみしたら死罪になりそう……

「じゃあアッシュ。僕は墓参りに行ってくる。迎えに来るまでここにいて。いいね。誰とも話さないで、誰にも笑いかけないで」

「笑い……ま、まぁ、図書館だしね、静かに本読んでるよ……」

心配性のユーリに、大公が苦笑気味に言葉をかける。

「ここは身元の確かな……それも高位の貴族しか出入りはできぬ」

「そうなの？　じゃぁ安心だ」

「だけど彼らは傲慢なんだ。ああ……もしも君が誰かの目に留まってしまったら……そして無理やり！　……やっぱりアッシュ」

「ユーリウスよ。今日は私の名で人の出入りを差し止めておる。安心するがよい」

そこまで言ってもユーリの眉根の皺は消えない。心配性、ここに極まれりだ。

「……アッシュ、手当てを……手当てをして……。お願いだ、胸が苦しい……」

ユーリは僕の手を取り、何度も何度も口づける。……本当は王城に行きたくないんだ。厭われてるのを知っているから。だけど、そのおかげで面倒な挨拶は最低限で済む。

「こういうのを不幸中の幸いって言うんだよ」って教えてあげたら、やっと眉尻を下げて笑った。

大公の従者さんがとりなしてくれたおかげで、僕の入館はスムーズだった。何しろ僕の薬指には公爵家の紋章入りリングが燦然と輝いている。指が重い、折れそうだ。これ何金なのかな？

それにしても久しぶりの図書館に心が躍る。前世の幼少期にその大半を過ごした図書館は第二の故郷と言える。なのに、こちらに来てから本というものに触れるのがそもそも難しい。本は高級品なのだ。

きっとこの世界にしかない本もたくさんあるはず。今日のうちに一体何冊読めるだろう。速読どころか瞬読を身につけておいてホントによかった。『瞬読の極意。一冊五分で読める方法』こそ神本。僕の人生のベストバウトだ。

夢中になって本を漁る。一冊五分だ。周りからはチラ見しているようにしか見えないだろう。やみくもに手に取っては戻している、子供のお遊びに見えるはずだ。

そんな楽しい時間の中、静かな図書館には不似合いな、抑えめではあるけど紛う事ない職員同士の口論が聞こえてきた。

「おい、エスター。樹皮本の修繕ばかりしてないで少しは清掃や慈善活動も手伝えよ」

「僕は修繕師として雇われているし、書物の事以外に興味ないんだ、……司書は他にいたよね？」

「そうだが皆協力して、この大図書館の品位保持に努めてるんだ。お前だけだ、書物に直接関わる仕事しかしないのは。……言っておくが、館長はお前の次月更新をしないそうだ」

「なんだって！」

「当たり前だろう。……修繕師なら多くはないが他にもいる。なんでもできる奴がいるならそっちの方がいい。人件費だってばかにならないんだ」

「そんな……ここは楽園なのに……」

ケンカというほどの事でもないな。あの司書の言う事はもっともだ。持ちつ持たれつ……大事な事だ。これは祖母の口癖でもある。

ため息をつきながらその修繕師が横を通り過ぎる。気の毒に。彼はもうじきニートになる。

「君、王家を知りたいなら歴史書よりも寓話がいいよ。歴史書は王家に都合がいいように改ざんされている事がある。寓話は比喩が多いが……けっこう真実が書かれている。君に読み解けるかは知らないけどね」

「え……僕が何を見てるか気づいてたの？　適当に手に取ってるとは思わなかったの？」

「何がどこにあるか、書物の事なら全部把握してる。それに修繕した書の事なら何が書いてあったかも覚えているよ。君の手に取る巻物は一貫して王家に関わるものだけだ。僕は書物に関する事なら……詳しくは言えないが色々できる。そういうスキルなんだ」

なんだって！　頭の中でファンファーレが鳴る。まさかこんなところで人材を発掘できるなんて。

僕の頭の中には知識がある。そして僕には紙がある。脳細胞が元気なうちに書き残したいけど、非常〜にめんどくさい。タイピングに慣れた僕に直筆は心底辛い。直筆だと頭が回らないのだ。

「書籍に関わる……って事は、書き起こしなんかは？」

「書き起こし……清書の事かい？ああ、何と言う事もないよ」

はい、ビンゴー！　……やばい……鴨だ。鴨がねぎしょってやってきた……

「あっ、じゃぁ王家の毒、ムガッ……」

「しっ、声を抑えて……。それは大っぴらに話せない」

「……毒に関する書物を教えて？　……そうしたら次の働き口、僕が紹介してあげる。いい待遇だよ。新設の私設図書館の管理、しかも住み込み高給三食付き。どう？」

修繕師の糸目がキラリと光る。糸目なのに……

「新設……今から蔵書を集めるという事かい？　……後で詳しく聞こう。……君の知りたい書物はこっちだ」

私設司書、ゲットだぜ！

◇◆◇

そして遂に……、だー！　帰る日になってしまった……

臆病者め、おじけづいたか。来いよ、来い来い、来いってば！

「アッシュ、さっきから落ち着かないね。彼を待っているの？　あの給仕の彼を」

「そう。僕たちの未来のためには彼が必要なんだ」

「分からないな……。何度も暇を出されるような使用人が僕たちに必要なのか？」

「そう。特に君にね」

おそらく彼にはスキルがある。あの観察力は気が利くの域を超えている。

それに何より……彼のあの動じなさ。最初に会ったあの茶会で、僕はず～っと見ていたのだ。

ピンクのドレスのご令嬢に頬染めながらどれほど熱い目で見つめられても。そのご令嬢に執心などっかの令息にこれみよがしに嫌がらせをされても。気を利かせすぎてキュウリのサンドイッチばかり目の前において、ちょっとふくよかなご婦人を激怒させた時も。

そして先日、同僚にあれほどの嫌悪をぶつけられても……彼は少しも動じなかった。

その整った顔をピクリとも動かさず、何の感情も表さず、彼は給仕を続けたのだ。

僕は思った。ああ、理想の執事がここにいた、と。

自分で言っておきながら、まさかＡＩみたいな完璧執事がホントに見つかるとは思わなかった。

彼ならきっとユーリのスキルだって気にせず、顔色一つ変えないで職務をこなすに違いない、と思ったのに……当てが外れた……

何しろあそこで会えるとは思わなかったから……。本当は大公に頼んでノールさんのように屋敷に呼んでもらうつもりでいた。なのに突然の再会でうっかり舞い上がって『外交官の説得術』がしまい込まれたままだったのだ。大失態……

「さぁユーリウス、そしてアッシュよ。領地へ戻る用意ができた。そろそろ雪も降り始めよう。私は春まではなかなか行けぬが、何かあればすぐに駆け付けるゆえ安心いたせ」

「大伯父上、僕にはアッシュがいます。彼がいれば……僕はもう大丈夫です」

「そうかそうか」

今回の王都訪問を一番喜んだのはきっと大公だったのだろう。その顔からは深い苦悩が少しばかり消えた気がする。

「ではアッシュ、頼んだぞ。それから例の件は……」

この国で貴重な胡椒の中でも特に白胡椒は薬用効果が高く、前世でも薬膳や外用薬として使われていた事もあったという。白胡椒を作るには発酵が必要で、僕は大公にその発酵レシピを教えてあげたのだ。

そうしたら大公ってば最大限値を吊り上げて独占販売するとか言い出して……大公、お主も悪よのう……。あ、ちなみに収穫は僕の《シーズニングフォレスト》でね。大公、儲ける時は一緒だよ。

走り出す馬車から外を眺める。あ〜あ、結局彼は来なかったな。デカい口叩いてここまで来たのになんたる不甲斐なさ。収穫は一人、それからおまけが一人。これじゃぁただの慰安旅行だ。

アレクシさんの方はどうだろう。……下級使用人……どれくらい集まっただろう……はぁ……

「アッシュ、あれは……ほら青い髪の」

「あっ！　御者さん、止まって、馬車を停めて！」

大きなボストンバックを抱えて息を切らして走る青い髪の給仕さん。ああ、ロスタイムの奇跡！

「おっそい登場だね。待ちかねたよっ！」

「すみません。夫人がなかなか離してくれず旦那様がお怒りになりまして。出るに出られず」

「え、それなんて言う修羅場……。で、どうしたの？」

「別にどうも。私は無関係なので。埒が明かないので挨拶して退出してきました」

「……いいね。まさにそういうとこだよ。グッジョブ！　それにしても」

美形って大変だなって心の底からそう思った。こうして間一髪完璧執事（予定）のヴェストさんを手に入れたのだった。

◇◆◇

「アレクシさん、オスモさん、ただいま帰りました！　進捗具合はどうですか？」

「おお、アッシュ君は相変わらずお元気ですな。ユーリウス様、お帰りなさいませ。大公邸はいかがでしたか？」

「うん、大伯父の計らいもあり、つつがなく過ごす事ができた」

ああ……、おじいちゃんの顔を見るとこう……妙にホッとするな。オスモさんは僕の癒しだ。

「ユーリウス様、ご無事にお戻りで何よりです……。その、社交の場はいかがでしたか？」

「そうだな……。親しくできたとは言わないが、……なんとか顔合わせは済ませられた」

社交の場に出られただけでも上出来だ。それすら今まで諦めてたんだから。

「それよりも、はい注目ー！　二人に紹介するね。執事候補のヴェストさんでーす」

「私に務まるかどうかは分かりませんが……、どうぞ私の力をお役立てください」

「謙虚か！」

何ごとにも動じないヴェストさんだけど、幾度となくお屋敷を解雇された事で少なからず自分を見失っているように見えた。この間も思った事だが、彼には感情がない訳じゃないのだ。ＡＩに限りなく近い……、でも紛れもない人間なのだから。

そしてその夜、公爵邸の一室では報告会が催された。

「ヴェストさんはオスモさんに預けます。どうかしっかり鍛えてあげて」

僕はヴェストさんから聞いた事情をオスモさん、そしてアレクシさんに説明していく。彼は物理の認識力が高い代わりに目に見えないもの、感情とか場の空気とか、そういうものに鈍いのだという事を。だけどここに同僚は一人もいない。はは……嬉しくないけど幸いにして……

オスモさん以外はヴェストさんの部下になるから、今までよりもやりやすいんじゃなかろうか？

何しろこの世界の上下関係は戦国時代並みに徹底している。

「ぶつり……？　形のあるもの……という理解でよろしいですかな？」

「厳密にはちがうけど、まぁうん」

「ふむ、よろしい。私は甘くはありませんよ。よろしいですな？」

甘くない……だと？

「構いません。私は私の居場所を求めてここに来たのです。彼が、……適材適所と、そう申されましたので」

そうか、ヴェストさんは自分の居場所を求めてきたのか。ならばその居場所探しはここが終着点になるだろう。いや、そうしなければ。

「それから来週にはユーリの家庭教師がやってくるよ。まだ若いけどとっても凛とした人。優しくてね」

「家庭教師……それはようございました。ユーリウス様は貴族学院へは通われませぬから……」

あんなところ行く必要はない。なぜならそこには……、ユーリの宿敵、勇者がいるからだ！

「あっ、そうそう。来月もう一人、ちょっと風変わりな人が僕を訪ねてくるけど、その人にはここの書庫を整理してもらうつもり」

「それは願ってもない。先々代の集めた多くの書物が傷んだまま放置されておりますので」

ここで目を剥いたのが予想通り、ユーリだ。ほらね。こうなると思った。

「アッシュ！　聞いてない！　誰？　その人は君の何？　その人とは一体どこで」

「はいストップ！」

まぁ分かってたけど……。けど僕だって引く気はない。ユーリの庇護下に入る気はないのだ。僕は僕の将来を盤石にしなくては。

「あー、書庫を整理しがてら、僕の手伝いをしてもらう人。いやそう思ってるだけだけど、まだ」

「君の手伝い……？」

「ユーリも知ってるでしょ、僕の研究。色んな野菜の研究をきちんと書き残しておきたいの。きっとリッターホルムの役に立つ。それをまとめてもらうために来てもらうの」

「研究……そうか、だけど……」

「それにね、これは勘だけど、ユーリもきっと彼の事を好きになるよ。そんな気がする」

勘とはいえ、確信に近い。なぜだかあの飄々とした修繕師はユーリのスキルにも動じないし、ユーリも彼を受け入れる。そんな気がしてならないのだ。

彼は前世のネッ友たちに近い人種だ。彼らは時にシャイで、時にピュアで、時にマイペースで、そして意外にも他人の価値観を尊重する。……己の領域を侵されない限りは……

なんとか納得してくれたユーリに胸を撫でおろして、報告会は佳境を迎える。

「ではこちらの報告を。オスモがここ、そして私が大公領で触れを出しまして……満足ではありませんが最低限のホールボーイ、ヤードボーイを確保しました。その、わずかですが怯えを見せるため、当面の間は……荘園の空き家を貸し与え、通いで奉公にあがらせます」

「ふむふむ。で、シェフは？」

「その……面目ない……」

僕もギリギリだったんだからこれ以上は責められない。まぁそのうち。

「ふぅ……もうしばらくは僕が作るけど……早く何とかしなくちゃ。僕、大量に作るのは得意じゃないし」

身長が足りな、背が届かな、……絶賛成長中だからね、大きな鍋は扱いづらいのだ。

そんな困り果てた僕とアレクシさんに、予期せぬところから救済の声が降ってきた。

「シェフをお探しですか？」

「ヴェストさん、心当たりが？」

それは渡りに船。でも、僕はヴェストさんに言って聞かせた。

さすがにシェフは通いという訳にはいかない。である以上、リッターホルム公爵邸での住み込みに抵抗のない人じゃないとダメなのだという事を。それからユーリのスキルに偏見がない人。これは絶対絶対、なにがなんでも外せない最重要優先条件なのだという事を！

「一人います。家を出て初めて勤めた屋敷のシェフが料理を生きがいとする偏執な者で……彼なら多分抵抗も偏見も持たない……。ですが……」

「偏執って、ヴェストさんが言うならよっぽどだ。ですが何？」

そのシェフは頬に大きな傷痕を持ち、そのうえ片足が義足なのだという。上質の肉を求めて狩猟に出て、その際に少しばかりしくじったのだと。

「そのため勤めていた屋敷を馘になりました。伯爵家の厨房に置くには見栄えが悪いと」

シェフは挨拶で客前に出る事もある。食材の説明を求められたり、呼び出されて称賛を受けたり。見栄えを気にする家があっても何もおかしくはない。

「残念な概念だよ……。だけどそれならこの屋敷にはぴったりだ。ここには誰も来ないからね」

僕渾身の自虐ネタを誰も笑ってくれなかった……。チーン……

ヴェストさんは即刻、その手負いのシェフに手紙を出してくれたようだ。「シェフであり続けたいならこの屋敷に来るがいい」と。あきれたな。なんという物言いだろうか……

とにもかくにも、こうしてヤードボーイ、ホールボーイが十分じゃないにせよ揃った以上、真っ先に取り掛かるべきはヴェストさんの育成である。

「いい？　ヴェストさんにしてもらいたい事はたった一つ。ユーリに最高の環境をちょうだい」

「ユーリウス様に最高の環境を……」

「最優先事項はユーリ、ユーリに笑顔でいてもらう、そのために何が必要かだけを考えて」

感情も空気も読めなくたって、何を整えれば主人が快適か、何を用意すれば主人にとって最善か、それを把握する事はできるはずだ。むしろ彼の得意分野とも言えるだろう。

「そのために自分が何をすべきか、この屋敷をどうすればいいか、ヴェストさんのスキルなら把握できる」

「……ユーリウス様にとっての最善……」

あ……、もうスキルを使い始めた。僕の認めたヴェストさんの『空間認識』スキルは無意識下で発動される。二十四時間三百六十五日、ヴェストさんの意思など無関係に。

ならせめて、少しでも彼の気持ちが楽になるよう、僕は道を示してやらねば。

「ここは今までの職場と違う。ここでの行動の指針はずっとシンプルだ！　ユーリの望む空間を整えて。ボーイはそのために集めたヴェストさんの部下だよ」

「オスモ殿が指示した方が最善ではありませんか？」

「……若くて経験値のない彼らはまっさらだから大丈夫。指導のコツだけは教えてあげるから」

認識しすぎるのも厄介だな……

そうこうしているうちに一週間はあっという間に過ぎていく。

「明日にはノールさんがやって来るよ。楽しみだなぁ」

「ああ、彼か……。ねぇアッシュ、官吏の職を失ったショーグレン子爵に、屋敷だけは手放さなくてすむよう大叔父上に頼んで手を打ってもらったよ。君が気にするかと思って」

「ええっ！　じゃぁノールさんも一安心だ。僕のユーリは心配りまで完璧なの？」

「喜んでもらえた？　よかった」

ユーリってば、ノールさんが集中講義の時に帰る家は必要だろうからって……、天使かな？　それに僕と大公は冬休暇にまとめて講義を、って思ってたのに、年数回に分けて予定を組んでくれた。

「これは僕にとっても必要な事だ」だって。なんて勉強熱心なの？　やっぱりノールさんを招いてよかった。あんなチョビヒゲ守銭奴家庭教師なんかとえらい違いだ。

そして翌日。お昼前にやって来たノールさんを僕お手製のサンドイッチでおもてなし。

ちなみにここへ来る際、大公にお願いしてまとまったお金を彼には渡してある。いわゆる契約金ってやつだ。あんな状況下では家族を放ってここへ来るのも難しいだろうと思ったからだ。

「リッターホルム公爵、僭越ではありますが、これからここで勉学をお教えさせていただきます。どうぞよろしくお願いします。それから屋敷の事……ご配慮いただき本当に感謝しております」

「ああ、かまわない。君をこんなところに呼び寄せたのだ。これくらいの、ムグ」

「こんなところってどんなところ？　ユーリはリッターホルムを何だと思ってるの！　ここは僕とユーリの理想郷になるんだよ？」

「あ……、ごめん、僕は忘れっぽいな」

そんな僕とユーリのやり取りを、ノールさんは少し驚きながらも微笑ましそうに見つめていた。

ノールさんにあてがった部屋は上級使用人用のまぁまぁ広めのワンベッドルーム。お隣がアレクシさんの部屋だ。

アレクシさんが子爵家の嫡男であるノールさんの立場を心配したところ、彼は「もともと官吏を目指していたので、仕える場所が代わっただけと思えば同じ事です」と言ったのだとか。

ショーグレン子爵は壺を手にするための借財で方々に迷惑をかけ、官吏の職を失った。その息子であるノールさんの事も、宮廷、ひいては社交界にはよく思わない者がいるだろう。

「このお話はむしろ大変幸運でした。私は弟を貴族学院に行かせてやりたい」と言ってくれたのだという……。涙腺ダァァァ……

予備学院の二年目に進むはずだったノールさんの聡明さは、その佇まいから見て取れる。アレクシさんともすっかり仲よくなり、おじいちゃん執事オスモさんのお眼鏡にも無事かなったようだ。

それにしても、自分に非のないところで人々からの不興を買う……。程度は違えど実に似た立場の二人だ。彼はきっとユーリの良き理解者になれるだろう。


こうして屋敷の管理体制は思いのほか早く整っていった。

ヴェストさんからの手紙を受け取った例のシェフからは、来月には入領できると返事があった。それも優秀なベイカーを伴って来るのだとか。他にも有用なスキル持ちに声をかけてきてくれるようだ。なんたる幸運！

ヴェストさんは本当に、仕事だけはパーフェクトだ。その不躾な物言いさえ気にしなければ……

だけどオスモさんは熟練の執事だ。いちいち顔や態度に出したりはしない。そして若いボーイたちとは……、意外にもうまくやっている。

僕が教えた人を使う基本中の基本は、『山田六十七語録』から抜粋した名言である。

「やってみせ、言って聞かせて、させてみて、誉めてやらねば人は動かじ」

これを僕はかみ砕いて教え込んだ。誉め方が分からないならとりあえず全て「よくやった」で通し、意思疎通が難しい時は全て「はい」か「いいえ」で答えられるような指示や質問にするように言った。この教えが上手くいったようだ。

難航するかと思われた問題が思いのほかスムーズに進んで安心しきった頃、ついに待ち望んだ最後の人材、司書のエスターが現れた。荷馬車二台分にもなる大量の書物とともに……

「この荷物は……本。こっちは……本。それからあの荷物も本で、そこのトランクの中は……？」

「これも本みたいです。すごいですね……書物がこんなに……。これだけの書物を買い集めるのは大変ではありませんでしたか？　その、色々と」

あまりにも大量に積み上げられた本の山に、ノールさんは目を丸くして驚いている。

本当に……、これだけの本、一体どれほどのお金と手間と情熱を注ぎ込んだんだか……

「僕は他に趣味がないから、収入の全てを本に費やしてきたんだ。そうだアッシュ、君が着の身着のままでいいと言ったから、家財道具を全て売り払ってさらに本が買えたよ。いやよかった」

「よくないよ？　いやいいけど。じゃぁ、ここを追い出されたら困るって事だよね。そうか、奴隷契約か……」

「物騒な事を言わないでくれよ。僕は書物にしか関わらない」

「分かってるって。でも逆にワンタッチでも関わってるならなんでもしてくれるって事だよね？　エスターのその頭のおかしいとこ嫌いじゃないよ」

「誉め言葉だと思って聞いておくさ」

いい意味で頭のおかしいヲタク気質のエスターを連れて、ユーリのいる書斎へと足を運ぶ。

「リッターホルム公爵、僕は古書修繕を生業としているエスターです。この国の学術院で古代呪物の研究に精を出してるブッケの息子にございます。お見知りおきをどうぞよろしく」

「何⁉　ブッケ教授の！　そうか、そうだったのか……」

「ユーリウス様、ご存じなのですか？」

ユーリの勢いに思わずノールさんが声を上げる。

ブッケ教授は古代呪物研究の第一人者。その学術的功績から一代貴族として男爵位を賜っている。

ユーリがまだ五歳の頃、毒について知るために王家が寄越してきたのがこの教授だそうだ。

「あの頃……まだアレクシもいない王都邸で彼だけが唯一僕を恐れないでくれた。できたらそのまま彼から学びたかった……。だけど彼はその当時、宮廷付きの学者だったから……。王家の許可なく勝手な真似はできなかった」

しんみりと当時を思い出すユーリの唇は震えている。旧懐は嫌な思い出とワンセットなんだろう。

そんな空気を全く読まず、あっさりと壊す人物が一人。

「幻想をぶち壊して申し訳ないですが、父は僕と同じ人種ですよ」

「へっ？　つまり？」

「父は古代呪物以外の何にも関心がないんですよ」

王宮での昇進にも無関心が過ぎて、最終的に閑職へと追いやられたクセ者だとか。その結果、学術院で教鞭をとる事になり、ノールさんとも面識があるらしい。

「父は呪物さえあれば満足なのでまったく気にしてはいませんでしたがね。そんな訳でユーリウス様の毒にも、大して興味なかったんじゃないかと思いますね」

呪物まみれの生活に愛想をつかして奥さんが出ていったくらいの筋金入りらしい……。呆れたな。

「まぁ母には気の毒ですが、僕は父に共感を覚える質なんで、これぱかりは諦めてもらわないと」

「ふふ、いいんだ。それでもあの時の僕には十分だった……」

〝ブッケ教授の息子〟である事が功を奏して、エスターはあっさりと受け入れられた。

難航すると思ったのにな。『外交官の説得術』はまたまた出番を失ってしまった……

思わぬ幸運だったのは、エスターが未だシェフが到着しない厨房へ一緒に立った事だ。本のために食費を削って自炊をしていたからか、一応貴族の息子だというのに珍しく調理に抵抗がないらしい。

「手伝ってくれて助かるよ。僕にはこの大鍋、扱いづらくて。書物に関係ないけど、いいの？」

「食べなきゃ死んでしまうからね。僕は本の収集と修繕が生きがいだけど、寝食は疎かにしない。命あっての物種だからね」

耳が痛い……。前世の自分に聞かせてやりたかったよ、その言葉……

そうこうしている間に、ようやく念願のシェフがやってきた。

僕とアレクシさん、オスモさんを前にして大小二人の人物が、厨房をぐるりと見回している。

片足のシェフは厳つくて、まるで海賊みたい。そしてその後ろにはえらく可愛いのが一人。

「私がシェフのサーダだ。少しばかりしくじってこんななりだが腕前には自信がある。くそっ！　料理の出来に顔が関係あるものか。……失礼」

こ……、濃いわー……

「それから私のスキルは『状態維持』。保存の最上位スキルだ。連れてきた昔馴染みには『保温』持ちと『冷却』持ちがいる。一緒に使ってやってくれ。それからこれはナッツ。私の助手みたいなものだ」

「ナッツです。皆さんよろしく～。僕はお菓子作りが得意ですけど、パンも焼いちゃいますからね～。皆様のお茶のお供はぜーんぶお任せくださいっ。ちなみにスキルは『計量』です！」

バチコン☆　うーん、ウインクで星が飛んだ。アイドルかな？

なんかすごく可愛いんだけど……どこかあざとい感じがするのは……なぜ？

「シェフは見た目はこんなですけど、腕前だけは確かですからご安心を～。僕は昔からシェフに傾倒してて、押しかけ弟子になったんです！　でもお菓子作りの方が好きになっちゃって。皆さ～ん、お菓子は好きですか～？」

「大好き～！」

しまった。歌のお兄さんみたいなノリにつられて幼児になってしまった……

「ナッツ殿、『計量』というのは重さが分かるスキルなのでしょうか？」

「はい。目視で大体の重さが分かります。お菓子作りは計量が命なので、スキル磨いちゃいました。けっこうな正確さですよ～？」

なんて世の女性を敵に回しそうなスキルだ……。重ね重ね恐ろしい子だ、ナッツ君……

それにしても……、なんて自由なんだ。肝心のシェフは挨拶が終わったとたん、食材や器具を確認して何かぶつぶつ言っている。

「あの、義足の具合はどうですか？」

「さすがは公爵家、塩や胡椒までもがこれほどまで……なんだっ？　この甘味は！」

会話がかみ合わない……

「後ほど説明いたします。ところでサーダとやら、あなたはここの食材を恐れはしないのですな」

「食材を恐れる必要がどこにある？」

「前任のシェフが来たときは大変でしたので。その、これらに公爵は触れていないかと……そして厨房、食糧庫には立ち入ってくれるなと申されまして」

何！　あのクソシェフめ……よくもそんな事を！

「食糧庫か！　どれ、ぜひ見せてもらおう！」

やはり会話は噛み合わない。ヴェストさんから聞いていた通り、偏執的な調理人だ。

ああ、彼も頭のおかしい人のお仲間か。まさにここにはもってこい！

「あの、シェフはあの通りの人なので、何かある時はまず僕に言ってくださいね～」

キラキラしたナッツ君は、嬉しそうなシェフよりもっと嬉しそうにシェフの後ろ姿を見つめ続けていた。

「いやぁ～、とんでもないのばっかり揃いましたね。訳ありか残念な人ばかりじゃないですか」

「君が集めたんだろう、アッシュ君。だが一番とんでもないのは君だけどな」

「えっ？」

これでユーリのための布陣は揃った。

屋敷の管理は執事のオスモさん、その下には執事候補のヴェストさんが後は任せろとばかりに待っている。

身の回りの事は従者のアレクシさんがいるし、家庭教師は学問や教養だけでなく、幸か不幸か父親のおかげで美術にまで長けたノールさんが全て引き受けた。

厨房はサーダさんの城になり、その味は申し分なく抜群だった。けどユーリのための朝食だけはこれからも僕が専属だっ！

そして僕にはエスターがいる。最高に頭のおかしい僕の司書兼書庫係。

僕とユーリは輝かしい未来に向かって、これでようやく本当の一歩を踏み出せるのだ。

◇◆◇

「なぜだ！　なぜあれは王都に来た！　おかしい……こんなはずでは……」

「あれの毒性が高まるようにしっかり煽っていらしてとお伝えしましたでしょう？　ああ、でも貴方は育ちがいいから、罵詈雑言を吐いたつもりでもそうではなかったのかもしれませんわ。仕方がありませんわね。貴方は伯爵とはいえ、あれとは違って本当の貴族ですもの」

「う、うん。そうだな。少しばかり品が滲み出てしまったのかもしれない……。だが次はもっと上手くやって見せる。あれが立ち直れないほどの罵倒を浴びせて……」

「貴方……そうではありません。次は人を使うのですよ。貴方が表に立つ必要などないのです。あれをよく思う者などいないのですもの。上手く扇動すればいいのですわ。一緒に考えましょう？　わたくしたちがより良き暮らしを得るための計画を……ねぇ？」

ユーリウスの懐古

僕の名はユーリウス・リッターホルム。

この国、エスキルセン神聖国の序列第二位、リッターホルム公爵家の当主として生まれ落ちた。

母はカルロッタ。前当主の一人娘だ。父はマテアス。南東の端に小さな領地をもつペルクリット伯爵家の嫡子であったが、凋落した伯爵家の息子は公爵位へと色気を見せた。

だが公爵家には代々引き継ぐ特別なスキルがある。それ故に、公爵位は血族直系男子である赤子の僕が生まれると共に受け継いだ。

それは家族を崩壊へと導く小さな波紋にすぎない。悲劇はここから幕を開ける……

記憶の奥底をいくら探ってみても、母と過ごした記憶はない。僕を王都に残したまま彼女は領地へ引き揚げた。王都邸には父がいた。愛人と隠し子を招き入れ、まるで家族のように暮らしていた。

はじき出された僕に与えられたのは、本邸の裏手に建てられた陽の当たらぬ別棟と、不敬を問われぬために用意された最低限の使用人のみ。公爵家の豪奢な屋敷にはどこにも僕の居場所などなかった。

日々積み上げられる小さな悪意と明確な憎悪。

屋敷の中に味方はいない。たとえ乳母であってもだ。咳をするたび、咽るたびに彼らは僕から距離をとる。全ては僕の持つ特別なスキル、【毒生成】の存在故に。

涙を流す僕に、父の愛人は冷たく言い放った。

「彼らを責める事がどうしてできましょう。己に害を与えるものなど忌避されてしかるべきですわ」

言い返す言葉も見つからず僕は立ちすくむしかなかったが、その一つ一つの振る舞いに幼い心は傷つけられた。

そんな折、毒について学ばせようと王家は僕に教師をつけた。やってきた学者はなぜだか古代の呪物を手にしていた。

「毒は専門ではないのですが、他に誰も成り手がいなかったのですよ」

不躾な言葉に反し、彼との授業は思いがけず満ち足りた。追い詰められ疲弊した心がほんのひと時休息を得る。彼は僕を恐れもせず、常に笑顔で語りかけた。

「幼い公爵様。もっと近くに寄って見てごらんなさい。この呪物の神々しさを」

そんな風に腕を引き寄せられたのも初めてで、彼の話すほとんどは呪物の事だったが、僕はそれでも構わなかった。彼と過ごす講義の時間だけは普通になれる。

だがその講義も半年程度で終わりを告げ……僕は再び孤独の中へと引き戻された。

さらに、七歳の誕生日を迎え、乳母との生活が終わるその日、乳母の顔には安堵が浮かび、その姿に僕の心は暗く沈んだ。

せめてもの慰みにあの呪物の教授を望んでみた。彼は宮廷付きの専門学者だ。子供の家庭学習如きに高望みなのは分かっていたが、思った通りやはり色よい返事は貰えない。

その代わりにと、この国の大公位であり僕にとって唯一頼れる大伯父が、ある日一人の従者を連れてきた。それが僕より七歳年上のアレクシだ。彼は家令から僕のための教育を受けている。その一部には、……僕の毒で死ぬ事すら受け入れる教育が入っている。

彼はそういう存在なのだ。僕の傍らに付き従う、だがそこに彼の意思はない。

善良なアレクシはこの屋敷で得た初めての味方だ。だがそれはいつだって、僕の心をけっして満たしはしないのだ。

やりきれない気持ちを吐露した僕に父の愛人は牙をむいた。僕はただ……、ただひどく寂しいと伝えたかっただけだ。なのに彼女はそれを身の程知らずと切り捨てたのだ。

「貴方様はご自分が周囲にとってどれほどの脅威なのか全くお分かりでないのだわ。分かっていれば、こうして世話をされるだけでもありがたいと思うでしょうに。毒を生む貴方様がこうして恭しく扱われるのは、貴方様が公爵だからですわ。皆不敬の罪には問われたくない。お分かりかしら」

僕は何も言えなかった。言える訳がない。全ては真実なのだから。

彼女の言葉を反芻するたび、僕の全身からは言いようのない感情がふつふつと湧き出し……胸の中が黒く塗りつぶされていく。身体中が真っ暗な闇で埋め尽くされた時……僕は意識を手放し……

……その後の事はよく覚えていない。

気がついた時にはアレクシに支えられ、ガタガタと揺れる馬車の中にいた。大伯父上の手配によって、領地に住む母の元へと向かうために。

王都での全てが悲しかった。それでもあの時の僕にはまだ一筋の希望があったのだ。

領地にいる母ならば……、同じスキルを持つ母の元へ行きさえすれば、きっと違う毎日が始まるのだと、幼く愚かで浅はかな子供はそんな淡い夢を見ていたのだ。

リッターホルムの広大な領地に初めて降り立ち、領地本邸で待ちに待った母との再会を果たした。だがそこにいたのは母ではなく、恋に溺れる一人の令嬢。来る日も来る日も父の来訪を待ち……いつしか彼女は美しく過ぎた夢のように甘い日々の中へと逃避したのだ。

恋人と過ごした愛し愛される日々に僕は存在しない。いや、してはいけないのだ！　僕と恋人、この両者が彼女の中で共存する事は決してない。そうして時折見せる正気の時間ですら、彼女は頑なに僕を拒み続ける。

僕にまともに接するのは祖父に仕えた家令と執事、そして僕の従者であるアレクシだけ。大伯父の命を受けた家庭教師や、他の使用人たちは僕との距離を窺うばかり。

辛い……悲しい……どうして僕ばかりが……このスキルがある限り、僕は独りだ。これからもずっと永遠に……。こんなスキルなどほしくはなかった。公爵家になんて生まれなければ……いや、そもそも僕なんて生まれてこなければよかったのだ……

誰からも望まれない忌み子、それが僕、ユーリウス・リッターホルム。

大伯父はそんな弟の忘れ形見を心配し、ある日リッターホルム公爵家の飛び石領地である農村での静養を母に勧めた。

だがどこへ行こうと同じ事だ。母の心に僕はいない。

焦燥の中、思い余って飛び出した僕は、足の痛みも、のどの渇きも、日差しの暑さすらも感じず、ただ泣き続けた。王都での日々、領地での毎日、全てがもう辛くて辛くて……ただ辛くて……

僕は孤独の中で永遠にただ毒を作り続ける……祖父がそうだったように、母がそうしたように。

それ以外の未来などとてもあるとは思えなかった。

茶色い髪と瞳を持った、あの小さな少年に出会うまでは。

◇◆◇

「ねぇ君、そんなところで泣いていたら熱中症で倒れるよ？　日陰に移動したらどうかな？」

どこかの土手で膝を抱えて泣き続ける僕の頭上に影がかかる。その影は少し逡巡《しゅんじゅん》した後、僕に向かって話しかけた。

ころころと飴玉を転がすような邪気のない声。彼は誰？　……いや、どうだっていい。どうせ彼も僕の事を知ったら逃げていくに違いない……

返事を返さない僕に、それでも彼は諦めず、驚いた事にとうとう行動に出る。

「僕はアッシュ。怪しい者じゃないよ。とにかくこっちへ来て。ほら手を出して？」

躊躇なくまっすぐにのばされた手に、温もりに飢えたその時の僕は、逆らう事などできなかった。

栗毛の髪が元気にはねる、僕よりも年下であろう小さなアッシュ。僕の手を引き、よいしょよいしょと石を伝って川を渡る。涼しげな林に入り、木陰の平らな岩を椅子代わりにすると、彼は何くれとなく僕の世話を焼いた。

ここは恐らく彼の隠れ家なのだろう。慣れた様子で樹株を背もたれにすると、アッシュはおもむろに紐でまとめた紙の束を取り出し書き物を始めた。

だけど今だけだ……、どうせ今だけ。彼はまだ何も知らないのだ、僕の素性もそのスキルも。

「泣きたいなら泣いてもいいよ」

僕はどれほど忌み嫌われようが、まごう事無き公爵だ。僕よりも小さな子供の前で泣けと言われても、泣けるものか。気づかれないよう息を整え、なんとか涙を止める。

心地よい時間が過ぎていく。アッシュは僕を意識せず、静かに書き物をしているだけ。そこには嫌悪も恐れもない。

……素性さえ知られなければ、もう少し話せるだろうか……そんな淡い期待を胸に抱く。何度も裏切られてきたというのになんて僕は浅はかなんだろう。

だが驚くべき事にその考えはアッシュによって裏切られる。

「公爵家のご令息……いや、若き公爵様なんだっけか？」

彼は僕が忌み嫌われている公爵本人であると知ってなお、こうして笑いかけるというのか！

「リッターホルム……名前は？　名前はなんて言うの？」

「ユーリウス……」

「いい名前だね。ユーリウス・リッターホルム。響きがとっても綺麗だ。綺麗な君にピッタリ」

綺麗だと!?　僕が何者か全てを知って、それでも綺麗だと言ってくれるのか……

アッシュはこの僕を綺麗だと……誰もが汚れたもののように見る僕の事を綺麗だと言ったのだ。

その時の僕の気持ちが一体誰に分かる？

そこからの会話はよく覚えていない。

アッシュの話す作物の話はとても興味深いものだ。だけどこの豊かな土地と同じ、彼の茶色の瞳がもっと見たくて、目が合うとすぐに伏せられてしまうその瞳をずっと見ていたくて、内容などろくに入ってはこない。

うっすら紅潮した赤い頬はまるで彼の育てる甘いトマトのよう、そして僕に向けられた彼からの感情はそのトマトよりきっと甘いのだろうと思えた。

僕は今まで知る事がなかったのだ。自分に向けられる恐怖や怒り、そして憐み以外の感情を……

僕を普通の人足らしめる彼の顔を、そして彼の声を一瞬たりとも逃したくない。

その時の僕はそんな事ばかり考えていた。

そして僕は生まれて初めて約束をした。約束とは、未来がなければできない事だ。それを彼はいとも容易くこの僕と交わす。夏の間の交流は一度きりで終わらない……その事実に胸が震えた。

それでも夢のような時間には終わりがある。彼と別れ、別荘に戻ればまた陰鬱な時間が始まる。

「明日また、この場所で会おうよ。そうだ！　さっき話していた望遠鏡、君にも見せてあげる。夜の星空ほどじゃないけど、ここでもいいものが見られるんじゃないかな？　鳥とか蝶とか」

「いいのか？　とても珍しいものなのだろう？」

「君はもう友達だよ。大事な友達とはなんでもシェアするものだよ」

ぐずぐずと別れを拒む僕を宥めるために、アッシュは再び約束をしてくれた。それよりも僕の胸を打ったのは〝友達〟という言葉だ。ためらいもなくはっきりと、彼は笑顔でそう言ったのだ。友……、目の前にいる小さな彼は、僕を友達だと言うのだ。誰からも忌み嫌われる、こんな醜悪なスキルを持つ僕を。

これは友との約束なのだ。数時間耐え、寝て起きればすぐにまたアッシュに会える。ああ……明日があるなら耐えられる。その時の僕は、そう信じて疑わなかった。

別荘の門前で不安を濃くしたアレクシは黙って抜け出した僕を一言も責めたりしない。それよりも少し浮足立った僕に困惑しながら、ただ黙って母の部屋へ向かう僕の背中を見送った。

ノックの音に反応はない。うっすらと漏れ出る部屋の灯りにそっと扉を開ける……

真っ白で、乙女のような母に似合いの穢れなき部屋には母がいるはずだった。いつものように机へ向かい、届けられる事のない恋文をしたためる母が。僕に背を向け決して振り返る事のない母が。期待などとうに捨てた。だけどアッシュと出会ったあの日だけは、僕にも見つめてくれる人はいるのだと、どうしてもあの人に伝えたくて……、愚かな僕のささやかな矜持。

なのに僕が目にしたものは……母の変わり果てた姿だった。

扉を開けた先にあるものが、僕には一瞬何か分からなかった。

ベッドに横たわる母の、陶器のような肌の周りは鮮血に染められていた。毒による吐血だ。

悪しきスキルにより生成される劇毒を彼女は口にしたのだ。永遠の夢から二度と目覚める事のないように……

僕に理解できたのは、彼女が最期まで僕を拒否し続けたという事、それだけだった。

そこから先の毎日にはひどく現実感がなかった。母の葬儀、家令の葬儀、まるで三文芝居でも見ているように時が過ぎていく。

だが時折ふと現実にかえった夜、その事実を思い出しては無性に怒りが湧き出すのだ。

母は死を選んだ！　ここにまだ僕がいるのに！

母が心を捕らわれた、薔薇が見渡せる裏庭に面した美しい調度品の並ぶサロン。これも、これも、これも！　全てがあの人の愛したものだ！　全て壊れてしまえ！　二度とあの人が愛せないように！

この僕が愛されないのだ！　ならば全て壊れてしまえばいい！

気がついた時、僕の振り撒く毒素によって庭は腐食していた。

使用人たちは怯え、おののき、遠巻きに凍りついた目で僕を見る。その彼らの視線が、凶器のように心を突き刺す。誰も僕を見るな！　そんな目で……、穢れを見る目で僕を見るな！

そして僕はもう何もかも見るのを止めた。その日、僕の世界からは色が消えた……

父に呼ばれ、王都まで出向いたが、何を言われたのかも覚えていない。

もうどうだっていい……僕の心などどこにも必要ないのだ……。唯一必要とされるものはただ僕の体内で生成される劇毒だけ……

このまま消えてしまえたらどれほど幸せか……なのに僕を捕らえる楔は簡単にそれを許さない……

あれ以来、何を食べても砂の味しかしない。食事を摂る行為自体が僕にとって既に無意味だからだろう。

次第に痩せていくのが分かる……このまま存在ごと、痩せ細りなくなってしまえばいいのに……身勝手な父の言葉に激昂する大伯父も、僕の行く末を案じるアレクシも、その全ては薄い膜の向こう側。心を失った僕は観客ですらない……

無言のまま、王都から色のないモノクロの領地本邸へと戻った僕に執事のオスモが何かを差し出す。それは、この屋敷にはひどく不釣り合いな古びた保存箱だった。その中に大切そうにしまわれていたのは楕円形の赤いトマト。

モノクロの世界で、箱の中のそのトマトだけが真っ赤な色を映し出した。

赤いトマトが、僕の記憶を呼び覚ます。彼の……トマトのように紅潮した頬、僕を見つめる茶色の瞳。鈴音のような高い声。細い筒、望遠鏡、僕を友達だといった、ああそうだ……アッシュ……、アッシュだ！

僕の腕を掴み、いきなり駆け出すアレクシに手を引かれ訳も分からぬまま走り出す。

翼竜便の停留場に転がりこんだ僕の目の前には……あの時と同じように旅客籠に背を預け、一心不乱に書き物をする小さな彼がいた。言葉を探し立ちすくむ僕に、彼は言う。

「君に会いに来たんだよ、約束をどうしても守りたくて」

飴玉を転がしたような彼の甘い声。約束……、そうだ、約束した。甘いトマトを食べさせてくれると、あの暑い夏の日、別荘地で彼とそう約束したのだ。

アッシュ……ああ、アッシュ……彼は約束を叶えにやってきたのだ。

その時の僕は、目の前に彼がいる事実を、この僕を綺麗だと言った、そして友達と呼んだ彼が目の前にいる事実を現実の事だと受け入れるのに精一杯で、小さな彼がどうやってここまで来たのか、翼竜便のお金はどうしたのか、そんなあたりまえの心配をする事さえできないでいた。

そんな僕を見かねて、アレクシがアッシュに屋敷へ泊まるようにと頼んでいる。

「ユーリ、本当に泊まってもいいの？」

「……ユーリ……？」

小さな子供なら誰でも持つ愛称すら、僕は今まで持たなかった。誰も僕をそんな風には呼ばなかった。乳母も、メイドも、……母でさえも。甘い声で呼ばれるその愛称は、公爵と呼ばれるより遥かに名誉で誇らしい敬称に思えた。

屋敷へと向かう馬車の中で、アッシュは何も言わずに僕を強く抱きしめ、背中を撫で続ける。ああ……こんな事今まで誰もしてはくれなかった。皆、僕を恐れたから。僕の毒を、その毒によって害される事を！

回りきらないアッシュの腕だけが僕の事を恐れない。手のひらの温もりが涙を誘い、僕は涙が枯れるまで、その腕の中で泣き続けた。

「君は今、自分には何もないって思ってるだろうけど、そんな事ない。見えてないだけでほんとはちゃんとそこにある。これからは僕だってここにいる。ねっ？」

本当だろうか……？　その言葉を信じたいが、アッシュはまだ僕のスキルの醜悪さを知らない。

僕の胸には一抹の不安がよぎる。それを知った時、彼は一体どうするだろう……

リッターホルムに居を移して、初めて受け入れる外客がアッシュだった事は僕にささやかな優越感をもたらした。この屋敷で心が浮き立ったのはこれが初めてだ。

アッシュが作った簡素な食事を食べると、舌は得も言われない美味しさを伝えてくる。味が分かるのはきっと、目の前にアッシュがいるからだ。

笑顔でスプーンを差し出され、僕はそっと口を開ける。まるで赤子の様なこんな食べ方は、記憶にある限り初めてだ。アッシュが一匙一匙ふぅふぅと冷ます仕草がなんとも愛らしい。

その顔を見たくて食べ続け……最後の一匙を口にするのがどれほど惜しかった事か。そう、こんな気持ちもまた初めてなのだ。

そうしてアッシュの与えてくれる色々な初めてが僕の世界を彩っていく。

色のない僕の視界が、柔らかな色に染められていくのだ。一つ、また一つと。

荒れた部屋すら、彼は気にとめる事もなく片付け始めた。元は美しかった調度品たちがオスモの指示で運び出され、代わりに装飾の少ない家具が運び入れられる。

そしてようやくこの部屋は主を代えた。ふと、カーテンに手をかけたアッシュの姿が視界に入る。……だが、彼は何も言わずにそれを閉じた。

どう……思ったのだろうか……？　いや、まだ大丈夫だ……。ここで何が起きたかなんて……これだけで分かるはずはないのだから。

そして翌朝、部屋のどこにもいない彼を探して階下へ降りる。だが部屋を開けてまわっても彼の姿は見当たらない。心の焦りを隠しもせず、アレクシを呼ぶ。

「アレクシ！　アッシュの姿が見えないんだ！　どこに行った？　帰ったりはしてないだろうか？」

「大丈夫ですよ。アッシュ君は庭にいます」

返された言葉に血の気が引いていく。庭……母の愛した薔薇園。そして僕の壊した薔薇園。腐食した庭……僕のおぞましいスキル……、彼はそこにいる……

なぜ彼はそこに？　では全てを知ってしまったのか。僕がその庭で何をしたのかも……

「アッシュ君を信じてぜひカーテンをお開けください」

信じる……？　何を信じろというのだ？そうとも、いつだって僕は信じたかった。誰かが僕を愛してくれると、いつでも僕は信じたかった。だけど結果はどうだ？

彼もまた僕に怯えたら？　彼に冷たい目で見られたら僕はその時こそもう耐えられない……

だけど彼は……彼だけは……こうして自ら僕に会いに来てくれたのだ！　あの、誰も足を踏み入れなかった正門を越えて！

今彼を信じられなければ、僕の世界はまたモノクロになる！

「あ……」

「灰は毒を中和するうえに、栄養になるからね。きっと来年にはとてもいい土になるよ」

なけなしの勇気を振り絞って開けたカーテンの先には……何もなかった。全てがなくなっていたのだ。何の痕跡も残っていない。

「そこで見ててね。『種子創造』」

焼かれた大地に、アッシュが色とりどりの花を咲かせていく。小さいはずのその花々は生命力に溢れ、太陽に向かって思い切り花弁を開いている。

彼が叫ぶ。僕の見るべき景色はこれだと。

その庭にはいつも、僕に背中を向けたままの母がいた。泣いていたのか笑っていたのか、それとも絶望に打ちひしがれていたのか……。美しいはずの薔薇園には妄執だけが漂っていた。

だけどどうだ。今この庭にはアッシュがいる。僕に向かって笑いかけ、手を振りながら僕の名を呼ぶ。そこには僕を想う気持ちだけが溢れている。彼の想いだけが咲き誇る庭、これこそが僕の希望の庭だ！

灰は栄養になる……アッシュは栄養になる……アッシュは僕の栄養になるのだ。

彼さえいれば僕の未来は祝福される、心からそう信じられた。

しかし、父の来訪によって、僕の意識は再び闇に捕らわれた。

暗い暗い闇の中を、僕はあてどなくただ闇雲に歩き回った。何も見えないその闇の中で、ただ一つ、このまま進んだら二度と後戻りはできない、不思議とそれだけは分かっていた気がする。

その時だ、頬にわずかな温もりを感じたのは……

「アッシュ……」

アッシュの手のひらが優しく頬に触れ、僕を現実に引き戻すが、僕の姿を映す柔らかな茶色い瞳には、醜い毒公爵が映っている……

軋む床、融け落ちた様々なもの。誰もが恐れるスキルを僕は訳も分からず発し続けたのだろう。自分が何をしたのか、その事実に思い至って思わずアッシュから後ずさる。だが彼は僕の毒など意にも介さず、強引に僕の手を握ったのだ。

「なぜ傷の治療を手当てって言うか分かる？　こうして手を当てたところから…その人を想う気持ちが溶け出して痛みを消すからだよ」

ならばさっき感じたあの頬の温もりは僕への気持ちだというのか。ああ……際限なく与えられる彼からの温かい想い……

何度僕が絶望に打ちひしがれても彼はこうして手当てをするのだ。温かな想いをその手の平に溢れるほど載せて……！

こんな時でさえ、優しいアッシュは己の傷よりも僕を心配する。だが彼は憤っていた。僕の行為にでも部屋の惨状にでもなく、僕の心にあの男がいる事に……

僕はなんて身勝手なのだろう。目の前には腕からも脚からも血を流して、毒素で真っ青になったアッシュがいるのに、彼のその怒りに対し歓喜している自分がいるのだ。

ああ……僕は今、彼に求められている！　彼は僕を、僕の全てをほしがっている！　僕の全てを彼で満たしたいと、そう望んでいるのだ！　誰からも望まれなかったこの僕の全てを、余すところなく自分のものにしたいと……

それは僕にとって救済に等しい。闇に怯える惨めな子供は、今こうして救いを得た。

だから今度は……、僕が約束したのだ。消える事のない約束を。

僕はこれからアッシュの言葉しか聞かないし、彼の事しか見ない。僕の心は彼にしか話さないし彼の事しか信じない。どれほど冷酷な言葉も、どれほど残酷な仕打ちも、二度と僕には響かない。僕の全ては彼のもので、そうしたら彼の全ては僕のものになる。

アッシュもまた約束をした。決して違えることのない確かな約束を。

孤独に怯える愚かな子供はここにはもう存在しない。真っ黒な絶望は、アッシュによって色鮮やかに塗り替えられる。

僕は彼と生きていく。アッシュと言う存在を得て、孤独も絶望も彼方へと遠ざかった。

二人で交わした確かな約束……。僕は今度こそ彼との未来を、彼と刻む確かな時間を手に入れた。

第三章

「アッシュ、お茶が入ったよ。さぁもう手を休めてここへおいで」

僕を呼ぶのは若きリッターホルム公爵、ユーリウス・リッターホルムその人である。

すっかり栄養状態が改善した彼は、ここのところめきめきとその身長を伸ばしている。……おかしいな？　同じ食事のはずなのに。

そこに同席しているのは、ユーリの新しい家庭教師であるノール・ショーグレン。黒髪黒目が前世を思い出させる、常に姿勢正しき凛とした人だ。

「今日の勉強はもう終わったの？」

「ええ、本日の歴史の授業は終わりました。後はゆっくりお過ごしいただけますよ。アッシュ君もここへどうぞ。僕は自室で明日の授業の下調べをしますので、ユーリウス様をお返ししますね」

あれから早七か月が過ぎ、このリッターホルム公爵邸ではとても穏やかな日々が続いている。

ユーリの情緒も、僕の収支も安定し、ここでの暮らしは実に順調だ。

敷地内に隠された、誰の目にも触れない秘密の雑木林。その名も《シーズニングフォレスト》にはまさに字のごとく金の成る木が埋まっているのだ。

大公を介し、僕のスパイスは少しずつ市場へ出回り始めた。大公は販路の拡大を目論んでいるが、非常に危うい案件だからこそ慎重に進めたい。

僕のスキル、『種子創造』を大っぴらに知られるのは得策じゃない。奥の手はいつだって隠しておくから有効なのだ。

公爵邸の大きなサロンには、美術への深い造詣を持つノールさんが屋敷中を見繕い、落ち着きのある調度品の数々を運び入れた。整えられたサロンに、昔の面影はとうにない。

裏庭がよく見える眺めのいい窓際には、小さめのテーブルと座り心地の良さそうな椅子が二脚。かつてはこの窓から、哀しい子供が母の背中を見つめていた。だけど、花の数が増えるごとに歪なトラウマは払拭されていく。

「アッシュ、今日のお茶は君の好きなギョクロにしたよ。君が作ったこのお茶は変わっているね。だけどとてもかぐわしい……」

「ズズ……はぁ～美味しい……。ありがとう、僕のために日本茶の淹れ方を覚えてくれて」

今僕の前には日本茶が、ユーリの前には強い香りのキーマンがある。公爵が直々に淹れたお茶だなんて……随分お高いお茶になったものだ。

実は玉露というのは真っ赤な嘘で、これは普通の煎茶である。だがそれを指摘する人はいない。気分だよ、気分。

そういえば、ノールさんの助言でユーリは一人称を私に変えた。公爵たるもの毅然となさい、などと言われたようだ。

確かにノールさんはしゃんとしている。たとえ没落した家名を背負っていても。

「ところで……どうしてこのテーブルはこんなに小さいのかな？　ティーカップ二客分でいっぱいじゃないか。使いづらいな……」

「……ああ、それはヴェストがその方がいいと。私も小さいのではないかと言ったんだが、彼は頑として聞き入れなくてね……」

ため息交じりにアレクシさんが言う。

「えぇ？　あっ、ちょうどいいところに。ヴェストさん、どうしてこのサイズにこだわったの？　狭くない？」

すっかり屋敷になじんだ執事見習いのヴェストさんは、意外にもボーイたちと上手くやれている。最下級使用人である彼らは、お屋敷によってはひどい扱いを受ける事もある。ヴェストさんは乱暴な人ではなく、その物言いは丁寧すぎるほどで、彼らにとっても結果オーライなんだろう。

むしろアレクシさんあたりの方が今でも時々その言動に目を剥いている、けどまぁ、こういう性質では仕方ないと諦めてもいるようだ。

「その距離の方が、アッシュ様のお顔が近くなるかと思いまして」

「へっ？」

「ユーリウス様はアッシュ様のお顔を眺めていらっしゃる時、笑顔ですので。近い方がよく見えるでしょう」

「ふふ……今ならなぜ君が彼を選んだのかよく分かる。彼は私の望みをいつでも正しく理解してくれる。そして何があろうと遂行してくれる、そんな気がするよ」

「ユーリウス様の最善が最優先事項だと言われましたので」

「ヴェスト、今後も期待している」

……オスモさんの慰労休暇は取得の時が近いかもしれない……


「アッシュ、いいところに。王家の毒に関する寓話の書をようやく見つけたんだ。大図書館にだって置いてなかった民間伝承の類の書だ」

本を片手に、僕の私設司書エスター・アーキログがやってくる。

彼には昔宮廷お抱えの博士だったという父親の伝手で、王家がユーリの毒をどう扱っているのか調べてもらおうとしたが、残念ながらそれに関して芳しい返事はもらえなかった。

そこでこうして毒や王家に関する書物を集めるよう頼んだのだが……一言で言うと実に頼もしい。ある悪癖を除いては……

「ある田舎の崩れかけた教会で見つけたらしい。馴染みの仲介屋が本屋に持っていく前にと手紙を寄越したのさ。ふっかけてはきたがね」

エスターは今まで誰も手を付けていなかった、積読の山が築かれた公爵邸のライブラリを嬉々として整理しながら、順番に傷んだ本を修繕している。

先々代は有り余るお金に任せ、方々からいろんな本を集めていたようだけど、先代は狩猟を見るのが好きだったし、カルロッタ様に至ってはあれだ。

集められた貴重な本は放置され、ただただ傷んでいったのだ……ぬぬ……許せぬ。

修繕待ちの本の山を崩す事はエスターのライフワークになるだろう。

「中身は？　それ確かなものなの？」

「そりゃあ見てみない事には分からないさ。だが奴は「お前さんの好きそうな本だ」とだけ。寓話はぱっと見ただけじゃただのおとぎ話にしか見えないからね」

「そうか……まぁいいや。買っていいよ。見なきゃ始まらない」

即決即買いはヲタクの基本ってね。

「で、だね、ついでにこれとこれと……」

「はぁぁ？　なにそれ？　そんなの自分で買いなよ。言っとくけど、結構な給金払ってるでしょ」

「残っていると思うのかい？　今月分などとっくに使ったさ。新しい修繕の道具があってね」

た、確かに修繕の道具は高いけど……

「頼むよアッシュ、この間、徹夜してまで君の口述清書したろう？」

……これが彼の悪癖だ。ほんっとうに質が悪い。

彼の雇用者は公爵家ではなく、僕。つまり給金は僕が払っているのだ。彼は僕の私設司書だからね。「書庫の管理をするなら公爵家が払うのが筋じゃないか？」とアレクシさんには言われたけど、あれはむしろ餌、鼻先の人参だから。

エスターの本業は僕の知識の書き起こしだから！

オスモさんを通さないのに勝機を見いだし、エスターはこうして隙あらばすぐにおねだりをしてくる……。金遣いの荒い奥さんをもらった気分だ……。でも憎めないのがまた悔しい……

「エスター、あまりアッシュ君を困らせるなよ。ユーリウス様の不興を買うぞ」

通りすがりのアレクシさんが、呆れたように釘を刺す。

「大丈夫大丈夫、こう見えてアッシュもほんとはほしいんだよ、書物が。だろ？　まったくアレクシは頭が固い。冗談の一つも通じないのか、まだ若いのにどうしちゃったの君？」

エスターは鼻歌交じりにアレクシさんの腕を引っ張っていく。言いたい事だけ言って、本の購入はナチュラルに決定事項だ。まぁいいけどね。その……彼の言う通り……図星だから……

おや？　正面からやってくるのは粉にまみれたナッツじゃないか。

「あっ、アッシュ君～、今日の夕食は君のリクエストであの白いキノコを使ってみたって～。白トリュフ、初めてだけどすごく芳醇ないい香りだね～。シェフが唸ってたよ」

ヴェストさんの紹介でやってきたシェフのサーダさんはそのワイルドな容貌に反し、実に繊細な舌を持つ腕自慢だ。彼についてきたベイカー兼パティシエのナッツが焼く甘いお菓子も実に上等な仕上がりで、もう一個、あともう少し、とついつい食べ過ぎてしまうのがここ最近の嬉しい悩みだ。

「そもそもあれが食べられる食材だなんて思わなかったよ～」

「だろうね。傷んで落ちた果実の成れの果てって感じだもんね、見た目」

「とにかく、楽しみにしててね～。あ、最近三百グラムくらい体重増えた～？」

ふ、増えたのは身長分だからー！　多分……

様々な問題が少しずつ改善に向かい、未来に対して希望の片鱗が見え始めた平和な毎日。それなのになぜか最近のユーリは少しおかしい。毎朝挙動が不審なのだ。

いたって平穏な日々を過ごしているのに、何が不安で心配なのか……。悩みがあるなら話してくれればいいのに……

「おはようユーリ。今日もいい朝だね。さあもう起きて。布団引っぺがすよ」

「だ、だめだ！　あ、アッシュ……それはダメなんだ……」

ほら、またこれだよ。

「じ、自分で起きるから先に行ってて……」

「ふぅん？　じゃぁ先にダイニングで待ってる。早く来てね。ガウンのままでいいから」

部屋を出る僕と入れ違いに入って行くヴェストさんはなぜか手に新しい下着を持っている。

悪趣味だと思いながらも気になってこっそりと盗み聞き……

「なぜ……？　知っていたのかヴェスト……」

「いえ、ただ最近ご一緒に起きてこられない日が続きましたので、年齢的にもおそらくそろそろかと思いまして」

「そ、そうか……助かる……」

……何も見なかった事にしといてあげよう……。僕はこう見えて経験者だからね。

アレクシさんは何やってんだか。こういう事こそ教えておいてあげるべきでしょーが！

同い年なのに、今世の僕の第二次性徴はどこへ？　まだそんな気配すらないんだけど？

それに身長！　さすがに百四十は超えたけど、まさかそこから伸びないとは……、うぐ……あと少し……もう少し……せめて百六十は……なんとかして前世の記録を更新したい……

ああ、だけどこういう事ならそろそろ寝室を分ける必要がある。ユーリの情緒も安定してるし、ついに抱き枕からは卒業の時……

「あ、ねぇオスモさん。そろそろ僕も大人への階段が……たぶん……おそらく……近々……の予定なので個室がほしいんですけど、どの部屋使えばいいですか？」

「ああ、それは……そのですな……」

ん？　この要望のどのあたりに言いよどむポイントがあるのだろうか？

「ヴェストがアッシュ様に個人の寝室は必要ないと……頑なにそう言いはりまして……」

「はぁ？　え、ちょ、なんでヴェストさんが仕切ってんの？」

「彼は言い分を曲げませんので……困ったものです……」

ぷりぷりしながら今来た道を引き返すと、そこにはしれっとした顔のヴェストさんがいた。手にはユーリの洗い物を持って……

「あのねぇ、今オスモさんから聞いたけど、僕に個室は必要ないって……それってどういう事？」

「ユーリウス様にはアッシュ様がご一緒の寝室が最適ですので」

「えっ？」

「ユーリウス様はアッシュ様がご一緒だと寝付きもよく、朝の目覚めもいいようですので、これが最善です」

はぁぁぁ？　目覚めはよくても別の問題があるじゃないかと、大きな声で言いそうになったその時、その話題の主の柔らかな笑い声が僕の耳をくすぐる。

「ふふ、ヴェストはよくわかっている。そうとも。寝室を分ける必要はない。これからも私たちは一緒に眠るんだよ。アッシュは私の安眠剤だ」

まぁ……ユーリがいいならいいんだけどね。

部屋を分けるのはまだあと少し、僕の第二次性徴の訪れを待ってからでも遅くはないし……

それにしてもヴェストさん……。相変わらずデリカシーという言葉と無縁の人だ。過去に彼の起こしてきた様々なトラブルが、一瞬垣間見えた気がする……

◇◆◇

ユーリに公爵としてすべき事があるように、僕には僕のすべき事がある。

朝の庭仕事に始まり、午前中いっぱいは大体《シーズニングフォレスト》に行く。そして午後、ユーリと一緒に昼食を済ませると書庫に籠ってエスターと口述筆記を始める。

新しい書物を自分自身の手で作り上げる作業に、エスターはとても興奮している。彼の資質は言うなれば、作家ではなく編集者なのかもしれない。

「アッシュ、君は明日がユーリウス君の十四歳の誕生日だって知ってたかい？」

僕の口述の声しかしない静かな書庫内で、いきなりエスターが爆弾発言を落とした。

「明日!?　明日って言った？　え、ちょっと！　早く言ってよ、そういう事は！」

「仕方ないだろう？　僕も昨晩アレクシから聞いたばかりだ。『昨年の誕生日は奥様の事で忘れていたが、明後日でユーリウス様も十四歳か』って、部屋で飲んでる時にぽろっとね」

「ぽろっとって、何それ？　昨年？　ああっ！　僕が村に帰ってた時かっ！　当主の誕生日って盛大に祝うもんじゃないの？」

誕生日。それはユーリにとって忌むべきもの。母親の悲劇を生み、父親の愚行を決定づけた日。

そして、ユーリ自身をそのスキルに縛り付けた悲劇の日。

祝宴を開いたところで、祝いに訪れる者はどうせ誰もいない。耳障りのいい理由をこじつけ、たいそうな贈り物と共に欠席の返事だけが届くのだ。

だからユーリ本人の意向で誕生日は祝ってこなかったとか……。そんな……なんて事だ！

だけどその日は僕の大事な【毒公爵】の生まれた日。今まで祝わなかったって言うなら、十四年分祝えばいい。

「こうしちゃいられない。準備しないと。筆記の続きはまた今度ね。明日の会には出席してね！　じゃなきゃ来月の本購入予算減らすからねっ！」

「えっ！　待った！」

待たないよっ！

僕は勢いよく書庫を飛び出す。今ユーリは外国語の授業中だ。僕のユーリは才色兼備。ああ、こうして一年経つごとに、あのセクシーな毒公爵に近づいていく。

だけどそれはビジュアルだけ。近づくのはビジュアルだけでいいんだ！

「オスモさん、それからヴェストさん、それからナッツ！　協力して！　ユーリの誕生パーティーを開催するよっ！」

翌日、ユーリにバレないようにと、使っていない空き部屋の一室でコツコツ作業中の僕に声をかけてきたのは、授業を終えたノールさんだ。

「何を作ってるんですか、アッシュ君？」

「ペーパーフラワー。ノールさんも手伝ってよ。いっぱい作らなきゃならないんだから」

「待って！　これ紙じゃないの？　いいのかな、こんな贅沢な使い方して……いくら公爵家って言ったって限度ってものが……」

「問題ないね、これは僕のお手製だから。いいから早くっ！」

アレクシさんには夜なべしてペーパーチェーンを作ってもらった。ろうそくを十四本立てた特注ケーキは、レシピと共にナッツパティシエに発注済みだ。

サーダさんは慌てて狩りの支度を始めたけど、誰がジビエにしろと言った！　顔の傷が増えるでしょーが！　けど仕上げられる御馳走が今から楽しみでしかたない。

オスモさんがユーリを執務室で引き留めている。今のうちに全ての準備を済ませなければ。

ペーパーフラワーの製作をノールさんに丸投げして、僕は屋敷の外の空いた土地に装飾用の花を咲かせる。咲かせては摘み、咲かせては摘み。祝福すべき日、祝福されるべき人だから……たくさんの花を飾ってあげたい。薔薇なんかより素敵な花を。

少女趣味なんて思いながらも、読んでてよかった『気持ちを届ける花ことば』。僕の想いを乗せるのにぴったりの言葉を引っ張り出す。

――ブーゲンビリア、あなたは魅力に満ちている――

ユーリは魅力に満ちている。これだ！　これしかない！

赤、ピンク、紫、白、たくさんのブーゲンビリアで部屋中が埋まっていく。

どうかユーリに僕の気持ちが届きますように……

「さぁユーリ、目を瞑って。僕の手を握って」

「どこに連れていくの？　目を瞑っていても分かるよ。ここはサロンだろう？」

「いいからまだ開けないでね」

貴族の祝宴なんて僕は知らない。読み物でなら知っているけど、転生したって庶民は庶民だ。あれじゃぁ気分は上がらない。

……気に入ってくれるといいな。ユーリはどんな顔をするだろう？　人づきあいをしてこなかった僕が、なけなしの記憶を総動員して精一杯飾ったのだ。

記憶に残っていたのはひどく冷めた目で参加した幼稚園での誕生パーティー。パーティーと名の付くものは、あれくらいしかお手本がない。それ以降はどの誕生日も本に埋もれて過ごしていた。両親の呆れた顔……いや、あれは寂しい顔だったのか……

「いいよ、さぁ目を開けて」

「……これは……」

目を開けたユーリは、驚きのあまり固まっている。

しょぼいだろうか…？　三角帽も用意すべきだっただろうか……。紙吹雪も後が大変だからと思って我慢しちゃったけど……、しまったな、やっぱり用意すればよかった……。でも大丈夫！

こういうのは気持ちだから。

「どうかな？　ユーリの誕生日だって聞いて準備したの」

「……私の誕生を……祝ってくれるのか……？」

「当然だよ！　おめでとうユーリ。生まれてきてくれてありがとう！」

「ありがとう……？　な、なぜアッシュがありがとうなんて……」

「生まれてきてくれたから、こうしてユーリに会う事ができたんだもの。思い描くだけだった君とこんな風に話して触れて……その成長をこんな間近で見られるなんて……感動でしかないよ」

「……思い描く？　ふふ、初耳だな。……ああそうか……私はアッシュに出会うために……そのために生まれてきたのか……」

部屋中をぐるりと見渡し、ユーリは表情を柔らかくほころばせていく。その笑顔に僕はようやく安堵の息を吐いた。

「さぁさぁユーリウス様。こちらへおかけくださいまし。皆から贈り物があるのですぞ。まずは私から」

ユーリを誘導し中央の椅子にかけさせたオスモさんが、プレゼントを渡すトップバッターだ。その誕生の瞬間から全てを見守ってきた人だからね。ここは譲らなきゃ。

できる事ならこの光景を、アレクシさんのお義父さん、亡くなった家令さんにも見せたかったな……

「これは……？」

「先代のお使いになられていた懐中時計にございます。壊れたから処分するようにと言われていたのですが、いつかユーリウス様にお渡しできればと……コツコツ修繕していたのでございますよ」

「おじい様の……修繕はオスモ、お前がしたのか？　……ありがとう。大切にする」

「ユーリウス様、私からはこれを」

アレクシさんの手には青い羽根が握られている。昨日の夜、望遠鏡を貸してほしいといきなりアレクシさんから頼まれたのだが、何事かと思えばそういう事か。彼は早朝から荘園の東にある小さな森へと出かけていた。

「時間がなく不格好ではありますが……青い鳥は幸運の鳥、ユーリウス様の幸せな未来を願って」

「手製の羽ペンか……ありがとう。大事に使わせてもらうよ」

そこに続いたのはキャンバスと筆を持ったノールさんである。

「手慰み程度ですが自分でも時々描いたりしていたのですけど……どうも僕には創作の才能がなくて……」

「えっ、そう？　前ノールさんの描いた模写を見せてもらったけど、上手だったよ？」

まるで本物と見紛う模写だったのに。あれで才能がなきゃ、なんだというのか……

「あれは……その、スキルです。実は僕のスキルは造形模写。だからか自分で描いていてもスキルが邪魔をしてしまって……」

つまり純粋に感性で描き上げる事ができないって事か。

「ユーリウス様はいつもアッシュ君を見つめていますし、せっかくなら絵にされてはいかがですか？　今のアッシュ君は今しかいないのだし」

「それは……素晴らしい提案だ。ノールありがとう。さっそく明日にでも教えてくれるかい？」

「じゃぁその流れで僕からはこれだ。ロマンチストな過去の王子が残した詩集。いつか誰かさんに愛の言葉を囁くのに必要になるかと思ってね」

……エスターに詩集という言葉が似合わなさすぎてなんだかな……

「ふふ、確かにそれは必要だ。役立たせてもらうよ。ありがとうエスター」

次は、今日の立役者であるヴェストさん。正直たった一日でパーティーの準備をするなど、彼がいなくちゃできなかった。

「これを、ユーリウス様」

「これは……クロスかい？　ああ、君の生家は教会だったね。ありがとう」

「ユーリウス様、お待ちを。アッシュ様、これを付けて差し上げてください」

「へっ？　別にいいけど……。じゃあしゃがん……あいや、そのままほんの少々首下げようか？」

「私からの贈り物は、ここまで含めての贈り物です」

「ふふ、目の前にアッシュがいる。ありがとうヴェスト。君は最高だ」

なぬ⁉　なんか後半、ちょこちょこ僕の名前が出てた気がするが……まぁいい。僕の番だ。

「僕からの贈り物は……、見てユーリ！　この部屋のお花全部だよ！　この花に僕の気持ちを込めたから。あとこれも」

「クローバー……」

「ここでは知られてないのかな？　四つ葉のクローバー。この花言葉はね」

「いや、知っているとも……。私も母に渡したくていつも探した……」

感激が天元突破したらしいユーリが僕を抱きしめる。抱き枕の時の比じゃないくらい、強い力と想いを込めて。イ、イテテテ。

よかった。四つ葉のクローバーは幸運のアイテム。彼が溺れるくらいの幸運に恵まれますように。

そんな願いを込めて栞にした。

押し花は前世の祖母の趣味の一つだった。何もない普通の日にもよく絵手紙が届けられた事、とても思い出深く覚えている……

こうしていつも前世の記憶に頼る僕は、知らなかったのだ。この世界ではブーゲンビリアもクローバーも、もう一つの花言葉のほうがポピュラーだっていう事を……

その時、邸内にドアノッカーの重厚な音が鳴り響いた。

「……来客ですかな……こんな時間に……」

不穏な予感に皆が一斉に緊張する中、いつもの様子でヴェストさんが応対に向かう。……が、罵倒する声は聞こえてこない。

よかった、あれじゃなくて……。ならユーリを祝う大公からの届け物か何かだろうか？

「ヘンリック・コーネイン侯爵令息様がお越しにございます。至急お伝えしたい事があると」

ヘンリック……あの爽やかなご令息か。う～ん、彼ならきっとおかしな事はないだろうけど、タイミングが悪すぎる……

「無粋な……。先触れもなく、何の真似だ。出直すよう伝えてくれ」

「お待ちください、ユーリウス様。彼は僕の同級生でした。とても……高位貴族の鑑とも言うべき優れた方です。その彼が無礼を承知でこうして来たなら、それは何か理由があるのでしょう」

「分かった。じゃぁ僕が先に用件だけ聞いてくる。それからユーリに目通しするか決めるから、ノールさんついてきてよ」

ちなみに公爵家のドアノッカーには初代の顔が付いている。よく叩けるよな、人様の顔で。申し訳ないとは思わないのか……。価値観の相違って受け入れがたい……

「ヘンリック！　一体どうしたの、こんな時間に。それに先触れも出さずに来るなんて……君らしくもない」

「ノール久しぶりだ。実は直接話したい事があってね。手紙を出すのも考えたが……僕がここに来る事を誰にも知られたくなかったんだよ」

「……顔が見られて嬉しいよ。あの時は急だったから……」

予備学院で見知っているだろうとは思っていたけど、そうか、そんなに親しくしてたのか。

凛としてるけど控えめなノールさんと、涼しげだけど全力でリア充オーラを放つヘンリックさん。

タイプが違いすぎて親交があるとは考えつかなかった。少し赤めのサンディブロンドの髪がノールさんの黒髪を引き立たせている。何がという訳ではないけど、似合いの二人だ。

「あー、なんか旧交を温めてるとこ悪いけど何がなんだって？　直接話したいって、一体何を？」

「君はあの時の……」

「僕はアッシュ。この屋敷のブレインにしてユーリの守護者《ガーディアン》！　よろしくね。で？」

「あ、ああ、実は嫌な噂を耳にしてね……大公閣下にも関わる問題だから知っておいた方がいいだろうと……」

大公だって⁉　大公は僕の親友だ。既にズッ友と言っても過言ではない。その彼に関わる問題ならば、話を聞く以外の選択肢など存在しない。

ついこの間手紙を交わした時に大公から不穏な話は一切出なかったのに、一体何だって言うのか……？

僕は即刻彼をユーリのいるサロンへと案内する事にした。

「公爵閣下、私はコーネイン侯爵家嫡男ヘンリックと申します。以前誕生日にお越しいただきました事覚えておいででしょうか？」

「もちろん覚えている。大伯父と出席した夜会だ。ヘンリック、私の事はユーリウスと、そう呼んでくれて構わない」

ヘンリックさんはまず丁寧に無礼を詫び、続いてこれが急を要する案件なのではないかと、躊躇いながらも断言する。

「初めにお伝えしておきたいのですが……、少々ユーリウス様にはお辛い話かも知れません。よければこれは家令殿にお話しさせていただいた方が……」

チラリとヘンリックさんがオスモさんの方を窺うが、それはフェイクだ。オスモさんは誠実な執事であっても、辣腕な家令ではない。

「オスモさんは執事だよ。で、こっちは副執事。それからさっきも言ったよね。この屋敷のブレインは僕だって。ほら、いいから話して」

ユーリは大丈夫。彼には僕がついている。

「ユーリ、いいよね？」

「ああ。アッシュがいる限り、私は何にも揺らいだりしない。話を聞かせてくれないか」

ヘンリックさんの話を要約するとこういう事だ。

貴族社会において、男性は社交クラブに出入りするのが常である。予備学院生である彼も休日を社交クラブで過ごす事が多いのだとか。彼はそこで下位貴族たちの妙な会話を耳にする。

――大公領のワインを飲んだ親類の者が倒れたのだ。……あれはこの冬場に出荷されたワインだったか。そんな事もあるのだな――

――大公領か……そういえば我が家の茶葉も何か月も前から香りがおかしいと使用人が言っておったな。おかしな偶然もあるものだ――

――そうそう、たまたまではあるだろうがその頃じゃないか？　例の公爵が社交デビューとか言って大公邸に滞在していたのは――

――ああ確かにその頃だ。だから何と言う訳ではないが、滞在しておったな。だから何と言うのではないが――

何名かの同じ人物がここ数か月の間、ふらりとやってきては同じ話を繰り返しているんだとか。

「そしてここ最近、それが不穏な噂になりつつある……」

ユーリが息を呑むのが分かった。分かった……けど、それより先に僕の頭が噴火した。怒髪天を衝くとはこの事だ！

「……んだ、それっ！　ふっざけんなっ！　何が言いたいんだっつーの！　ケンカ売ってんのかっ！　いいだろう……、かかってこいやー！」

椅子を蹴倒して立ち上がった僕に全員が注目する。

「アッシュ君……？」

はっ！　……イケナイイケナイ……。可愛いアッシュくんで通ってるのに、猫が一斉に家出するとこだった。だけど一つだけいい事もある。

僕のあまりの剣幕に、ユーリの緊張はかき消えたようだ。これが『マーティーの法則』に書かれていた酔っぱらいの法則か……

「あー、続けていいかい？　この件の巧妙なところは、はっきりとは言わないところだ。一つ一つがどうと言う事もない話といった体をとって、公爵家への不敬ととられないよう躱している」

「躱せてないよ。見え見えだ。それで？」

コーネイン侯爵家は大公領のワインや茶葉を年間を通して相当量融通してもらっているんだとか。

筆頭侯爵家ともなれば茶会や夜会もそれはそれは多いのだろう。

「だが、そのワインやお茶など振る舞って体調を崩したなどと聞いた事もない。それにあの貴族たちはひどく傷んだゲートルをしていた。その程度の者が大公領のワインなどと……笑わせる」

「大伯父のワインは最高級品なんだ」

ほうほう？　メンズ系情報誌『カサエル』にも書いてあった。男のおしゃれは足元で決まる。これは前世も今世も変わらない人を見定めるポイントの一つ。足元にさえお金をかけられないのに、高級ワインが買える訳ない。つまり奴らの話には信ぴょう性がない！

「大公領の茶葉は香りが繊細なのです。使用人ごときに香りの違いが分かるとは思いませぬな」

オスモさんからもダメ押しが入る。

「なるほどね。大体わかった」

奴らの狙いは風評被害だ。ホントかウソかなんて関係ない。人々が飛びつきそうな噂さえ提供すれば噂は勝手に拡散する。尾ひれも背びれも増やし際限なく。

「だがなぜそんな……」

「黒幕はとっくに分かってる。ねぇアレクシさん。これはアレだ」

「ええ、アレですね」

アレで確定だ！お、おのれ……どうしてくれようか……性懲りもなくまたこんな……。奴らはどうしてもユーリを絶望させなきゃ気が済まないらしい……

それは国が沈むやつだって言ってるでしょうがっ！

「面白い！　情報拡散で僕に敵うと思ってるのか！　現代っ子舐めんな。あ、いや。とにかく目には目を、歯には歯と目と鼻と耳をだ！　誰にケンカを売ったか、嫌って言うほど分からせてやる！　はーはっはっはっ、あーはっはっはっ、う、ゴホ、ゴホンゴホン、ゲホ……」

「高笑いのおつもりですか？　アッシュ様。早くお手元のジュースをお飲みください。先ほどからグラスを割ろうと強く握っておいでのようですが握力が足りておりません」

ば、バレてる……。ヴェストさん、そういうのは口に出さないのが優しさだよ。

「「プッ……」」

今の声はエスターとナッツだな……覚えておけ……！

事情を呑みこんだアレクシさんとオスモさんは、顔を見合わせ頷き合う。

「だが今夜は何ができる訳でもなし……とりあえず急ぎ大公に一報は送りますが、今日は……」

「そうでございますな。今宵はめでたい宴の夜。このまま続きを楽しみませぬか？」

そうだよ！　今日はユーリのために初めて開催した誕生日パーティー。軍事会議にしてどうする！

「お兄さんも一緒に飲みましょうよ～。今日はユーリウス様の誕生日なんですよぉ。さっきまで皆で贈り物渡しててぇ、お祝いしていってくださいよ～」

あれぇ？　ナッツ君酔ってる？　酔ってるよね？　いつの間にこんな飲んだのさっ！　ちょちょ、ケーキ大丈夫？　でもいい感じに空気感が変わったようで……ナッツ、グッジョブ！

「公爵の誕生日……ああ、それでこんなにかわいいらしい装飾が……」

おっ！　褒められた……、でへへ……

「では私からも何か……そうだな、これを」

「ヘンリックさん、これ何？」

「ここへは馬で駆けてきたんだ。途中で落鉄してしまった蹄鉄だよ。ユーリウス様、蹄鉄は王都では魔除けとされているんですよ。お守り代わりにどこかへ下げていただければ幸いです」

「感謝する。アレクシ、これを良き場所に下げておいてくれ」

魔除けか……、悪夢だらけのユーリにはピッタリじゃないか。

「で？　このまま帰すつもりじゃないでしょ？」

「私のために来てくれたのだ、部屋を用意させる。ぜひ泊まっていってくれ。君が構わないなら」

「ありがたく泊まらせていただきますとも。ユーリウス様のご厚意に感謝を……」

おおっ！　なんかどさくさに紛れてユーリに社交界の友人ができそうだ。怪我の功名。やったね！

翌日、僕は寝不足の目をこすりながら朝の日課、裏庭の水やりに向かう。

昨夜はあまり眠れなかった。もちろん遅くまで騒いでたってのもあるんだけど、それよりもどんな手段で奴らを潰してやろうかと……、それを考えてたら、次から次へとアイディアが沸いて……ウキウキしすぎて眠れなくなったのだ。『パーフェクト復讐ガイド』には感謝しかない。

だがここはやっぱり……噂には噂で対抗すべきか。それも、もっとも効果的にね。

昨夜出した大公領への早馬は今日中にはその手紙を届けるだろう。ならきっと明後日にはなんらかの動きがあるはず。

大公とは馬が合うのだ。善良なだけの紳士じゃないのがまた心地いい。いくら大公とはいえ、ただの善人があれほどの財産を築ける訳がないじゃないか。大公領はこの聖王国において、一、二を争う富んだ領地だ。

僕が猫なら、大公は狸を飼っている。彼の事は家康と呼んであげよう、僕の心の中でだけだけど。これは最大にして最高の賛辞である。

「あれ？　おはようアレクシさん。こんな朝早くから裏庭に出てどうしたの？」

「あ、いや、その色々と気になってね……その、コーネイン侯爵子息はどんな方なのか……とか」

ユーリの従者としては初めてのお友だちが気になるのだろうか？　僕は太鼓判を押してあげた。

彼はとっても評価の高い人で、ノールさんも大公もいい事しか言わないと。

「心配しなくてもユーリに害は加えないって」

「そうでなく……あ、いや、何でもない。忘れてくれ」

心配性だなぁ……でもまぁ、いい従者って事だよね。彼はこの屋敷でずっとユーリを守ってきたんだ。気になるのも仕方ないか。

険しい顔で去っていくアレクシさんの背中を見送りながら、僕は水やりの手を止めた。なぜなら噂の主、ヘンリックさんがやってきたから。

「お早いですね。ゆっくり寝てればよかったのに」

「ああ、この庭を見たくてね。ノールからの手紙に、とても温かで素敵な庭だと書いてあったんだ」

素敵な庭……？　まだ完成形には程遠いんだけどな。

土が再生した場所から順番に少しずつ花を増やしたけど、それでもまだ半分しか埋まっていない。花壇と花壇の間には散策用の小道を造った。そこには青々とした芝生を生やすつもりだ。その芝生の上にシートを敷き、お弁当を食べてピクニックするのだ。ユーリと二人、健康的に。いつか必ず。

そんな話を聞かせながら、僕は庭を案内する。なんだかんだで自慢の庭なのだ。ほら、マァの村では作物しか作らなかったから……

「アッシュ！　ここに戻って！　すぐにここに戻るんだ！」

すると、静かな裏庭にユーリの声が響き渡った。彼はサロンの窓から身を乗り出して叫んでいる。

「どうしたのユーリ、朝っぱらから。それに公爵は声を荒らげちゃいけないってオスモさんが……」

「いいからここに来て。早く！」

どうしたんだろう……？　あんな話を聞いた後でも、昨夜はご機嫌に過ごしていたのに。

「何？　どうかしたの？　今ヘンリックさんに庭を案内して……わぁっ！」

窓際に寄ると、腕を引かれてユーリの胸に倒れ込む。……驚いたな。いつの間にこんなに力が強くなってたんだろう。そういえばお風呂場での身体チェック……最近はあまりじっくりさせてくれないんだよね、くっ！　この僕がユーリの変化に気づかないなんて！

「アッシュ、彼はノールの友人だろう？　もてなしは彼がすればいい。アッシュはもう彼と話さないで」

「話さないでって……そんな失礼な事できな……分かった。次からはユーリも交えて話すね。それでいい？」

「……まあ、それなら……」

ヘンリックさんには申し訳ない事しちゃったな……

公爵の覚えが悪くなるなんて、いい気分じゃないだろう。それにせっかくできたユーリの友達(候補)。印象悪くしたくはないのに……一瞬そんな考えがよぎったけど、それは杞憂だった。

サロンへ戻ったヘンリックさんがユーリの耳元で何かをささやくと、一瞬大きな目を見張ったユーリはその後一息ついて……なんと！　謝ったのだ！　えっ？　ヘンリックさん何言ったの？

「そうか、彼を……。すまない、思い違いをしたようだ」

彼って誰だよっ？　しかし驚いたな……これがリア充のコミュ力。とても真似できない……

「お気になさらず。ですがまだ彼には……。まだその時ではないので。ところでユーリウス様、アレクシとはどんな人でしょうか？」

「アレクシ……？　アレクシは私の従者で……忠義に厚い、いい男だ。まだ子供の頃からこんな私にずっとつき従ってくれている……とても実直な……そういう男だ。だがなぜ？」

「彼とどういう関係かと思いましてね」

……だから彼って誰なんだよぉぉっ！

腑に落ちない気持ちをいったんリセットすると、今日も僕はユーリのために朝食を作る。

この件に関してはサーダさんも諦めている。仕方ないよね？　これはいわゆるソウルフード。魂が求める食事なんだ。

味覚を取り戻した記念の食事をユーリは気に入ってしまった。まさか、ミルク粥と人参のポタージュが大好物になるなんてね。たとえサーダさんがどんなに絶品の朝食を作っても、彼は見向きもしない……、一匙だって口をつけたりしないのだ。

十四歳にもなったのに相変わらず僕の手から餌付けされる、ひな鳥のようでかわいいユーリ。僕がいないとホントにダメな、……セクシーにはいまだ手が届かない、僕の……

「ん？　何？　ユーリ、今ほっぺ舐めた？」

「頬にポタージュが付いていたよ。よそ見してるから」

追加情報。ユーリはよく気もつくらしい。

ユーリとの朝食を終え私室へと戻る道中、小ダイニングでは仲よく食事を摂る友人同士の姿があった。そこでどんな会話がなされているか、何も知らない呑気な僕は、和やかなその場を邪魔しないよう声はかけずに通り過ぎた。

「ノール、その……公爵、ユーリウス様はいつもああして朝食を？」

「うん。毎朝ああしてアッシュ君が食べさせるんだ。何でもあの悲劇の後、ユーリウス様は食が進まず痩せ細っていたらしくてね。アッシュ君の介助でようやくお召し上がりになったと言う事だよ。その時からの習慣だってアレクシが言ってたけど……微笑ましいよね」

「アレクシ……ね。グレージュの髪がすっきりした顔立ちによく似合っている……いい男だね。君はどう思う？」

「え？　ああ、公爵家に相応しく、とても見目のいい従者だよね。さすが亡くなられた家令殿が選んだだけの事はある」

「そう。ノール、君は私の顔とどちらがお好みかな？」

「考えた事もないよ。どうしたの君……？」


部屋に戻った僕は着替えるユーリを横目に……、思うところがあり、ちょっと筋トレを始めてみた。いつの間にかしっかりしてたユーリの身体……。負けてらんないよ！

腹筋を五回ほどすまし、スクワットを三回くらい。そして男の筋トレ、腕立て伏せを……う、腕がプルプルする……一回が限度……プルプル……プルプル……

「アッシュ様、もしかして筋力をつけたいのですか？」

「あ、うん」

ヴェストさんが僕の筋トレに興味を持ったようだ。人に関心を持つなんて、珍しい。

「では協力しましょう。……ユーリウス様、こちらに横たわりください」

「「えっ？」」

主人に対して、す、すごいな。僕とアレクシさんどころか驚きのあまりユーリまでハモったけど？

「あの……ヴェストさん、筋力つけたいのは僕で……」

「いいのです。これが最善です」

「ヴェスト、流石にお前……」

「……まあいい。ヴェスト、これでいいか？」

困惑しながらもユーリが横たわる。今から一体何が始まるのか……？

「アッシュ様、この上で先ほどのように腕立てをなさってください」

「は、はぁぁ⁉ な、なんてっ？」

「ユーリウス様を潰してはいけない、そう思ったら必死になる事でしょう」

な、何を言ってるんだこの人は！ ユーリの上で腕立て？ 意味が分からない……

「そうだけど……そうかな？」

チラリとユーリを見てみれば……花が開くように笑顔が広がっていく。え？ 有りなの？

「ヴェスト、それはとてもいいアイディアだ」

「最善を考えました」

誰のっ⁉ ま、まぁね。だからってそんな恥ずかしい真似……、ユーリは平気な訳？ いやいつも一緒に寝てるし、いいっちゃいいんだけど……

「アッシュ、ほら早くおいで」

「じ、じゃぁまぁ……」

一回、んぎぃ……二回……、んがぁー……三回……、んぅー！ あぁぁぁ……

「捕まえたアッシュ。ふふ、駄目じゃないか。もう限界かい？」

「はぁはぁはぁ……ちょっとずつ……、ちょっとずつね……はぁはぁ……」

い、息が……

「ほら、先ほどより回数が増えましたね」

何だと！　こ、こいつめ……。表情は変わらないけど雰囲気がドヤっている気がする……

目頭を押さえながら首を振るアレクシさんだけが、今この部屋にいる唯一の良心に思えた。

◇◆◇

冬休みだというヘンリックさんは快く滞在期間を延ばしてくれた。大公からの返事があるまでいてほしいと僕がお願いしたからだ。

彼はホントに爽やかだ。そしていい人だ。そつのない人でもある。優秀だ。

その時間が功を奏してユーリと彼は親交を深めたようだ。今もこうして、ユーリとヘンリックさん、そしてノールさんの三人で公爵家の調度品を鑑賞している。

これればかりは感性が必要である。僕にはさっぱり分からない世界だ。

あ〜あ、製法とか背景ならいくらだって語れるのに！　あの凶器のように分厚い『美術品年鑑』も『古代美術入門』も伊達じゃないのにぃ！

しかしそうか、ユーリは美術品への造詣が深いのか……知らなかった。

……いや知ってた。知ってたよ！

ＷＥＢ小説の中の一文、誰かの投稿をふと思い出す。

『彼はその部屋にいた。白金で作られた腐食を防ぐ彼の砦だ。温度を感じないその部屋で、心の慰めだった美術品も今ではただのガラクタと化した。己の毒によって拠り所はこうして一つずつ消え去るのみ……』

ブルブルブル……いいや消え去らない！　ユーリにはいつまでもこうして芸術鑑賞を楽しんでもらわなくては！　全てが失われていく絶望……僕だったら耐えられないな。ユーリはよく……あっ！

そう言えば王家の制約！　ユーリの言ってた制約って何だ！　そんな文章あったっけ……？　思い出せ！　思い出すんだ、がんばれ僕！　唸れ、僕の海馬！

『そのスキルの後継が生まれぬうちは、生きる事すら捨てられないのだ』

もしやこれ……か？　きっとそうだ。だけどもう一つあるはず。ユーリは言ってたじゃないか。王家の制約によって毒を自由にはできないって。

どんな制約だ？　ん？「毒を」って事は、つまり……毒素だけだったらカウントされないのか？　……その件も要確認だな。

三人の会話についていけず、思考の海を泳ぎながら調度品をいじる。そんな僕の後ろをアレクシさんが位置を直しながらついて歩く。

あ、ごめん。アレクシさんの瞳には、わずかばかり羨ましそうな色が浮かんでいる。

ユーリをとられて拗ねてんのかな？　意外だな。

そんな風に待つ事数日、ついに待望の大公からの返事が届けられた。

アグレッシブな大公自身の手によって……。


「大公待ってたよ！　まさか本人が来るとは思わなかったけど。大公のそういうとこホント好き！」

「アッシュ！　僕と大伯父、どちらがす、ムグ」

「ユーリがいつでも一番だよ！　さあ大公、計画を練ろうか！」

僕のズッ友ヴェッティ大公による前回の来訪は初夏の頃。数週間ほど滞在したのは僕の秘密の森、《シーズニングフォレスト》の拡張を勧めるためだ。独りでこれ以上無理だ！　つってんのに……

塩にメープル、そして胡椒に加えて、春頃からは唐辛子など、ハーブも含めた様々なスパイスを一気に増やした。なぜならサーダさんの存在により、料理の可能性が格段に上がったからだ。

それに合わせてこれらのスパイスを王都でも売り出したいと僕は大公に持ちかけたのだ。ここで一気に資産を増やすのもいいんじゃないかと、そう考えて。

そしてそのための打ち合わせは、連日深夜遅くにまで及んだのだが……、参加できない事に腹を立てるユーリときたら……、僕の腕をひっぱり後ろから羽交い絞めにし、果てはヴェストさんを味方につけミーティングの邪魔をするという暴挙に出た。

そんなユーリが微笑ましくも本当に大変だった、まぁ今となってはいい思い出だ……

「ユーリウスよ、息災であったか？」

「ええ大伯父上、王家からの使いが来た以外は、とくに変わりなく過ごしておりました」

「ふむ、いつもの使いか」

「そうです。いつものように何重にもなった金の箱と白金の小瓶を持って……」

「して、アッシュはまだ王家の毒の扱いを知ろうとしておるのか？」

当然である。僕は憤っている。ユーリを脅かすものはたとえ王家であろうと僕にとっては敵だ。とはいえ、エスターに頼んだブッケ教授の線からは何も聞けなかったし、大公領に教区を持つというヴェストさんの父親、司祭の線からもこれといった情報は得られなかった。

「大した事は分からぬだろうよ。あれは厳重に秘匿されておるのだ」

それはつまり、それこそが鍵という事に他ならない。絶対暴いてみせる！　絶対にだ！

「まあそれはよい。アッシュよ、今回の件はどうするつもりだ？　策があるとよこした手紙には書いてあったな」

大公には手紙で概要は伝えてある。そして僕とユーリが昼食を終えるまでの間に、ヘンリックさんからさらに詳細が語られている。

「うん。奴らはね、ユーリの印象を悪用して大公の評判を落としたいんだよ」

「なぜだ。奴らの狙いはユーリウスであろう。なぜ私なのだ？」

「ユーリ自身を攻撃するより効果的だからだよ。自分のせいで大公が悪く言われたら、ユーリは自分が悪く言われるよりきっと気に病む」

ユーリにとって唯一の保護者である大公がいなければ、あの王都邸での七年間はもっと悲惨だっただろう。

「だけどね、そんな手が通用すると思ってるなら、逆に奴らが分かってるって事の証拠だよ」

「アッシュ君、それは何をだい？」

「ユーリがどれほど誠実で優しいかって事をだよ」

そうだ。ＷＥＢ小説の【毒公爵】の怒りは、常に自分に向けられていた。今目の前にいるユーリもきっと同じだ。若かろうが毒があろうが、公爵であるユーリには奴らをきつく罰する事も可能だった。だけどユーリは自分自身を罰したのだ。あの日あの場所で、あの毒素をもって……

「だからね、噂には噂でお返ししてやる。僕はそういうのが得意なんだ。舞台は違うけど同じようなもんだ」

そうしてここで僕はユーリに頼んで部屋を出てもらった。気を回したノールさんが描画の手ほどきをすると言って連れ出してくれた。

「人道に反した事はしないつもりだよ」

人道の定義はそれぞれだけど。それでも、今から始める話し合いをユーリに聞かせたくない。

「謀《はかりごと》は僕と大公ですればいい。ユーリにはピュアでいてほしい……」

「アッシュ……」

ユーリは少し渋ったけど、僕のその気持ちを理解してくれた。

そして代わりにアレクシさんを部屋に残していった。きっと後で報告を聞くんだろうが、まぁこれくらいは。

「まずね、大公の評判は放っておけばいい」

そんなのどうせすぐ消える。下位貴族がいくらおかしな噂を流したところで、大公領の産業は富裕層向けのものがほとんどだから、大して影響などありはしない。味の異変など一口飲めば分かる事だし、そもそもこの序列社会で高位貴族が大公閣下に不敬を働く訳がない。

「そんな噂で盛り上がれるのはこれっぽっちも関われない下っ端だよ」

ほっとけ、という僕の提案にアレクシさんとヘンリックさんは驚いたようだ。大公は僕と同じ考え。さすがだね。

「でも念のため、保険として一つ目玉を作る。そう、チョコレイトだ！　大公にはカカオの木をプレゼントしよう！」

あれは甘味に乏しいこの世界では正しく麻薬みたいなもの。

濃厚でコクのある豊潤な甘み……たとえ大公領にどんな噂があったって、あれを一回知ったらどうしたってほしくなる！　どんな危険を冒したって手に入れなければいられなくなる！

これがホントの合法ドラッグ！

「大丈夫なのかい？　それは……」

「そんな危険物じゃないから、大丈夫。食べたら分かる」

チョコレイト、それは魅惑の甘味。サーダさんとも以前から話していたのだ。発酵とか焙煎とか……、色々大変そうで後回しにしていたのだが……今がその時！

「そしてね、あいつらには仕手戦を仕掛ける」

「してせん……？」

いい加減な噂一つで株価が大暴落なんて話、前世ではいたって普通にあった事。僕はそれを見てきたんだ。デュアルモニターの前で、沢山の数字とグラフの向こうで阿鼻叫喚に陥る人の姿を。

この世界の貴族は先物取引をする。領地の収穫だけでは賄いきれぬ、その贅沢な暮らしを支えるために。聖王国の税金は……決して軽くはないのだ……残念ながら。

結果、それはさらにその下、農家へも影響する。大半の領で課せられる租税はそこそこキツイ。その中にあってここ公爵領と、産業で潤っている大公領はかなり良心的なのだ。

もちろん、公爵領はそうでなきゃ人が逃げていくってだけなんだけど……

ユーリの件といい、この国の王家はあまり善良じゃないみたい。最悪だな。その事もいつか必ずケリをつけてやる。だが今は目の前の問題に集中するのみだ！

「そう。正確にはもどきだけどね。この僕にケンカを売ったんだ。泣いてわびたって、許してなんかやるものか。お尻のムダ毛まで処理してやる」

「お尻……ふふ、まぁ言いたい事は分かるけどね。君はホントにおませだね」

ケツの毛……とか、さすがに大公の前で言えないわー。

僕の立てた計画……、それはまさに市場の操作。そして強欲さゆえに道を外れた愚か者を、コテンパンにのしてやるのだ。レバレッジという危険なリングのその上で。

「ああいう性根の卑しい貧乏貴族はお金が大好きなんだ。ほしくてほしくて仕方ない。大金を手に入れて成り上がりたいって、いつでも思ってるはず」

「そうだね、私も同感だ。彼らはいつも身の丈に合わない買い物をしては支払いに追われる」

「あの男、カルロッタの仇ペルクリットもそうであるな」

「見栄を張るのも貴族の矜持などと……はっ、矜持の使いどころを間違えている」

「ほうヘンリックよ。お前は間違えてはおらぬのだな？」

「そのつもりです。私は見栄など張りませんよ。そんなもの張らなくとも、十分な自分自身でいるよう心掛けていますからね」

そりゃすごい。さすが誇り高き本物の貴族は一味違うな。見栄は張らない……そりゃぁ素のままの自分で勝負できればどれだけいいか。

だけどほしくなっちゃうんだよ……秘密でナイショの上げ底シューズが……。どうせ外出なんかしないから買わなかったけどね……。おっと脱線した。

「あー、それはおいといて。で、まぁ彼らが見返りありきで雇われたのは言うまでもない事だけど、そんな彼らには仮初の夢を見てもらおうか」

「仮初の夢とな？」

「そう。儚くも輝かしい夢を。ねぇヘンリックさん、お父さんにもチョットだけ協力してもらえないかな？　見返りは保証するよ？」

「怖い気もするが……興味深いね、ぜひ聞かせてくれたまえ」

よし、協力者ゲットだぜ。この計画にはヘンリックさんだけではまだちょっと足りないからね。その……立場とか信用とかいろんなものが。

「ふむ。するとアッシュよ、ついに《シーズニングフォレスト》を拡張する気になったのだな」

「仕方ないね……。でもどうしようかな」

大公はさすが、勘がいい。そうなると《シーズニングフォレスト》の管理を一人でするのは無理がある。ユーリはあまり放っておくとすぐに拗ねるから……

「あまりこのスキルを知られたくないんだけど……」

「その件はオスモが役に立てるかと」

「オスモさん？」

オスモさんのスキル……それはなんと『箝口《かんこう》』！

彼はそのスキルがあったから、家令によって執事に選ばれたのだ。先代が当主となったその時に。

このお屋敷の毒に関する細々とした事が決して世間に漏れないよう、オスモさんのスキルによって使用人たちはその口を堅くつぐむのだ。

だからこの間の毒素の件も流布しなかったのか。不思議だったんだよね。あれだけの事件が噂にならないの……

ユーリに関する心ない噂は常に王都からやってくる。主にはマテアス、そしてあろう事か王家と親しい貴族たちを発信源として。だから皆信じるのだ。でなければ仮にも公爵にあんな……、あんなっ……！

「……すー……はー……。よしっ！じゃぁオスモさんのスキルに頼ろうかな。オスモさんのスキル……話してくれてありがとう」

「いや、もっと早く言っておけばよかったよ。君はこの屋敷の……要なのだしね」

特殊スキルの公表はタイミングが難しいよね。

◇◆◇

メイン会場が王都である以上、ここで僕たちにできる事はあまりない。シナリオはもう書き上がった。あとは奴らが餌に食いつくのをひたすら待つのみ。

今日も今日とて、僕はエスターと『微生物の分解による土壌の改良』を書き起こしているところだ。たわいもない無駄口を叩きながら……。

「それで？　経過は順調そうかい？」

「とってもね。ヘンリックさんからの手紙では奴らは塩を買い占めてるらしい。そこら中から借金してね。馬鹿な奴らだよ、ほんと」

息子、そして大公閣下から依頼を受けたコーネイン侯爵はかなり上手くやっている。信頼のおける友人にも協力をあおぎ、いかにももっともらしく一芝居打ったのだ。

王都の社交クラブでは、世相に詳しい貴族たちが入れ代わり立ち代わり集まり日夜情報の交換をする。彼らにとって情報とは社交界でのし上がるための切り札でもある。

あの魔会談からしばらく経った頃、そこに現れたある侯爵家当主同士の間で交わされたのはこんな会話……

「なんでも来季の塩は供給の大幅な減少が予想されるとか……絶望的といってもいいだろう」

「それはまた一体……」

「出入りの塩行商から聞いたのだ。我が国に塩を供給する海の国ボルティスではこの夏、海が真っ赤に染まったと」

「何！　真っ赤だと！　海は青いものではないのか！」

「しっ！　大きな声を出すな……」

「待てよ、では今のうちに塩を買い占めれば……」

「そうだ。この冬、塩は必ず値上がりする。間違いない。今のうちに買い込んでおけば専売も可能だ。言い値で売れる……」

「コーネイン卿、これは大儲けのチャンスだな。実にありがたい情報だ。今のうちに塩を買い込むとしよう。できる限り大量にな」

なーんてね。

この国に海はない。巨大な湖も、海と見紛う川もあるけど、塩の製造に必要な海水はどこにもない。

生きるためには絶対不可欠なモノ、それが塩だ。そのためこの国では、国交を持たないはずの亜人国の中で、一番近くてかつ比較的話の通じる魚人国ボルティスから目玉の飛び出るような関税を払って塩を輸入しているのだ。王家の認可を受けた専用の塩業者によって。

つまり塩とはこの国で金塊も同義語。

赤潮によって漁獲高は激減するだろうけど、たぶん塩の供給に影響はないはずだ。

けどそんなの関係ねぇ！　知識もデータもないこの世界の人たちにそれが分かるものか。

赤い海、そのビジュアルのインパクトたるや……、塩が採れないと聞けばそうかも……と納得する事請け合いだ。

あ、赤潮が起きたのはホントらしいよ。こういうのは少し真実を混ぜる事にコツがあるんだよ。結婚詐欺師の告白本『なぜ平凡な私が二十人の女性を騙せたか』にもそう書いてあったし。

脱線したが、この計画の肝は塩にある。

南の果ての果て、辺境伯の護る最果ての国境向こうに位置する魚人国からしか入ってこないのだ。そんな遠方の湾岸国での真実など、そうそう確認なんかできようはずもない。

そこで僕たちは塩の供給を差し止めて、値の上がり下がり、つまり市場操作を行う事にしたのだ。必ず値が上がると知っていれば、一攫千金を狙うトレジャーハンターなら必ず手を出す。

人をやって状況を調べるにしても、相当のお金と時間がかかるだろうし、貧乏貴族にそんなお金などある訳ない。仮に人を行かせられたとして、片道二～三ヶ月かかるボルティス国から帰ってくる頃には手遅れ、ケリがついてるって算段だ。

完璧だ。自分の才能が怖い。あのグラフの曲線が艶めかしい『日本経済ナウ』には感謝を捧げておこう。こう見えてＦＸに死ぬほどのめり込んだのは伊達じゃないのだ。

シャレにならないな……

「ところで父親の方はどうなんだい？」

「マテアスか。あんな奴、父親なもんか。言っとくけどその単語地雷だから」

「じらい……が何かは分からないが、言うなって事は分かったよ。そのマテアスに動きはないのか？」

マテアス……あの男。今回奴は自分の手は汚さないようだ。さすがに大公閣下に弓引く訳にはいかないんだろう。そうして手駒を使い虎視眈々と、ユーリが闇堕ちするのを手ぐすね引いて待っているのだ。姑息な奴め。

「大公からも噂を流してもらったからね」

「へぇ、どんな？」

「大公の評判を下げた事に心を痛めて、又甥は領地から出られないほど落ち込んでいる、って」

どうせリッターホルム内部の事は外部に漏れない。そう思わせとけば当分大人しくしてるだろう。

「なるほどね。マテアスの狙いがユーリウス様の心を痛めつける事にあるなら、今頃ほくそ笑んでいるところか。なら一枚噛んでやろうか」

「何を？」

エスターが？　一枚噛む？　書物には一切関係ないのに？

「ここから父に手紙が届いた事にすればいい。主人がひどく焦燥しているので当屋敷に来てほしいってさ。父が幼少期ユーリウス様を教えていて、王家へ教師として雇いたいと打診するほど慕われていた事、知ってる人は知ってるからね。同じ屋敷にいたマテアスと後妻は当然知ってるだろう？」

なるほど。目からうろことはこの事だ。ブッケ教授か……、まったく考えつかなかったよ。なんだかんだ言ったって、エスターは頭の回転が速いのだ。

「いいねそれ。でも教授にそんな器用な真似できるかな？」

「なに、オスモあたりに出向いてもらって、学長宛てに手紙を届けるだけでいいんだ。学長から手紙を見せられれば父は勝手に断るさ。残念ながら呪物のないところには行けません、ってね」

「なるほど。で、帰りにそれこそクラブでオスモさんには途方に暮れてもらえばいいか。採用！その案採用だよ！」

マテアスの封じ込め、これでしばらくは持ちそうだ。いいねエスター、その調子だ！

その後、言われるがままに新しい本を買わされたのは……まぁ許容範囲と言っておこう。

「あー、いたいた。アッシュ君。発酵させたカカオ豆が大公領から届いたよ～」

ナッツが書庫まで呼びに来るとは珍しい……

でもそのカカオ豆こそ作戦第二弾。大公および大公領の付加価値を高めて誰も逆らえないようにしてやろうって魂胆だ。

「早くチョコレイト作ってみせてよ。お菓子作りの世界が広がるなんて言うから楽しみにしてたんだよ～。料理に入れてもコクが増すって聞いて、シェフも興味津々だよ～」

そうそう。祖母の煮込み料理には隠し味としてほんの少々チョコが投入されていたのだ。

「待ってました！　思ったより早かったね、発酵と選別。ローストは加減で風味が変わるからサーダさんは自分でやりたがるかと思ってね」

僕だって『スイーツ年表、お菓子をめぐる歴史の旅』で見ただけだからね。図解入りの見やすい本だったけど、味加減、これぱっかりは試行錯誤してもらわないと。


数日後、厨房へと向かう途中、僕は書斎へ立ち寄った。ユーリを誘うためだ。

「ユーリユーリ！　カカオのローストと粉砕が終わったよ。見に行こう！　今から甘いチョコのもとになってくんだよ」

「ふふ、楽しそうだねアッシュ。そんなに美味しいのかい？　そのチョコレイトって」

すごい甘党って訳じゃなかったんだけど……、食べられないとなったら食べたくなるのが人情だよね。それと頭脳労働に糖分は必須だし！

「美味しいっていうか、甘い。けど砂糖のそれとは違うんだよ。食べたら分かるって。甘いのに苦い。まるでユーリみたい」

「私？」

僕の作った毒公爵は甘い甘いバリトンの声と、甘くてセクシーで妖艶な笑みを持っている。

小説ではその全てが苦い絶望に染められていたけど、絶望を取り除いたら、あれれ？　セクシーしか残らない、だと？

「そう。ユーリには苦いスキルがあるけど、それがアクセントに感じるくらい甘いよ。声も顔も、なにもかも」

「そう、じゃあいつか私を食べてもらおうかな」

なんてっ？　ユーリったらすっかりオチャメになっちゃって……

厨房ではサーダさんが興奮しながら粉砕されたカカオをコンチェしている。こうして攪拌している間に、カカオはチョコへと変貌を遂げていく。おやこれは？

「ナッツ、このケーキは？」

「末の息子さんが誕生日だったって言うから、御者さんに差し入れたカップケーキだよ～」

誕生日という単語に反応したのは僕でなくユーリの方だ。

「ねぇアッシュ。そういえば君の誕生日はいつなんだい？」

誕生日……？　誕生日ねぇ……

「今まで誕生を祝うなんて、考えた事がなかった。だけど……君が言ってくれたんだ……『生まれてくれてありがとう』って。私も心からそう思う。君の誕生を神に感謝したい」

「そう……。でももう過ぎちゃったよ。僕の誕生日は八月なんだ。えへへ、実はこの間まで年上だったんだよ」

「そんな……なぜ言ってくれなかったんだ！」

「冗談でしょ？　自分で自分の誕生日をアピールするなんて恥ずかしいよ。子供じゃないんだから……」

「アッシュ君は子供だよ。少なくとも見た目はね。誕生日ぐらい私たちに祝わせてくれてもよかったじゃないか」

アレクシさんは悔しそうにそう言ってくれるけど……、実際はユーリの前で誕生日の話、できなかったんだよね。

あの日僕の元にはマァの村から手紙が届いた。何日かかるか分からない郵便で届けられたその手紙が、ドンピシャ誕生日当日に届いたのは何の偶然か。

そこに書かれていたのは刈り入れには帰ってくるのかって事と、誕生日を祝う言葉。

時折届くマァの村からの手紙はいつでもユーリを不安にさせた。僕がホームシックになって帰省すると言い出すんじゃないかと……、その時ばかりは少々挙動不審になったのだ。

ユーリにとって忌むべき別荘のトラウマは、さすがに簡単に払拭できるとは思えない。ユーリは自身でそれを見たのだ。変わり果てた母の姿を。そんな目にあった場所に連れていく事など最初から選択肢にあるはずがない。

ならば一択。

僕は帰省をやめた。代わりに多すぎるほどのお金を届けてもらって、そこには一筆添えた。

「このお金で人手を雇ってください。僕は志半ばで帰れません」

半月後、届けられた返信には……魔除けの意味を持つ、トネリコの小さな枝が入っていた。

この国でトネリコは聖なる木とされている。

なぜならWEB小説の投稿者に、北欧神話の大ファンがいたからだ。なんでも北欧における初めての人間はトネリコの流木から作られたとか。『北欧神話の浪漫』にはヲタクの浪漫が詰まっている。みんな大好きイグドラシルとはこのトネリコの樹を指しているのだ。

奴は何かにつけその設定を入れ込もうとして……いつもギリシャ神話ファンや、ローマ神話ファンと大げんかを繰り広げていた。

気持ちは分かるけどね。神話はファンタジーの原点だから。

誕生日の贈り物と、家族からの温かな想い。それをユーリに見せて不安な気持ちにはさせたくなかった。だから言わなかったのだ。別に誕生日に思い入れもないしね。

でもそうか……祝いたいのか……

「じゃぁ来年は祝ってもらおうかな。ユーリプレゼンツで盛大に祝ってよ」

「ああ。私にとって何にも代えがたい大切な日だ。盛大に祝おう。それだけじゃない。十二月の初日、あの記念すべき日。アレクシに言ってパーティーの準備を進めているんだよ。アッシュが私のものになった日だからね」

「あー、ちょっとそれ誤解を招くから言い方を変えようか。一緒に暮らし始めた日とか……、気持ちを伝えあった日とか……」

あ、あれ、あんまり変わってない、だと？

「ふふ、じゃぁ誓いを立て合った日、これでいいかい？」

「うん？　……？？？　……うん」

ま、まぁいい。名称なんて何でもいいんだ。大切なのは中身だからね。僕のユーリのハッピーライフ、それが確約された記念すべき日。ハレルヤ！

「ユーリウス様〜、チョコレイトができましたよ、アッシュくんとお味見どうぞ〜」

お、おお！　ナイスタイミング！

しかし、……ついにチョコができ上がったな。大公領ではまだまだトライアンドエラーの真っ最中だっていうのに、さすがサーダさん。仕事が早い。妥協もしなけりゃ諦めもしない。時間も体力も惜しまず、寝ずに試作を繰り返しただけの事はある。期待大だ。

「どれどれ……あ、あんま〜いっ！　ユーリ、早く！　早く食べてみて！　きっと気に入るよ」

「あ、ああ……だがこれは……黒くて……その」

「大丈夫だからっ。もう、しょうがないなぁ、はいあーん」

ユーリってば、あーんって言うと、パブロフの犬みたいに条件反射で口開けるんだよね。

可愛くない？　可愛いでしょ？

勢い余って僕の指まで舐めちゃって、ほらね？　気に入ると思ったんだ。イテ、噛まれた。

「ホント、あの固くて大きい木の実から、こんな黒光りした美味しい物ができるなんて。アッシュ君の言ってたチョコレイトでテラテラにコーティングしたナッツ、すぐに完成させるから楽しみにしててね〜」

ナッツが言うと、なんかやらしく聞こえるな。何でだ？

それにしても……ナッツが作るチョコナッツ……、ププ！

◇◆◇

極北リッターホルムの冬は早い。まだまだ十一月だというのに既に夜などかなり冷え込んでいる。そのせいだろうか？　ユーリときたら就寝時の密着が最近とみに激しい。いやまぁ……、暖かいからちょうどいいんだけどね。

……あ、あれ？　僕の第二次性徴は？

気を取り直して、今日は雨。花壇にも《シーズニングフォレスト》にも行けない僕はユーリと静かにクロスワードパズルをしていた。これは僕が考案してエスターが作ったオリジナルのパズル本。熱心な愛読者の一人であるノールさんはオスモさんと入れ替わりでもうすぐ王都に向かう。定例の集中講義を受けるため、そして王都で事の結果を何一つ漏らさずチェックするために。

王都から帰ったオスモさんの報告は傑作だった。

彼は知り合いの執事を誘い社交クラブへ立ち寄ると、ユーリの誘いを教授に断られたと大袈裟に嘆いてみせたのだ。そしてその店内には、オスモさんの後をつけてきたクッソへたくそな変装をしたマテアスが柱の陰に隠れていて……

「あの男はどうしても笑いが堪えきれぬようで……、私が店を出るや、大きな声で乾杯をしておりましたな」

バカめ。乾杯したいのはこっちの方だ。

「アッシュ、君の番だよ」

おっといけない。ユーリに集中しないと。間違えた。パズルに集中しないと。

「ここがＬＯＯＫ、ルックアウトっと」

「じゃあここはFLAVORだね」

文字を埋めたり移動したり、数あるパズルゲーの中でもこれとナンプレは僕の得意分野だ。ナンプレにはノールさんもあっという間にドはまりして、眠れない夜は大体いつもナンプレをして時間を潰すのだとか。いや、余計に眠れなくなるでしょうが。

そもそもナンプレとは別名「制約充足問題」といって……、あ！

「ねぇユーリ。そういえば王家の制約って一体何？　聞いておきたいんだけど……、話せなかったりする？」

ついつい忘れて聞きそびれていたユーリの制約。後回しにするとまた忘れるんだこれが。思い出したが吉日、今聞いとこう。

「制約か……、話せない事はないよ。大した事でもない……」

大した事ない訳あるかいっ！　重大問題だよ！　ユーリの生死に関わる問題じゃないか！

「前も話したろう？　私の毒液は王家のためにしか生成できない。それだけだ」

あ、あれ？　それだけ？　おかしいな……

「それ破るとなんかあるの？」

「いや、破ろうとしてもできないんだ。王家のためにしか作れない。王家から送られる特別な容器に納められる分だけ生成されるよう、制約がかけられている。公爵家の血筋に【毒生成】のスキル持ちが生まれるように、王家には常に【制約支配】のスキルを持つ者が生まれるんだ」

「王家のためだけ」

「毒は危険だ。私が身勝手に毒を悪用しないためだ」

本当にそうだろうか？　だってこれは、実質ユーリの毒を王家が一人占めって事だよね？

そして、その使い道は誰も知らないんだ。そう、王家の人間以外は誰一人。

僕は常々不思議に思ってた。なぜ王家に近しいところからユーリの擁護が出ないのか。

ユーリの毒を正しく使っているなら、誰かが声を上げるはずだ。彼のスキルは人を助けると。

ならなぜ出ない。それは、正しく使っていないからだ……

僕は古今東西のミステリーを制覇している。素直なユーリと違って、いつでもそこにある不合理を見逃さない。僕のこの灰色の脳細胞は。灰《アッシュ》だけに。

「それにしても【制約支配】か……聞いた感じ恐ろしげなスキルだけど……」

物騒だな、王家……

「ふふ、誰も彼も支配する訳じゃないよ。一連の手順を経ての制約支配だ。そこには互いの同意が必要になる。大丈夫、制約は強要できないんだ」

そりゃよかった。なんでもかんでも制約できたら実質地獄だ。

「それじゃぁあの毒素は……？」

「制約をかけられているのは毒液だけだ。そもそもあの毒の呼気は意識して出している訳では……その……」

「もういいよ。十分分かった。あ、……でも」

僕が小説で読んだあの設定は？　とは、聞けないし、うーん……

「その……」

「いいよ。聞かせてアッシュ。何を知りたいの？」

ええい！　ままよ！

「ユーリはそのスキルを誰かに継承しないと……その……し、し……」

「死ねない……。そう死ねない。子を生さねば私は死ねない。そうだよ、よく知ってたね。誰に聞いたの？　これはアレクシだって知らないのに」

これは亡くなった家令のアンダースさんしか知らなかったのだとか。えーっと……

「ああ、エスターか」

エスター？　エスターの名前が何でここで出てくるの!?

「私にこの呪いの事を教えてくれたのはブッケ教授だ。彼は呪物の大家だからね。エスターが知っていてもおかしくはない。彼から聞いたんだろう？」

「は、え、うんそう。その通り」

後で口裏合わせとかなきゃ。くそっ、また本を強請られるな。いや、ちょっと待て、……えっ!?

「ユーリ今、呪いって言った？　何呪いって？　それ呪いなの？」

「そうだよ。王家と王家の血を引く家系には常に呪いがついて回るんだ。王家の呪いがどんなものかは知らないけどね。スキルの継承と呪いの発動は同時なんだ」

……【毒生成】を持つリッターホルム公爵家は、代々多くの子供を持たなかった。不幸の連鎖を避けるためだ。

毒生成を継承しなかった大公は呪いを免れた。だけど先代、ユーリの祖父はその呪いを受け……ギリギリまで子孫を残すかどうか悩んだらしい。【毒生成】なんてスキルは不幸しか呼ばない。自分の代で断ち切れるなら、その方がいいに決まってる。

でも結局いつの世代も、……気の遠くなるような孤独に恐怖して……後継を残す事になるんだ……。子孫に心から詫びながら……

ああ、だから先代はカルロッタさんの結婚を急いだのか。自分の生きているうちにその目で確認したくて……。そうか……なんて嫌な呪いなんだ。子孫を残しても地獄、残さなくても地獄……救いがない。

「……ねぇアッシュ。私は……子孫を残したくない。いや残せない。女性とその、そういう事などできそうにないし。……だからね、いつかもし君が私よりも先にこの世を去る時が来たら……、賢い君の事だ。その時はどうにかして私を連れていってくれるかい？」

「えぇっ！　嫌だよそんな！　ユーリを僕が？　絶対嫌だ！」

なんて事を言うのだろう。僕にユーリをこ、こ、ころっ、……デリートしろって言うのか！　できる訳がない！　僕が形作ったユーリ、我が子も同じ……、それにこうして過ごした時間と通わせた心、愛があるのだ。僕のユーリ、僕の最高傑作。

僕が前世で残せた、お金以外のたった一つの生きた証。

「その時が来たらの話だよ。だって私はもう、君のいない世界で生きてはいけない。なのに死ねないんだ……。分かるだろう？　心は死ぬのに身体だけは死ねないんだ」

ユーリの不死身は厳密な不死ではない。身体は着々と衰えていく。だが病気をしようがケガをしようが、心臓にナイフを突き刺そうが、……身体が枯れ果て、全ての機能が停止するまで彼は死ねない。

たとえベッドから起きられず、物も食べられず、手も足も動かせず、思考さえ曖昧な、ただそこにいるだけの置物みたいになっても……。だがそれを生と呼べるだろうか？

「君のいない時を生きていくなんてできない！　死ぬまで一緒だと言ったねアッシュ。だけど私は死んでもなお君と一緒にいたい！」

「ユーリ……」

今僕はどんな顔をしているのだろう。人に見せられる顔じゃない事だけは確かだ。

「そんな顔しないで、アッシュ。君が私よりも長生きしてくれればいい話だ。ふふ、無茶なお願いだ。ああ……だけどどうしよう……。君よりも先に逝く事、私はそれも嫌みたいだ」

「嫌……？」

どういう意味だろう？

「……君が私のいない世界に残るのかと思ったら……、私以外の誰かと残りの時間を過ごすのかと思ったら……、ただの想像だというのにひどく嫌な気分になる……」

ユーリは僕の生きた証。それは今世も変わらない。ユーリが僕のいない世界で生きてゆけないと言うなら、それは僕だって……！

「ユーリ……、じゃぁその時は僕を連れていっていいよ。もしもそんな時がきたらユーリの毒で僕を連れていって。もしもの話だよ？」

「アッシュ！　なんて事を！　ああ、ごめん。馬鹿な事を言った。違うんだ、ただ私は……」

「違わないよ。違わない。いいんだ。僕はそれだけの覚悟はできてる。僕はね、そんな軽い気持ちで覚悟や決意なんて言葉、……使わないんだ。ユーリを護るって言ったでしょ？　ずっと一緒にいるって。ユーリが死んでも一人になりたくないなら、僕を連れていって！」

「アッシュ……ああ、アッシュ……」

臆病な僕は自分でその道は選べない。だけど……、ユーリにそうされるなら……本望だ！

だからってそれはまた別の話だ。諦めない！　王族の呪い……、僕はユーリを手にかけたりしない、きっと解呪してみせる！　僕が……、僕が必ず！

僕らは二人、何の憂いもなく人生を謳歌して幸せにお墓に入る！　これは絶対揺るがない決定事項だ！

久々に涙を流すユーリを見てしまった……。ほら、最近は笑顔ばかりだったから。

泣き疲れて眠るユーリをアレクシさんにお願いして僕は書庫へと足を向ける。もちろんエスターから話を聞くために。

「エスターは王族の呪いの事知ってたの？」

「ん？　ああ、まぁね。だからあんな父みたいな人格破綻者が王宮で勤められていたんだよ。父は呪物……呪いの専門家だからね。王家の呪いを解明するためにそこにいたんだ」

そうだったのか……ブッケ教授……。ま、まぁ、実は思った事あったんだよね。よくこんな専門以外ノータッチのエスターの同類が王宮勤めできたなって。腑に落ちた。

「それに、大図書館の秘匿された巻物にもそんな一文が残ってたしね。差し障りのない一文だけだがね」

「じゃぁユーリの呪いの事は？」

「なんだ、ユーリウス様も呪われてるのかい？　最悪だな」

ああ、さすがにそこまでは話してないか。そりゃそうだ。秘匿中の秘匿なんだし。曲がりなりにも王宮勤め、守秘義務くらいあって当然か。

「ほんとだよ。最悪。あー、じゃぁエスターは王家の呪いの中身までは知らないんだ」

「知らないねぇ。だけど見当はつくよ。呪いって言うくらいだからね。そこには恨み辛みがあるんだろうさ。なら単純に命を奪って終わりって事はないんじゃないか？」

「なるほど……」

「だろ？　なら前から頼んでたあの本を……」

ほらね！　ほらきた！

「却下！　ところでなんでブッケ教授は宮廷の博士を辞めたのさ。よく王家が辞めさせたよね。閑職に追いやられたって言ってたけど……呪いを調べるなら教授の右に出る者なんて……」

王家に呪いがあって、ブッケ教授がエキスパートなら普通手放さないだろう？　それを放出するなんて……一体どういう了見だ？

「あれは……表向きそういう事にしてあるけどどね、実際は辟易して辞めたのさ。呪いに関して……

王家は少しばかりヤバイ研究をしようとしてたみたいだね。父は……ほんと、ああ見えてそういうとこだけ回避能力に長けてるんだよ」

巻き込まれるのを嫌がったブッケ教授は呪物馬鹿を装い、あれも無理、これは嫌だとやりたい放題して……いや、素か？　とにかく、さすがに放り出されたのだとか。

そりゃそうだ。周りに示しがつかない。迷惑極まりない。僕だってイヤだ。そんな奴と働くの。

「ところでヤバイ研究って？」

「さあね。肝心のところは口にできないのさ。だけどあの父が逃げ出すくらいだ。相当なヤバさなんだろう」

エスターと同類……いや、教授はエスターのベースなのだ。ならブッケ教授も相当頭が回るんだろう。おかしいけど。う～ん、一度会ってみたいもんだ。

しかしその教授が逃げ出す研究……、なんなんだ一体……嫌な予感しかしない……。ああ……なんだかスッキリしない。言い様のない気持ちだ。

やり場のない怒り……、いや、やり場はある。王家とマテアスだ。覚えてろよ！

◇◆◇

ノールさんが王都へと出発した頃、大公は満を持して黒い宝石『チョコレイト』をまずは王家へと献上した。

その極上の甘さとコクは王族の心をガッチリと掴み、王自らあるだけ買い入れた、という噂はあっという間に社交界へと浸透していった。

その大公領の新しい発酵食品、『チョコレイト』はかなりお高い値段に関わらず、グルメで鳴らした高位貴族の舌をすっかり魅了してやまなかった……

あのチョコはなかなかの出来だ。

この世界の人にとっては初めての味だから、多少の雑味など気づきもしない。そう。彼らは十分チョコの虜になっている。これこそが合法にして健康的な成分……そう、ポリフェノール。

その麻薬を鼻先にぶら下げられて、大公領のつまらない噂なんかあっという間に吹っ飛んでしまった。なにしろ大公の胸一つでチョコレイトが手に入らなくなる。それだけはなんとしても避けねばならない。

今、社交界で一番ホットな話題はチョコを手に入れたかどうか。トレンドリーダーとして幅を利かせるには、チョコの存在が欠かせないのだ。


そして吐く息を白く染める冬が訪れた。勝負の時間だ。

奴らはこの冬の塩の値上がりを期待している。そのために買い占めたのだ。家屋敷を担保に方々から借金をして。

元から高価な塩をこれだけ揃えるのはさぞ大変だっただろう。爵位さえ担保にしたと聞いた。欲張りな奴らだ。ほどほどでやめておけばよかったものを。

どうしたって塩だけはどれほど高くても必要なものだ。手に入れなくてはならない。砂糖や胡椒と同列には語れないもの。身体のためにも絶対不可欠な成分がミネラルだ。『人類と塩』にも書かれていた。大昔、塩は《白い黄金》と呼ばれていたのだ。

大公には少し前からこの国への塩の流入を阻止してもらっている。国境を越える前に手を打って買い占めているのだ。ぷぷ。

供給が減った事で少しずつ上がる値段に、奴らの期待値もそろそろマックスか？

ノールさんからの報告では、コソコソと売りに出すタイミングを話し合っていたとか、なんとか。

「バカな奴らだ。僕の手のひらで踊らされているとも知らないで」

「こんな小さな手がこれほどの握力だとは思ってもみないだろうさ。いずれにしても値が上がり切るまで待つようだね」

「小さいは余分だから。それにしても人間欲かくとロクな事ないのにね」

奴らが欲張って値が上がり切るのを待ってる間に、タイミングを合わせて市場に流す。一気に価格は大暴落となる運びだ。

「小物の下位貴族なんかに大口取引なんてできやしないんだし」

「ははぁ、そいつらが気づく前に供給は行き渡ってるって寸法かい？」

「そういう事。大公の商会を通してね。王都周辺の領主にはいつでも大量の塩を運び入れられるよう、とっくに待機してる。さらに、コーネイン侯爵とお友達の協力で王都の主だった大店にも一気に供給してもらう予定だよ」

様子がおかしい事に気づいた奴らはそのうち塩を手放すだろう。だがその頃には、既に塩の値は底値になっている算段だ。

「ポイントは定価割れだよ。そのために微力ながら塩生植物も増やして協力したんだから」

「塩の大量放出で買値よりもさらに下げる訳だな。おー、コワイコワイ」

コワくなきゃお仕置きにならないでしょうがっ！

奴らが塩を全て市場に出すまで塩の大量放出はやめないつもりだ。それだけの量は備蓄してある。

そして借金に追われ、その財を全て手放すのを指さしながらほくそ笑むのだ。真の情報操作とはこういうものだと。

奴らの慌てふためく姿を間近で見られないのが残念でならない。できる事なら本当は「誰にケンカを売ったかこれで分かったかな？」と直接言ってやりたいのに……

だけどユーリが王都に行けばマテアスの耳に入る。かと言って、僕一人では行かせてくれない。

まぁね。ユーリは寂しん坊だから仕方ない。

だからこそのノールさんだ。この冬の間、王都で一部始終を見てきてくれと頼んである。彼は実に真面目で細やかなため、報告書も非常に綿密である。

雪深いリッターホルムでは冬の間、領主の仕事も目減りする。その時期を利用して僕はユーリの家庭教師を買って出た。講義の科目は経営学。領地運営の極意をレクチャーするのだ。付き従うアレクシさんもこの際一緒に。

ノールさんの家系は宮廷貴族だ。領地運営はいくら学んでいても机上の空論にすぎない。え？　僕も同じだろうって？　ところがどっこい！　僕には領地経営シュミレーションゲームの経験がある。一歩リードだ。

いやー、子供の頃読んだ『漫画で分かる荘園制度と封建制度』が役に立つ日が来るなんて……人生ってホントわからない。これも祖母の言った通りだ。僕は改めて祖母の教えに感謝した。

「そうしますと、やはり荘園を管理する家令は必要ですね。……かと言って今さらオスモでは体力的にもキツイでしょう」

「オスモさんにはそろそろ隠居させてあげたいんだよね。家庭菜園とかしてみたいって言ってたし。それに陶芸とかも教えてあげたいかなって」

この間も腰が痛いってトントンしてたしね。階段の上り下りもどことなくしんどそうだ。

それにしても問題はまた人手不足かっ！　いつもいつも僕の頭を悩ませる……それは人材！

「今は荘園差配人がやってくれてるんだよね……。けど家令がいないとそのうち増長するから、いずれはなんとかしないと」

実際はユーリへの畏怖でそりゃもう大人しいもんだけどね。……言いたかないけど。

「アッシュ、君はなんでも知ってるんだね。なぜ？」

「……あー、知識だけね。村でちょっと聞いた……みたいな？」

「ふふ、いいよ。君がここにいる。それ以上に大切な事など一つだってない」

その時、ヴェストさんがお茶を手に入ってきた。腕には小さなストールがかけられている。

「そろそろ休憩を取ってはいかがかと。これ以上は効率が下がりますので」

「はいはい」

相変わらず絶妙なタイミング。よく気がつくな。そろそろ糖分補給したかったんだよね。

「ではアッシュ様ここにおかけください」

「ソファに？　あのね……、まぁいいや……」

座る場所まで指定するのか……。こいつめ。まぁ混ぜっ返すと面倒くさいしな。分かりましたよ、はいは……い……？

「ではユーリウス様こちらへ。ああ、そうではなくアッシュ様の膝に頭を。そう。そうです。それが最善です」

ん？　こ、これは……、あん……？　膝枕だとっ!?

「少し仮眠をお取りください。先ほどからあくびを五回ほど噛み殺しておいでです」

「そうなのだよ、ありがとうヴェスト。ではそうさせてもらおうか。……眠れるかな……」

ユーリ……そんなに退屈だったの？　……まぁ経営の勉強なんてつまらない……じゃなくてっ！

なんだこれー！　ヴェスト！　お前いい加減にしろ！　てか、どこで覚えたんだ、こんな事！

あーそうそう、ユーリのお腹にストールかけて、っと、違う！

ま、まぁ、膝が幸せなのは……否めないけどね……

「あ、ユーリ寝ちゃった……」

「ではそのままお聞きください。ノールより新たな報告が上がっております」

「ほんと？　貸して」

ユーリの重みを膝で感じながら読んだ経過報告書は、僕にまたまた痛快な事実を伝えてきた。

「ねぇアレクシさん。あいつまで一緒になって塩買ってるって」

「それはペルクリッ、いや、マテアスの事かい？　……だが塩の値は既に上がりつつあるだろう？

今さら買い入れても……」

「バカとしか言いようがないよね。小銭稼ぎにしたって遅いっての。機も見られないなら、相場なんて手出さなきゃいいのに」

まぁ、どのみち損はするんだけど？　損切り幅が増えたな……。大爆笑。

「あとは、ユーリに頼まれてブッケ教授に会いに行くんだって」

「ああ。手紙を届けるとか言っていたな……」

オスモさんのはフェイク。過去のお礼を記したこっちの手紙が本物だ。

「あのアッシュ君、彼の事は……、そのコーネイン侯爵子息の事は何か書いてあるかい？」

「ヘンリックさん？」

どうもアレクシさんはヘンリックさんを意識しているようだ。なんだろ？　キャリア組とノンキャリア組、的な？　それとも現場と事務方……的な？

アレクシさんは孤児だったけど、亡くなった養父の爵位を、ホントに形だけだが一応継いでいる。身分差に僻んでるって事はないと思うんだけど……。ま、まぁいいや。

「えーどれどれ。ヘンリックさんはノールさんに同伴して社交クラブに日参してくれてるって。あ、ブッケ教授のとこも一緒に行くみたい。呪物を見せてもらう気満々らしいよ」

「……いや、それはちょっと、どうだろう……」

あ、いつものアレクシさんに戻った。


リッターホルムでは深々と雪が降り積もってきたが、そろそろ王都でも大雪が降り始める事だろう。少々ナトリウム濃度の高い雪が。

十二月の初日、僕らの同居一周年記念パーティーが行われた。それは内輪だけのささやかなお祝いで、パーティーと言っても気軽な、たいそう楽しい一日だった。

サーダさんは張り切って御馳走を並べてくれた。大公領のワインを惜しみなく使った牛の赤ワイン煮はホロリとほどける柔らかさ。絶品だった。

ナッツはリクエスト通り僕のレシピを参考にフォンダンショコラを焼いてくれた。とろりと溶け出るそのチョコに、一番興奮していたのは当のナッツだ。

場の雰囲気を盛り上げるため、僕はとっておきを披露した。『みんなびっくり！　サルでもできる手品の本』をとことん読みつくしながら当時、徹底的に練習した、みんなをあっと言わせる奇跡のロープマジックだ。

まぁ、前世で披露する機会には恵まれなかったけどね……。そ、そんな事はどうでもいい！

そのお返しにと、ユーリから一枚の絵を渡されたのだ。ノールさんから手ほどきを受け、拙いながらも描き始めたばかりの油絵。そこにはせっせと庭仕事をする僕の姿が描かれていた。

「好きなんだ。庭にいる君を見るのが。この庭は君がくれた私にとって初めての希望。この庭が広がるほど、私の希望も広がっていくんだ。ふふ、百年の内の一年が過ぎたね」

オスモさんとアレクシさんは感慨深げにこちらをを眺める。その目元が少し光って見えたのは、きっと気のせいなんかじゃない。

◇◆◇

こうして、ついにその時がやってきた。

この二週間、僕と大公は連日手紙をやりとりしながら、大放出のタイミングを計り続けた。こういう事は本当にタイミングが命なのだ。

そしてあの下位貴族たちが数日王都を留守にし、マテアスが風邪で寝込んでいるという絶妙なタイミングで、大公はそれを指示したのだ。

僕は助言しておいたのだ。値の上昇はここらが限界。できたら奴らがすぐに手を打ちづらいタイミングでそれを実行してほしい、と。

僕は計画の実行を、この冬、一日おきに届けられたノールさんからの手紙で知った。

冬の間も届けられる手紙や物資のために、山越えには専用の犬ぞりが用意されているとはいえ、雪深い冬のリッターホルムへ手紙を届けるのは、いくら仕事でもさぞかし迷惑だった事だろう。気の毒に思った僕が毎回手渡すチップで、配達人は今やちょっとした小金持ちだ。おかげで彼とは比較的良好な関係を築けている、と思っている。

すっかり顔見知りになったその配達人が今日も今日とて手紙を運ぶ。鼻の頭を真っ赤にしながら。

「アッシュ君、ノールから手紙が届いた。奴らの顛末が書いてある。読むだろう？」

「もちろんだよ、アレクシさん。これをどれほど楽しみにしていたか」

待ち望んだ抱腹絶倒な一通の手紙を手にしてテンションアゲアゲな僕はいつもより多めのチップを配達人に渡した。せめて公爵領都の宿屋で温かいものを食べて身体を休めていってと言い添えて。

「んー、どれどれ」

「奴らは相当慌てふためいたようだな。値が上がりきると思った寸前にいきなりの大暴落では万事休すだ。王都では今、塩は余る勢いで出回っている……ははっ、奴らごときにはどうする事もできないだろう。やったなアッシュ君、大勝利だ」

「まぁね。まぁ当分塩は売れないけどね……。稼ぎ頭だけど……仕方ない」

《シーズニングフォレスト》の収穫の全てを、僕は生産者として大公に一括で卸している。行商相手にチマチマ売るのとは規模が違う元卸では相当な収入を得ている。金遣いの荒いエスターを満足させてなお、余裕がある程度には。

その収入の半分を占めていたのが塩だったんだけどな……

「君にはもっと貴重なカカオの実があるじゃないか。顧客は限られるが、利益率は高いだろう？おっと、待て。面白い事が書いてある。マテアスがクラブで怒鳴りながら下位貴族共に当たり散らしている姿を見かけたらしい」

「確か、宝飾品を売り飛ばして塩の買い入れ資金作ってたんだっけ？　大損だよね、バカな奴」

「それだけじゃない。マテアスの顔には殴られたような痣があったらしい」

「資金が足りず高利貸しにでも借りてたかな？」

「そのようだ。翌日には借金取りがマテアスのクラバットピンからカフスまでむしり取っていったのを見かけたと。他の下位貴族たちは夜逃げの算段をしているそうだ」

「ぷぷ、笑える。ざまぁみろ！　小者の夜逃げは別にどうでもいいけど……」

けどせっかくだから、金貸しに夜逃げ先をリークしてやるのも面白い。

「おや、これは……」

ノールさんからの長い手紙はまだ続く。ノールさんに三行メールは無縁だろう。

「ブッケ教授を訪ねた際、面白い石板を見せてもらったと。ブッケ教授は石板に刻まれた古代文字を研究中らしい」

「な、なんだってっ！」

石板！　学院の最奥、洞窟の奥にあるという石板！　勇者を仲間探しの旅へと誘うキーワードだ！

なんて事だ。まさかブッケ教授が石板に関わってたなんて。それにノールさんがそれを見せてもらうとか……どういう展開だよっ！

WEB小説の中で、学院には二つの大きな鍵が眠っている。それが古文書と石板だ。

勇者となる……誰だ？　あのWEB小説は一人称で進んでいくのだ。誰もが主人公であるように。……まぁいい、生徒Aとしよう。

生徒Aは考古学の教授を訪ねた際にうっかりして書棚を倒す。そこでギミックに隠されていた古文書を発見するのだ。そこにはラスボスを倒すための、勇者の奥義が書かれていた。生徒Aが勇者かどうか、その時点では確定していなかった。なのにそいつは自分こそが勇者であると確信し、勇者の奥義を会得せんと修行に励み始めるのだ。

そしてもう一つが石板。おそらくは今回ノールさんが見せてもらった、そしてブッケ教授が解読を試みている……それだ。

ぜひとも見たい……。いや、興味本位で言ってる訳じゃない。それと古文書はユーリの未来に大きく関わる。僕の記憶通りだとは思うが……実物があるなら見ておきたい！　これはもはや使命だ！

「アレクシさん、今からノールさんに手紙を書くから、領都で休んでる郵便屋さんに届けてくれる？　雪の中申し訳ないんだけど」

「いや、それは構わないが……急ぎなのかい？」

「まぁね。伝えたい事は二つ。一つは雪が止んだら僕も王都へ向かうって事と、もう一つは……考古学の教授に貴重な古文書があるかどうか確認してほしいって事」

「貴重な古文書……？」

勇者の奥義が書かれた古文書。そんな意味不明な本は二冊とないだろう。あれば教授には分かるはず。僕は手に入れなければならない。その古文書を、勇者よりも先に。

マテアスの企て、王家の思惑、王族にかけられた呪い、……そして勇者の動向。並行して考えねばならない事が多すぎる。まさに五里霧中。

だけどここにきてようやく光明が見えた。ブッケ教授が石板の解析に関わっているなら……あの石板は呪物……つまり呪いに関わってるって事だろう？

「二人して何を話してるの？　私は除け者かい？」

「ユーリ。お勉強はもういいの？　大した話はしてないよ。それより軽くお願いがあって」

「なんだろう？　アッシュのお願い……怖いな」

「大した事じゃないよ」

「それよりもナッツがホットチョコレイトを入れてくれましたぞ。さあさあ、アッシュ君も休憩なされませ」

オスモさんが和やかに休憩を促す。気が付けばもう日暮れ前だ。

ココアか……いい香り。本当に……前世の僕は甘党だった訳じゃないんだけどな。ユーリと二人で肩を並べて過ごす甘い時間に、これ以上似合う飲み物は他にないって思えてしまった。

気恥ずかしいけど大事な時間だ。絶対に守らなきゃいけない、かけがえのない時間なんだ！

◇◆◇

雪の止んだ冬と春の狭間のある日、いまだ雪の溶けきらぬ中、馬車を引く馬の蹄だけが静かな山道に音を響かせていた。

この先には領境となる山があり、そこを抜けると、王都とリッターホルムを明確に隔てる川がある。領と領の境界は大抵が山や川で隔てられ、それらを抜ける街道一つ一つに、入領のための関所があるのだ。

領主にとって農民は保有物も同じ。勝手な出入りは許されない。それは外からの来訪者も同じ。誰がどんな目的をもってやって来たのか、ここで記録が残される。

だからマテアスを入領禁止にする事は容易かった。軟弱な貴族のボンボンが険しい山中をサバイバルしてまで抜けては来ないからだ。

このリッターホルムを外領とつなぐ関所は四か所。一つは大公領へと続き、一つは王都へと続く。

王都は国の中心部にあり、そこから放射状に各領が広がるのだが、本来爵位の高い当主ほど王都近くに領地を持つのが普通である。なのにリッターホルムも大公領も川を越えた北部にある。大公領は王都から見て北東に広がり、公爵領に至っては北の辺境……。そこに含まれる意図など……たった一つである。

ただ、マテアスの継いだペルクリット伯爵領が王都を挟んで正反対、南西の奥地であるのだけが幸いだったと言えるだろう。

僕はギリギリまでユーリの説得を試みた。僕の我儘につきあうために危険を冒してまで王都へ向かう事はないだろうと。

けど、ユーリは頑として聞き入れなかった。まぁ、そう言うのは分かってたけど。

結局僕に同行するのはユーリとアレクシさん。そしてブッケ教授を説得するためエスターも一緒に連れてきた。

領地に残るヴェストさんは、これを機にようやく執事業務を全て引き継ぐようだ。オスモさんには僕の進言により敷地内に小さな家がとっくに用意されている。あとは十分な恩給をもらってのんびりと暮らしてもらいたい。

ああ……、一年ぶりの王都にはどんな出来事が待ち受けているのだろうか。

呼び出しておいたノールさんは、大公邸の居間で静かに本を読みながら僕らを待っていた。手にした本は僕のお手製『学業のすすめ（異世界語版）』。

公爵邸のライブラリにそっと並べておいたこの本を彼はとても気に入っていて、これを気に入った彼を僕は気に入っている……

「それで石板！　石板には何が書いてあった？」

「ちょっとアッシュ君、いきなりそんな……」

挨拶もしないでせっつく僕に、ノールさんは若干引き気味だ。

「何がと言われても……古代の……それも創世記の文字で書かれているんだ。教授でさえ解明に手を焼いているのに、僕ごときじゃ分からないよ」

「じゃぁ古文書は？　古文書はどうだった？」

運よく集中講義を引き受けてくれた大公の古い友人、アンダーバーグ教授こそが考古学の専門家であり、ノールさんの退学を誰よりも惜しんでくれた人である。

「さりげなく聞いてみたけど、そういう文書は見つかっていないようだよ」

「まだ見つかってないのか……」

しめた！　あれの隠し場所なら分かってる。勇者……生徒Aがまだ発見してないなら好都合だ。

あんなものが見つかったら、勇者がスキルアップしてしまうじゃないか。

ピンからキリまであるスキルの中でも、いくつかの特殊スキルが上位に位置する。

ユーリのスキルもそうだし、選ばれし勇者にのみ発現する『反転《トリックスター》』もそうだ。

そのスキルは古文書に書かれた奥義を会得する事で発現が可能となる。そしてその奥義をさらに極めし時、……毒公爵を滅する事が可能になるのだ。

世を恨み、生を恨み、極限まで呪詛を高めた毒公爵により、大地は腐敗し、国土の崩壊は止められないまま誰一人彼には近づけないでいた。

「近寄るだけでも腐って溶ける公爵の傍にどうやって近づくんだよっ！」というごもっともな意見を解消すべく、最終決戦の戦い方については様々な投稿がなされた。

そこで打開案として選ばれたのが、難攻不落の毒公爵が持つ負の要素を反転させるスキル『反転《トリックスター》』だ。

そうして毒の効果を無効化し、その後公爵と直接対決するのだが、勇者と言えば聖剣。そう、それはつまり……その結果は……うっ！　ブルブルブル……

だけどユーリは国を滅ぼさない。僕からユーリを奪うそんなスキル、絶対に手に入れさせるものか！　今や風向きはこっちに向いてる。ノールさんが考古学の教授やブッケ教授と懇意にしてるのがその証拠だ。

「ねぇノールさん、学院に僕がお邪魔する事ってできるかな？」

「う～ん、それは少し難しいかな。予備学院も学術院も、部外者一切立ち入り禁止なんだ。簡単に許可は下りないと思うよ。何しろ様々な門外不出の研究がなされているからね」

むむ、こうなったら虎の威を……

「ユ、ユーリ……」

「学院の敷地内では一切の権威が通じない。あそこは治外法権なんだ。私や大伯父上といえど例外は認められない。余程の理由がない限りね」

「アッシュ君、君がなぜあそこに行きたいのか知らないが、難しいと言わざるを得ないな」

……がっかりはしない。実は知ってた。当然だ。僕は原作読者、いや原作参加者だからね。一応聞いてみただけだ。もしかしたら違っているかもしれない、そう思って……

「そうか、じゃぁ仕方ない。予定通り……忍び込むか」

「アッシュ!?」

だって仕方ないじゃないか。僕はどうしてもその古文書を手に入れ、それから石板をこの目で確認しなくてはならない。そしてそれはユーリのために、なにがなんでも必要なんだ！　絶対に！

「忍び込むなんてそんな……、無茶にもほどがあるよ！」

「もしも見つかったらどうするんだ！　君が衛兵に連行されるような事があれば、ユーリウス様がどれほど気に病まれるか！」

うっ！　生真面目コンビが両サイドから苦言を呈する。ええいうるさい！　ここで引いたらなんのためにわざわざ王都まで来たのか分からないじゃないか！

「アッシュ、さすがに賛成できない。感情で言ってるんじゃない。分かるだろう？」

揃いも揃って猛反対か……。常識人たちめ……。ならエスター、ほしいもののためなら手段を選ばないエスターなら？　チラリ……

「おっと、そうきたか。睨むなよアレクシ。そうだな、それなら父にここへ来てもらうかい？　それで石板の様子を聞いたらいいじゃないか。絵にしてもらうとか」

不発だエスター！　絵なんかじゃだめだ。僕はあの石板をこの目で……ん？　ちょっと待て、閃いた！　エスター、やっぱり今日もいい仕事するなぁ。

「あー……ノールさん……ちなみにその石板、どれくらい覚えてる？」

「あっ！　……そういう事……。えぇと実はね、克明に覚えてるんだ。その古代文字の解明……僕も挑戦してみたくってね。部屋に戻ってその文字列を書き写したんだよ」

やった……。ほらね、やっぱり風向きはこっちに向いている。パズル好きのノールさんなら古代文字の解明なんて面白そうな事、放っておく訳ない。

「ねぇノールさん。文字列と言わず、石板そのものを模写して見せてよ。模写するのは絵画だけって訳じゃないんでしょ？　だって『造形』だもんね？」

「君には敵わないな……。いいよ。やってみる。『造形模写』」

おぉ～……素晴らしい……。なるほど、これは便利なスキルだ。でもこれは……。どうりで人には秘密な訳だ。

「こんなの模造品作り放題じゃないか。いいね。大図書館の秘蔵書簡も模写してほしいものだ」

おっと、エスターが確信をついた。そう。こんなスキル知られた日には……贋金作り放題、悪い奴らに狙われ放題だ。

「エスター、馬鹿言わないで。そうならないよう、模造品はほらここに……、ねっ？　小さくサインが入ってるんだよ。Ｎってね」

「そのＮはノールの良心なんだな」

「そんな小さなＮ、見えな……」

「頭のおかしいエスターはほっといて、と言うか、不法侵入するなって言うなら、エスター、なんとかして教授を呼んで！　これは最低交換条件だ！」

それから僕はノールさんにもある指示を出した。僕の代わりに必要な事をしてもらう、と。僕の計画に頓挫という文字はない。それくらいはしてもらわなくちゃ。

「それが無理なら何を言われようと忍び込むから！」

「分かった！　分かったよ……君はけっこう無鉄砲だね。……ユーリウス様、そんな目で見ないでくださいちゃんと言われた通りにしますから……。ふぅ……」

おや？　知らないうちに後ろで援護射撃があったようだ。さすが僕のユーリ。僕の大切なマイディア。


「アンダーバーグ教授、忙しいところ申し訳ないが、一緒に来ていただきたいのですが」

「おやヘンリック。今はノールと講義の最中でね。急ぎなのかい？　後にしてくれないかね」

「それが、第二講義室に展示物していた化石が見当たらないのです。周りの状況もどこか不自然な点がありり……。どうしたものかと思いまして」

「教授、それは大変ではないですか。私は構いませんので行ってきてください。ええ、今すぐに」

「そうかい？　すまないね。まったく、誰だ！　化石に触ったのは！」

「さてと……まずはこの書棚を……はぁぁぁぁ、まさかヘンリックまで巻き込んでこんな事をするなんて……」


教授の部屋を無人にするため、ノールさんとヘンリックさんにはちょっとした猿芝居を打ってもらった。ノールさんとヘンリックさんがなんとかカバーしてくれて助かった。

事前練習のノールさんの大根演技をヘンリックさんときたら……、いや、何も言うまい。


「それでどうだった？　上手く発見できた？」

「まあなんとか。それにしても、あの重厚な書棚を動かすのは大変だったよ」

「言った通りにした？」

「したよ。あの薄い樹皮を差し込んで滑らせた。木の皮であんな事ができるなんて……」

渡したのは百日紅《さるすべり》の幹肌。その樹皮の滑らかさをスライダーシートの代わりにしたのだ。耐重量には難ありだが、ちょっとずらすだけなら問題ない。

「まさかあの壁にあんな隠し空間があったなんて……」

「あの部屋は学院創設時、学長室だったと聞いている。おそらく見られて困る書類を隠していたんじゃないだろうか。帳簿とかね……」

さすが優秀なヘンリックさんだ。いい線いってるね。まさにその通り。

WEB小説の設定では、その空間は初代学長の隠し金庫だった。

その後、学院の拡張と共に考古学の教授の部屋となり、さらにそれを発見した当時の教授が、ひょんな事から手に入れた古文書を誰にも見つからないよう隠したのだ。一目で貴重な物だと分かる古文書を、何年かかっても自分自身で解明しようと。

直後、流行り病で命を落とす事になったのは実にお気の毒な事だ……

そして月日が流れ、生徒Aが発見するまで古文書はそこに隠され続けた。隠し金庫の目的通り、誰の目にも触れる事なく。

「どうしてそんな事を知っているかは聞かないでおくよ。スキルは簡単に明かせないだろうし」

「そうしてくれると助かるな」

スキルではないんだけどね。しかしスキルという単語は実に便利だ。説明が難しい事の全てを「スキルに関わるので……」の一言で誤魔化せる。

それよりも、まずは古文書だ。勇者の奥義が記された古文書。これさえ手に入れてしまえば……勇者は奥義に目覚める事も、極める事もない。

処分するか……？　いや、それはできない。最終決戦でこのスキルはユーリの毒を無効化してみせた。不測の事態が起きないとも限らない。

念のため、これは必要だと僕の勘がそう告げる。だけど勇者以外がこのスキルを発現する事など……できるのか？それは今後の課題としておこう。

「ねぇエスター。この古文書の装丁、ちょっと愉快な感じに変えといてくれない？」

「愉快な感じって、なんだい」

「誰かに見られても、下らない本にしか見えないように」

「アッシュ、この世に下らない書物なんて何一つ……」

「その意見には大賛成だけど、今はそういう事を言ってるんじゃなくてね」

「分かってるさ。仕方ない……。『書皮』」

ん？　おぉ！　こ、これがエスターのスキル。そんな事もできるのか。初めて見たな……

エスターは初めて会った時、書物に関する事なら色々できると言った。これもその一端なんだろう。他に何ができるのか？　気になる……

エスターはなかなか口を割らない。抜け目ない奴だ。エスターのくせに。いや、エスターだからか。

「どれどれ……『朝顔の観察日記』……。子供かっ！」

「愉快な書物なんて、読みたくなるに決まってるじゃないか。つまらなさそうな書物がいい。毎日毎日、朝顔が朝咲いて夜しぼむ、そんな退屈な観察日記なら誰も読みたいと思わないさ」

ま、まぁ、確かに一理ある。細工が細かいな。最初の数ページ、ホントに観察日記が差し込んである……。よ、よし。この問題はひとまずこれでいい。

問題は石板だ。エスター、アレクシさん、ノールさん、そしてなぜかヘンリックさんまで混ざってその石板を凝視しながら、あーでもないこーでもないと謎解き祭りだ。

小説内における石板の解明はもう少し後だったはず。何しろ石板の内容を解明したタイミングで王家から要請を受け、勇者は仲間探しの旅に出るのだから。

だけど解明など必要ない。なぜなら僕は知っているからだ。

『人であり人ならざる者　狭き世界の者を四人集めよ
彼らは助言を与えるだろう　深淵の淵には不死が寄り添う
望むものよ　不死を捉えよ』

人であり人ならざる者……これは勇者の事だ。

そして勇者は狭き世界の者、つまり世界のどこかにいる四人の亜人を仲間にすべく旅に出る。

エルフ・ドワーフ・ハーフリング・そして人間とはいえ叡智を持つ者、つまり賢者。

これはとある世界的に有名なファンタジー小説から着想を得て投稿された設定だ。

そして深淵……これは毒による崩壊を指し、不死……それこそが【毒公爵】の事なのだ。

『望むものよ　不死を捉えよ』、捉えよ……捕らえよ……嫌な言葉だ。ユーリが一体何をしたって言うんだ！　いやまぁ……するんだけどね、小説では……。国を滅ぼす訳だし……

今も僕の膝を枕に幸せそうに眠るユーリの顔をそっと覗き見る。ああ……この無邪気な顔を守らなければ……

ん？　いつから膝枕かって？　……最初からだよ。あれから味を占めちゃって……。ゴホン！

ユーリ。安心して寝てていいよ。君を壊そうとする危険な枝葉は、僕が全部落としてあげる。

あれ？　この石板……淡く発光して……なんだろう？　妙な力を感じるのだが……

そおっと石肌に触れてみてもなんら変化は起きない。ただ不思議と……何かがしっくりきたような……、ピースが嵌ったような……、訳もなくそんな気がした。

それにしても……やっぱりただ知っているのと実物（もどきだけど）を見るのとでは全然違う。

無理を言ってここへ来たかいがあった。

何より、勇者よりも先にこの石板を確認できた事、その事実に大きな意義を感じるのは気のせいなんかじゃない。前世の祖母にも言われていたのだ。「あなたは『百聞は一見に如かず』という言葉を知りなさい」と……

あのディスカッションから一夜明けても、僕はその石板を眺め続けている。

あの古文書を見つけた隠しスペースには、代わりにとある紙を隠してもらった。それは僕にとっては割とどうでもいい、でも普通の人にとっては見つけたら嬉しい、宝箱の在処を示す地図（エスター作）だ。

あんないかにもな隠し空間に何にもないのはおかしいからね。怪しまれるくらいならもっともらしいものを……という苦肉の策だ。

その宝箱はほっといても勇者たちが見つけるはずのもの。どうせ彼らが手に入れるんだから、いつ見つけたって同じ事だ。仲間と共にその場所を目指せと、地図には一文書き添えておいた。暴走されても困るからね。何しろあの場所は、勇者ご一行じゃないとたどり着けない。

あの宝箱はこの国のまさに裏側……、行くのにどれくらいの年月がかかるか分からないほど、遠く離れた危険な場所に隠されている。

それは小説のエンディングで、毒公爵を倒して国の滅亡を防いだ後の話だ。

——そして勇者一行の冒険の旅は古代ウンカ帝国の秘宝を求め、まだまだこれからも続く——

こうして話は締められ、ほのぼのとした番外編、冒険譚が続くのだ。勇者よ、宝探しの旅……仲間と共にせいぜいゆっくり行ってくるがいい。何年かかっても僕は一向に構わない。グッドラック！

エスターにはこの滞在中にブッケ教授に会わせろと頼んである。

この石板を解明し、王家に報告するのがブッケ教授であるなら抱き込まなくては。しかし身内の身内がその役とはなんたる幸運。

でも、はぁぁぁぁ……エスターの同類か。嫌な予感しかしない。

古文書の問題にひとまずキリが付いた事で、ようやく大公とゆっくり時間を過ごす事ができた。

こう見えて色々忙しいのだ。僕も大公も。大公に呼ばれお邪魔した書斎で今回の収支を聞けば、なにやら愉快な報告が。

「アッシュよ。此度の働き実に感心した。ただの子供でないのは重々承知していたつもりであったが……これほどの策士であるとはの」

「策士なんて……そんないいもんじゃないよ」

僕は昔から小賢しいとか小利口とか言われてて、あー、まぁどうでもいいか。そんな事。

「塩を値崩れさせてごめんなさい。来年には戻せると思うから……」

「構わぬ。宮廷官吏が何か申しておったが……多少の嫌味など私は気にせぬ」

あ、やっぱり嫌味の一個や二個は言われたんだ……

「市場が荒れて王家管轄の塩問屋は怒り心頭であろうがな」

おおっ！　どうやら思いがけず王家にも一泡吹かせていたらしい。瓢箪から駒とはこの事だ。

「チョコの売れ行きはどうかな？　気に入ってもらえた？」

「うむ。上々であるわ。あのようなコクのあるまろやかな味わいなど今までにはなかったものだ。皆なんとかして手に入れようと躍起になっておるわ」

「大公の『発酵』あればこそだけどね」

そう。発酵なくしてあのチョコの素材にはなり得ないのだ。

おや？　廊下から足音がすると思ったら……、乱入者は僕の宝物ならぬ宝者。

「アッシュ、ここにいたの？　探したんだよ。大伯父上、いつも言っていますがアッシュを独り占めするのはお止めください」

珍しい。ユーリがアレクシさんじゃなく、大公邸のフットマンと共に現れた。

二度目の訪問で、大公邸の使用人たちは以前にも増してユーリに対しその態度が解れたようだ。言葉のトーンやちょっとしたしぐさから硬さが抜けた。

きっとユーリの醸し出す雰囲気が……甘く柔らかく変わったからだ。

「相変わらず狭量であるな。そう追いかけ回してやるでない。アッシュが困るであろうが」

「ですが……、アッシュは特別な存在なのです。誰にも渡したくない……私の命なのです」

嬉しい事を言ってくれるじゃないか。

「僕はいつでもユーリのものだよ。そんな心配いらないのに。参っちゃうな、そんなに信用ないのかな？」

「違っ、違うよアッシュ、ただ私は……その……」

僕がユーリを不安にさせる訳なんかないのにね。

「さぁ、イチャイチャするのはそれくらいにして公爵様、お昼にいたしましょう。すぐにご用意いたします。お食事はどちらでご用意いたしましょう？」

「大窓の前の丸テーブルがいいな。領邸ではいつも昼はそうしているんだ。アッシュとの距離が近いからね」

イチャイチャ……さらっと言われたけどまぁいい。フットマンがこんな軽口を叩く事自体が喜ばしい。こんな風にユーリがリッターホルム以外の人とも気安く話せるようになった、その事実が大切なんだから。

◇◆◇

大公邸でのある昼下がり。

「ただいま。今帰ったよ。おや昼食かい？　僕ももらおうかな」

「エスター、ブッケ教授はなんて？」

ナチュラルに空いた椅子に腰かけながら、エスターは新しく手に入れた本を嬉しそうに撫でている。これは何が何でもブッケ教授をここに連れ出すための先払いの報酬だ。

ブッケ教授の効果もあって、ユーリはエスターの無礼にはわりと寛容だ。

「なんとか明後日の晩、時間を空けてもらったよ。君の言ったポンペイの呪いを餌にしてね」

「よかった～。ユーリも会いたがっていたし、ブッケ教授に会う事をユーリの王都訪問の理由にしたいんだよね」

「ああ。目くらましか」

どうせ隠したところで、リッターホルムの公爵が王都に来ている事などすぐに人々の口端に上る。

ならば理由があればいい。それもマテアスが喜ぶような理由なら、なおの事いい。

実際は、……ブッケ教授をこちら側に抱き込んで、上手い事王家を、ひいては勇者を誘導できれば完璧なんだけど……

「ああ……ブッケ教授にお会いできる……。お変わりはないだろうか。八、九年ぶりになるのかな。ふふ。楽しみだ」

ユーリの幼少期を少しだけとはいえ彩った教授。そうだな。守護者として僕からも何かお礼をするべきだな。少しいつもより浮かれたユーリが微笑ましくもあり、悔しくもあり……あっ！　これがジェラシーか……

僕をヤキモキさせながら二日間が過ぎた。大公家の使用人、エスター、そして学院で面識のあるノールさんに案内され、ついにブッケ教授の登場である。

まずはユーリのターン。感動のご対面だ。

「ブッケ教授……ああ、どれほどお会いしたかった事か……」

「これはこれは若公、どこかでお目にかかった事がありましたかな？」

う～ん、もっと丸眼鏡のひょろっとしたのを想像してたんだけど……某映画のフィールドワーク系考古学者がいい感じに年取ったって感じだな。

そうか。エスターはお母さん似なのか……。赤毛と性格だけが教授ゆずりか……

「ブッケ教授。その昔、王都のリッターホルム邸に通っておられた事を覚えておいでですか」

「ええもちろん覚えておりますとも。リッターホルム公爵。まだお小さいのに呪物の話をキラキラした目で聞いておられた。もっと話してとねだられ、色々お教えしたものです。たいそう利発なお子でしたが……彼はどこに？　私に会いたがっていると先日も手紙をいただいたのですが」

ブッケ教授の口から語られる幼少期のユーリが脳内で僕に微笑む。お、おぉ……

「……ふふ、相変わらずなのですね。教授、私がその小さき子、リッターホルム公爵です」

「ご冗談を。私の知る公爵様は背丈もこれくらいの、まだ滑舌もおぼつかない、それは可愛らしいヨタヨタ歩きのお子でしてな。呪物を近づけたら驚いて尻もちをつき、べそをかきながらですな」

「あの……すみませんユーリウス様。ブッケ教授には何度ももう十四歳になったとお伝えしたのですが……どうにも無理で……」

「すまないね。父さんは人の話をまったく聞かない人なんだ」

教授、もうやめてあげて！　ユーリのライフはもうゼロだよ……

しかし……人の話を聞かないのにもほどがある。だーかーらー！　十四歳だって言ってるでしょうがっ！　話が進まない！　ああっ！　ユーリが撃沈した。ターンチェンジだ！

「と、とにかく教授。あのポンペイの呪い話は楽しんでもらえましたか？」

「おお、あれは君がエスターに？　大変興味深い話だった。どこにあるのかね？　呪物は発掘されておるのかな？」

「えっと、あー、長靴みたいな半島……に？　……残ってるはず」

その長靴みたいな国はこの世界に存在しないが。

「なんとっ！　では今から私が第一発見者となる事も可能……いや今は……しかし……チャンスではないかっ！　……だが王家の依頼……石板が……」

石板！　ブッケ教授の口から石板の単語がこぼれた今がチャンスだ！

「教授。まさにその石板の事をお聞きしたいのですが、解読はどれくらい進んでます？」

「うむ……まだ最初の一文すら満足に進んではおらんのだが、すっかり興味を失ってしまってね」

「え？」

「なぜか三日前から石板の発光が消えてしまったのだよ。あれではただの出土品だ。ああ……呪いのない石板の解読など……食指が動かん」

ドキッ！　もしや……『造形模写』のせいだろうか？　ヤバイ……

現物、そんな事になっていたのか……。いや？　でも別にいいか。石板は勇者を旅立たせるためのアイテム。位置づけとしてはそれだけだ。肝心の古文書の方は始末したんだし、さっさとイベントを起こすのもありかもしれない。勇者などとっとと旅立ってしまえ！

「……教授の好きそうな物を一つ知ってますけど……」

「な、何だそれは！　教えなさい！　ほら早く教えないか！」

ガクガクガク、あ、揺らさないで……

「と、とっておきのじゅ、呪物を知ってる、あちょ、だ、誰か止めて、も、持ち主を強化、し、一滴残らず、血をすす」

「止めるんだ父さん」

あ、止まった。ふぅ……やれやれ……

「血をすすると言われるドワーフが作った伝説の魔剣。その名も《ダインの剣》」

「お、おお……」

勇者の聖剣に対し、ユーリが持つその魔剣は、実はリッターホルムのとある場所に隠されているのだ。小説ではこれから公爵が手に入れる予定の剣だけど……縁起でもない。ちょうどいいからここで封印してしまおう。

教授の手に渡るのはもはや、封印に近い。彼は決して手放さない。根拠はないが確信がある。

「僕のユーリを助けてくれたお礼にあげてもいいんですけどね、……それがほしいならお仕事はちゃんとしてもらわないと。王家の依頼なんだし。その石板の解読」

「そうだが、うーむ、しかし」

「しかしもかかしも、その依頼のコンプリートは最低条件ですよ。僕の言うタイミングで王家に報告してもらって、その前に二〜三の仕込みをして……」

かと言って、そのタイミングに解読が間に合わなくてはシャレにならない。そこで僕は冒頭の一文だけ、ヒントとして教授に示す事にした。

「教授ほどの相手に答えをまるまる教えるなんて事……しない方がいいですよね？」

「当然だとも。ううむ、魔剣か……この機会を逃すのは……」

魔剣の存在と教授の存在感に、僕がなぜ石板の冒頭を知っているか、その事実は有耶無耶になっている。突っ込まれなくて助かったよ……

「ねぇアッシュ君、それよりそんな恐ろしい呪物のある場所を教授にお教えするのはちょっとまずいんじゃないかな……血をすする剣だなんて……どうなんだろう？」

ここで石頭のノールさんから物言いがついた。でもその言葉には……異議あり！

「あのね、呪物、呪術は何も呪いをかけるための物ばかりじゃなくて、本来は災いから身を守るための厄除けの意味合いが強かったんだよ」

呪物……、それらは古くから祭祀に使われたり占いに使われたり、鎮魂のためにお墓に入れられるものも多かった。

「特に剣は本来どちらかというとお守りとしての役割があって……、ノールさんが思うような怖いものばかりじゃないんだよ」

『月刊ムゥン』に書いてあったんだから間違いない。日本でも外国でもお棺に刀を入れる風習はけっこうあるんだ。守り刀って言うくらいだしね。

「ぬう……仕方ない。解読は続けよう。しかし冒頭の一文が分かった以上、少しは余裕ができると言う事だな。ふむ、考えようによってはいいかもしれん。他の呪物に時間を……」

ぶれないな、教授。

「ふふ、全くお変わりないのだな、ブッケ教授は」

お？いつの間にかユーリが復活してる。しみじみ思う。もしブッケ教授に出会わなかったら、ユーリはもっと早くに病んでいたかもしれない。幼いユーリはこのヲタクの神髄に救われたんだ。

……尻もちか……滑舌のおぼつかないヨタヨタ歩きのユーリも見てみたかったな、残念……

ユーリはこの後、教授の語る古代遺跡ミチュペチュのロマンをニコニコしながら何時間も拝聴し続けた。まさに幼いユーリがそうだったであろう姿で……

そして翌日。石板は荷馬車に積んだ。あの古文書は僕のカバンに入っている。ブッケ教授にいくつかのお願いは手配済み。見るべきものは見、すべき事は済んだ。

「さあユーリ、そろそろ僕たちのリッターホルムへ帰ろうか」

と、ここで出端をくじかれる。大公邸の執事、ベイルマンさんだ。

「ユーリウス様、ショーグレン子爵がお目通りを願っておりますがいかがいたしましょう」

「ショーグレン子爵が？　ノールのお父上か。構わない。通してくれ」

ノールのお父さんがユーリに何の用だろう。まぁでもいつかは会ってみたかったし、いい機会と言えなくもない。骨董品にのめり込み家門を傾けた罪な人。ノールさんはもっと怒っていいと思うんだけどな。健気な息子だよ。

「リッターホルム公爵、重ね重ねの温情、どう感謝の気持ちを表せばいいものか……。もっと早くに伺いたかったのですが、息子がそれには及ばぬと……。その、大公閣下からも入領は控えるようにと言われまして、あのような手紙一枚で済ませた事、胸につかえておりました、合わせる顔もございませせぬ」

子爵からは何度も何度も感謝の手紙が届けられ、そこには常にお礼に伺いたいと記されていた。だがしかし、ユーリは未だほんの一部を除き社交界に胸襟を開いてはいない。ましてやリッターホルムの屋敷に招くなど……。だからご遠慮くださいと返事をしたのだ。感謝の気持ちは受け取った。これ以上の礼は不要だと。

「顔をあげてくれないか、ショーグレン卿。私がした事など屋敷と仕事の斡旋を大伯父に頼んだだけ。ノールを我が家で預かるのはここにいるアッシュが決めた事。感謝は彼にするがいい」

「ノールから聞いております。そうか、この小さな彼が……」

なんだって？　気のせいかな？　不穏な単語が聞こえたような。空耳だな。きっとそうだ。

しかし……、あんな事をやらかした与太郎にはとても思えない。思いのほか礼儀正しく、とても温厚そうだ。それでいて趣味人なのは、クラバットを飾るピンを見ればなんとなくわかるけど。

「君がアッシュ君か。息子を見初めてくれてありがとう。この子は本当にいい子なんだ。こんな私の子とは思えないほど……」

「それはいいんですけど、僕も助かったし……。あの、ノールさんも『父は普段そんな人じゃない』って言うし、今僕も、そんな人には見えないなって思ってて。子爵が入れ込んだその骨董品……そんなに素晴らしいものだったんですか？」

まぁ、聞いても理解できると思わないけど。

「そ、それが、……大恩あるお二人ですから正直にお話ししますが、実は違うのです。ただどうしてもあれを手に入れねばならないと、そう、使命感みたいなものに突き動かされまして……」

「使命感……？」

その言葉に僕とユーリは目を丸くして、ノールさんは目を剥いた。

あれだけ周囲に迷惑をかけておきながら……釈明の言葉が意味不明な使命感とは。どういう事だ。何か言おうとした僕よりも先にいきり立ったのはノールさんだ。うん。彼はもっと怒っていい。

「父上、一体どういう事ですか！　父上の借金のせいで母上やロビンがどんな思いをしたか……。使命感などと、そんな訳の分からない事をこの期に及んで！」

「落ち着いてノール。まずは子爵殿の話を聞こうじゃないか。さぁ、その椅子にかけるんだ」

初めて見る感情を爆発させたノールさんの姿に、思わずアレクシさんが立ち上がる。ノールさんをなだめている間に、僕は子爵に詰め寄った。

「で、息子を金策に走らせ、焦燥させるほどの使命感ってどういう事？」

僕はむしろ真実なんじゃないかと思ったね。『事実は小説より奇なり　アッと驚く世界の珍事件』にはウソだろ……、っていう事件がいくつも載ってて、僕の口を限界までポカンとさせたものだ。

「私は鑑定のスキルを持っているのだが、その真贋の見極めは……説明に書かれた来歴が本当かどうかも含まれるのだよ」

ほぉ……、子爵のスキルは鑑定スキルか。有用なスキルだけど上位スキルと言う訳じゃない。特に真贋の見極め程度の者ならちょこちょこいる。

でも、子爵のようにそこにつけられた説明文までほんとかウソか分かるなんてのはちょっと珍しい。骨董品を愛ですぎたゆえの恩恵かな？

「あの壺には、古代よりその壺を手にした者は次々と亡くなっていったという、実に奇怪な曰《いわ》くが付いており……その中には、古代の王家やそれに近しい家門の当主や跡取りの名が浮かんでいた」

んん？

「それにだね……私は何度か見た事があるのだ、その壺を。ほらノールよ、お前も見た事があるだろう。侯爵家の廊下にも飾られていた……『郷愁』という名の絵画。確かあれにも描かれていた」

んん？

「えっ？　ええ……確かにあそこに飾られていましたが……」

ここにきて、ようやくノールさんも父親の言葉に耳を傾ける気になったようだ。

「それらも含めて……真と出たのだ。つまりあの壺の曰《いわ》くは真実であると。それゆえ、私はあの壺を一介の古美術商、しかも怪しげな者の手に置いておいてはいけないと……そう思ったのだ！」

……さぁ今から帰ろうか、という時になんだって！　なんで昨日来ないんだよっ！　そうしたらブッケ教授がいたのに！　間の悪い！

さすがにユーリも驚きに目を見開いている。えっ、かわい、ゴホン。

「ちょちょ、子爵そこ座って。お茶を淹れるからもっと詳しく」

子爵から詳しく話を聞くと、いくつかの古き貴族家でその壺の描かれた絵画を目にした事があるというのだ。それは気にして見なければけっして気づかない……そんな小さなものだったりするのだけど、子爵は気づいていたのだ、以前から。さすが古美術ヲタク。

気になって気になって、いつか調べてみたいと思っていた矢先、その実物が現れた。それもとんでもない鑑定結果を伴って。

その時の子爵がどんな気持ちになったのか……想像に難くない。だからって家を傾けたのはやりすぎだけど……、気持ちは分かる。

ノールさんが生真面目で善性の人なら、子爵もまた善の人だ。大公だって言ってたじゃないか。気のいい男だって。

「父上、その壺を持った骨董商は今どこにいるか分からないのですか？」

「奴は他の者へもいくつかまがい物を売りつけており……お尋ね者なのだ。もう近くにはおるまい。この国に留まっているかどうか……何しろあれから一年がたつ」

「な、なぜその時に言ってくださらなかったのですか！」

「無理だノール。その時それを聞いて君が信じたかどうか……。君は先日ブッケ教授の呪物への思い入れにも、胡乱《うろん》げな目をしていただろう」

その通りだ。ブッケ教授の話を一番信じていなかったのはノールさんだ。芸術が好きだというのにおかしいな。

ああそうか。まじないの類は目には見えない。石板への興味も、教授はその淡い光、オカルトな力に、ノールさんは純粋にノスタルジックな工芸品、そして謎解きとして惹かれていた。

同じものでも……人によって見方が違う。角度を変えればその姿は一変するのだ。

「どちらにせよ、今その壺は手に入らないのだな。ならばできる事はないという事か……」

「違うよユーリ、できる事はある」

そのインチキ古美術商を探し出し、その呪いの壺を手に入れなければ、どうにかして。

「まず子爵にはブッケ教授とコンタクトを取ってもらって。その話なら全て放り投げてでも時間作ると思うよ」

「ああ、父ならそうだね。違いない」

「子爵、その壺について……ブッケ教授と協力して調べてもらっていいですか」

これには多分王家が関わってくる……。まさかこんなところで王家の呪い、その一端に触れるとは……、思わぬ収穫。だから急がなくていい、慎重に。誰にも気づかれないようこっそりと……

「商会の仕事はセーブしてもらえるよう大公には話しておく。代わりに僕から調査料を出す……だからお願い！」

後日、教授と子爵は無事面会を果たした。その際、子爵に調査料を出す事を知ったブッケ教授が、自分へも手間賃代わりに古代ミチュペチュの呪物をどうにか手に入れてほしいと言ってきたのは……いかにもエスターの父親である教授らしい、実に斜め上の出来事だった……

「それで、教授には何をお願いしたんだい？」

衝撃的な子爵との面会の後、僕たちは予定通りリッターホルムへ戻ってきた。

あと少しだけやる事の増えたノールさんを王都に置いたまま。ノールさんにはリッターホルムに戻るまで残り半月の間、ヘンリックさんの協力を得て、その壺の入り込んだ絵画を、……他家の分も含めて一つでも多く見てくるよう、つまり、後で模写できるよう、頼んでおいたのだ。

そして教授には……

「大した事はお願いしてないよ。教授は貴族学院でも講義を受け持ってるでしょ。だから人探しを頼んだの」

「人探し？」

「黒髪の、センター分けの、サラサラヘアーの、……軽薄そうな長身の生徒を見つけたら考古学の教授の部屋に呼び出してって」

「……詳細だね……」

これは小説上の勇者の描写。ユーリだってそのままだったんだから勇者だってそのままだろう？　なら発見は容易なはずだ。奴にはさくっと宝の地図を見つけてもらう。その後教授には解読済みの石板を王家に提出してもらう。ユーリの敵などさっさと旅に出てもらうに限る。

僕たちは今、リッターホルムで人気のスポット（主にユーリに）、特製ローマ風呂にいる。

埋め込み式の四角い浴槽は、四、五人程度なら足を伸ばして入れそうな広さを誇る、この世界では珍しいタイプの浴槽だ。大公邸の浴槽は一般的な、アンティークな猫脚タイプだった。

きっと公爵邸の描写をした投稿者は風呂好きだったんだろう。……風呂の詳細なんかなかったんだけどな……。そいつの趣味が反映されたのか？　ならユーリの全てには僕の趣味が反映されている。はっ、恥ずかしい……

そして今日もこうして仲よく身体を温めている。横並びで湯船に浸かり、時々ユーリの肩にお湯をかけながら。幸せな時間だ。

石板の一行目の訳文を聞いた教授は、あとは楽勝と言っていた……ような気がしないでもない。

折しも季節は春の初め。学院の卒業は七月だから、逆算して仕掛けるには時期的にもピッタリじゃないか？

「それからさりげなく書棚を倒して隠し収納を見つけさせてって」

「よく頼みを聞いてくれたね。あのブッケ教授が……魔剣がそれほど魅力的だったのかな？　ふふ、危険な事はさせないでねアッシュ」

「大丈夫。なんか教授は呪い耐性のスキルがあるみたいだから。どうりであんな呪物にまみれるはずだよね。普通ならとっくに……」

おっと失礼。

「そうか、なら安心だ」

まぁ、殺しても死にそうにないけど……

「さ、温まったならそろそろ背中を流してあげる。ユーリあがって？」

「…ねえアッシュ、今日は私が洗ってあげる。いいだろう？　いつも君ばかりじゃないか、背中を流すのは。どうして頑なに洗わせてくれないんだい。私も君の背中を流したいよ」

「や、実はちょっと背中が弱くて……首筋と脇腹もちょっと……、あ、待って待って、ユーリ！　ちょ、やめっ！」

浴室に響き渡る断末魔のような叫び声は図らずも、使用人の忠誠心を試す事になった……

ちなみに一番乗りは、武器代わりにステッキを握りしめたオスモさん《おじいちゃん》だった事をここに記しておこう……

◇◆◇

「クソっ！　クソクソクソクソ！　私のこの顔に傷をつけるなど……、あのゴロツキどもめ！」

「あんな男どもに殴られるなど……、お可哀そうな旦那様」

顔しか取り柄のないこの男からその顔をとったら一体何が残るのかしら？　滑稽ね。

「あのような下位貴族の話など真に受けるのではなかったわ！　ええい！　腹立たしい！」

微々たる小金など放っておけばよかったものを、愚かな……

「それよりわたくしのブローチがいくつか見当たりませんの。旦那様、ご存知かしら？」

「そ、そんな事より見たかアデリーナ。あいつは教授に会いに来るほど弱っているようだぞ。我々の思惑通りに進んでいる。それだけでも溜飲が下がるというものだ」

「まぁ貴方。これくらいで満足してはいけませんわ。だってあれは王都にやってきたのですよ。本当に弱っていれば、領地から出ないはずですわ」

弱れば弱るほど閉じこもる……、あの子供にはすがるものなどないのだから。

「いや、だから教授に……、あ、うむ。そうだな。満足などしてはいないとも。そうだ。なぜあいつは王都に来た。教授に会いたければ呼びよせればいいものを」

「……ねぇ貴方、わたくし気になっている事があるんですの。以前あれが大公邸に滞在した時、大公閣下が連れ歩いたという遠縁の子供ですわ」

思えばそれからだ。大公領が以前にも増して豊かになったのは……。そしてそれ以来……リッターホルムからの泣き言は不自然なほどぴたりと止んだ。

「どういう事だ？」

「分かりませんわ。ですけど、貴方がリッターホルムに乗り込んだ時、あれにしては不自然なほど早く立ち直ってこの王都へとやってきたわ。そうでしょう？」

そしてその傍らにはあの子供がいた。今回も一緒に馬車に乗っていたのが見られているのだ。出入りの業者や……

「わたくしの可愛いお友達、オーケソン侯爵令嬢ビルギッタ様もその子供をご覧になったようですわ」

「つまり、その子供をあれから引き離せという事か？」

確証はないが……試してみても損はない……

「上手くいけば面白い事になってよ、可愛い貴方。さぁ新たな策を考えましょう。まぁ！　イケない人ね。床に入るにはまだ早くてよ」

◇◆◇

この冬アッシュと訪れた二度目の王都。大伯父の元で過ごした時間は思いのほか安らげた。使用人たちの私を見る目が変わったからだ。

なぜ？　アッシュがいるから？　それなら前だって彼は共にいたのに。

そう問うと、アレクシは眩しそうに目を細めた。

「変わったのは使用人だけではありません。ユーリウス様がお変わりになられたのです」

私が変わった……。そうか……。屋敷で過ごす何気ない日常は、全てアッシュがくれたもの。

昨秋の私の誕生日、アッシュは部屋中をブーゲンビリアで飾ってくれた。

ブーゲンビリア……市中の恋人同士が贈り合うという花。その花言葉は『あなたしか見えない』。

ああ……アッシュ……彼の気持ちが私を満たす。私もだ。私もアッシュ、……君しか見えない。

気持ちを込めたという彼からの贈り物、ブーゲンビリアにクローバーの栞……

あのクローバーの栞はかけがえのない一生の宝物だ。今も手元の詩集に挟まれている。

幼き日、僕はいつも四つ葉のクローバーを探していた。オスモが教えてくれたのだ。「クローバーには『私のものになって』と言う意味があるのですよ」と。あの人に渡して、僕を見て、僕の話を聞いてほしくて、泣きながら探したのだ……夜が明けるたび、朝露に濡れながら……

アッシュ、アッシュ、とうに私は君のものだ。私はアッシュのものだし、アッシュは私のものだ。

私なんか生まれてこなければよかったと、ずっとそう思って生きてきた。

そんな私の生に意義が生まれたのは、彼の口からその言葉がこぼれた瞬間《とき》。

「生まれてきてくれてありがとう」

ああ……アッシュと巡り合うため、そのためだけに私は生まれてきたのか。

辛く悲しかったあれも、これも、彼と巡り合う、そのための演出に過ぎない。そう思えば全てが報われる気さえした。

賑やかな宴のさなかに鳴り響いたノッカーの音からこの騒動は始まった。無粋な乱入者はコーネイン侯爵家の嫡男ヘンリックだった。

驚いた事に、彼は私の家庭教師、ノールに想いを寄せているというのだ。

彼は後継者を求められる嫡男であるというのに、躊躇いもなくはっきりと同性同士の恋愛について口にする彼には本気が窺えた。年上の彼からは、今後何かあれば有用な助言が得られるかもしれない。

私は彼と交友を持つ事を決め、それは殊の外アッシュを喜ばせた。アッシュは私と他人の交流を喜ぶ。想定外だったが、思わぬ収穫だ。アッシュの嬉しそうな表情は格別だから。

そしてヘンリックからの報告を受け、大伯父がリッターホルムを訪れた。

アッシュは大伯父と馬が合うようで、会う度に私を除け者にする。いつもそうだ。私はそっちのけで大伯父とばかり。これは彼からの駆け引きだろうか？

私は正直、噂話などどうだってよかったのだ。誰に何を言われようが。

他者の言葉など意味を持たない。私を攻撃だと？　傷つけたいならいくらでも好きにすればいい。今さら何に心を痛めるというのか……。今の私にはアッシュの愛らしい声しか届かないのだから。

そもそも大伯父と私は同じ準王族と言っても立場が違う。

忌み嫌われる私と違い、誰にも誹りを受けない高貴な大伯父を本気で敵に回そうとする愚か者など、序列に厳しいこの聖王国にいるはずがない。そんな大伯父の風評に私が心を痛めるだと？

この程度の中傷で、私を苦しめられると思っているのか、あの父親という名の卑しい男は。

だがアッシュが私のために憤っている……、その事実が嬉しくて、口を挟まず傍観したのだ。

私が悲しんでいる……と、優しく手を握るアッシュの誤解すらもそのままにして。

そんなある日、アッシュに私の呪いについて訊ねられた。

王家と公爵家……スキルの継承者に発現するそれぞれの呪い。私の呪いは私をこの苦しみの生に縛り付けるもの。肉体の滅びを待つ以外……私は死ぬ事ができないのだ。この悪しきスキルを後世へと継承しない限り……

肉体の滅び……百年、百五十年……、一体あとどれほど待てばいいのだ。

事故を装っても死ぬ事はできなかった。呪いは厳密に精査するのだ、そこにある意志の力を。

死にたいと思う私の意思を上回るだけの私を滅したいと願う意志だけが、おそらく私をこの世から消す事ができる……

だが【毒生成】を持ち、なおかつ準王族である私に殺意を持って近づく者などいるものか。

アッシュにどれほどひどい願いを託しているのか……分かっている。私はなんて身勝手なんだ。

彼はいつだって私を救ってくれた。それなのに私はいつだって自分の事ばかり……

ああ……だけど彼は、たとえ架空の話だとしても……連れていっていいと、死んでも共にいたいと願う私のために、彼を連れていっていいと、そう言ってくれたのだ！

これほどの愛があるだろうか。私は……、私はなんという大きな愛に抱かれているのか！

人は大いなるものを手にする時、何かを失う。

スキルもそうだ。希少なスキルを持つ者は何かが欠けている。

【毒生成】を持ったために、私は平穏を失った。そう思っていた。今までは。

だが違う。アッシュを手に入れるためには、全てを捧げなければならなかった。これほどの愛に釣り合うためには……必要だったのだ、そう、全てを空っぽにする必要が！

この身も心もアッシュで一杯にするために……私の中に在るボロボロのグラスは、今アッシュからの愛が溢れている……

◇◆◇

若葉揺れる心地いい春の午後、僕は上級使用人たちの昼食の席へと、怒りもあらわに乱入した。くすくす笑うユーリを背後に引き連れて。

食事中に悪いかとも思ったが……あのおっさん二人の暴言にどうにも我慢ができなかったのだ。報告と称し届く教授の鬼のような催促にも、丁寧な子爵の一見問題ない文面にも、容赦なくいちいち差し込まれるその単語……

「二人に僕を『おちびさん』とか『小さき御仁』とか呼ぶのを止めさせてよ！」

「いいじゃないかアッシュ。私はその背丈がとても可愛らしいと思うよ」

「そ、そう？　やっぱ百五十近くなった辺りから男っぷりが上がって……ん？　可愛い？　やだなぁユーリ、僕はカッコよかった事はあっても、可愛かった事は一度もないよ」

背後から肩を抱くユーリはいつも僕を可愛い可愛いと言う。……語彙力が少ないんだろうか？僕が可愛い訳ないじゃないか。こんな平凡極まりない僕が。まぁぷにぷにのお腹が最近はちょっとこう引き締まってきて？　……カッコいいんじゃない？　まんざらでもないんじゃない？

「まだそんな事気にしてたのかい？　いいじゃないか別に。君はまだ成長期だ。ヴェストにも余計な事はするなと言っておくし」

ヴェスト……その名前を聞くだけで嫌な予感が……

「ああ、あれだろ？　サーダに言って『状態維持』をアッシュにかけるってやつ」

「……ユーリウス様の胸に納まるには今の身長が最適ですので、これ以上伸びないように」

「はぁー！　何それっ⁉　ぜぇぇぇぇったい止めてね！」

「そもそも、そんな事できるのかい？　保存系のスキルが人間に効いたって話は聞いた事ないよ」

「そうですね。生物学の教授もそれはあり得ないと言っていました」

「そうか……、残念だ。ヴェスト、君の誠意だけは受け取っておく」

「えっ？　……ユーリ？」

……既にかかってる……なんて事はない……よね？

「食事中は楽しくね～。そんな顔して食べてたら消化に悪いよ。さぁさぁ、みんなお待ちかね、食後は洋梨のコンポートだよ～」

そんな風にたわいもない会話を楽しむ平和な春の終わり、遂に吉報が届けられた。

「教授は全文解読できたって。石板は明日王宮に運び入れる……って事は、今はもう運び入れた後か」

「さすがは教授、早い。……ノールさんは？」

「……」

やっぱり経験値の差ってのが出るんだよねぇ。ノールさんも賢いんだけど。

「僕のスキルで手助けしようかって言ったんだけどねぇ、彼は案外意地っ張りで」

「えっ、エスターのスキル？　見たいっ！　見てみたい！」

「書物の分類をするスキルの応用で、あの未知の文字列の接頭部分と接尾部分の共通する部分を」

「やめて！　聞かせないで！　謎解きは自分で解いてこそなのにスキルで読み解くなんて……邪道だよ！」

意外と漢らしいノールさんにちょっとときめく。……ギャップ萌え……

そんな会話を交わしてからそれほど日も経たないある日の午後。

収穫をチェックするユーリの横で、僕は手紙の仕分けを手伝っていた。そこに静寂を破るドアノッカーの音が響く。嫌な予感がする……

「ユーリウス様、ブッケ教授がお越しになりました。どちらへお通ししましょう？」

「教授が……、では東のドローイングルームに」

まさかこの屋敷に教授が訪ねてくるなんて……お釈迦様もびっくりだ。

ヴェストさんはこの春オスモさんの任を引き継ぎ、晴れて執事としてその手腕を振るっている。

僕への不埒な振る舞いを除けば、実に有能な仕事ぶりだ。たった一年でよくぞここまで……。オスモさんには足向けて寝られないな……

教授の威勢のいい足音がする。逸る気持ちを抑えられないのか……

「おお、成長された公爵様、あのおちびさんはどこですかな？」

「クスッ、教授がおちびさんと呼ぶのを止めたら出てきますよ、きっと」

「むむ、ではどう呼べばいいと言うのだ……困った……」

「困らないよっ！　アッシュでいいんじゃないですかねっ！」

なんでおちびさん以外呼び名がないと？　あ？　……あー！

「アッシュ！　魔剣は？　早く魔剣を出すのだ！　魔剣はどこだ！」

ガクガクガク。

「ちょ、だ、誰か……ユ、ユーリ……」

「ふふ」

くそっ！　ブッケ教授に関してはユーリが味方にならない……。計算外だ。

「おお、すまない。少々我を忘れてしまった」

「全然少々じゃないよっ！　……ふぅ……やれやれ、じゃあ一緒に取りに行きましょうか」

公爵邸の敷地は広い。東京ドーム何十個分だろう？　荘園を含めた領地全体は、ゆうにドーム何百個分。そのうちの飛び石数個分がマァの村だ。

つまり何が言いたいかというと……屋敷の周りだけでもお散歩には大変だという事だ。

それだけ広い敷地の割にお屋敷はそれほど大きくない。おっと、敷地の割に、だよ。

だけどそれはきっと、昔から使用人の成り手が限られていたからなんだろう……。不条理な事だ。

その北門近くにある《朽ちた神殿跡》は、屋敷から一番離れた場所である。つまり、歩いて行けばそれなりに時間がかかる。ゆえに僕たちは敷地用の馬車に乗ってそこへと向かう。

鬱蒼とした荒廃林の入り口に馬車をつけると、ここからは歩いて行くより他はない。

魔剣を取りに行く道すがら、ついでに絵画について聞いてみる。進捗は筆まめな子爵が送ってくれるが、タイムラグのない新鮮な情報は何にも代えがたい。

「それで絵画と壺の因果関係は分かったの？」

「うむ。イェルドの見解だが、あの絵を飾っておった家門は、遡れば全て元老院設立時の家門ではないかと」

イェルドって誰だ⁉　……あっ、子爵か。ふんふん、元老院ね……

「今のメンバーとは違うの？」

「ほとんどはそのままだが、いくらかは入れ替わっておる。なぜなら当主が……これだからだ」

これって……十字切るのやめてくれないかな。しかしそうか……

元老院は家門で固定されている。当主が亡くなれば、次の当主がメンバーになるのだ。その後継者がメンバーに入らないという事は、公爵家以外は血族の縛りはないはずでしょ？」

「養子はとれなかったの？　公爵家以外は血族の縛りはないはずでしょ？」

「こればかりは縁のものだ。互いの思惑が合わねば成立せぬよ。没落しそうな家門に誰がわざわざ入り婿になど」

そ、それはシビアだな……

「ユーリは準王族でしょ？　元老院の人とは会った事ないの？」

「……聖王によって止められているんだ。元老院の家門と親しくする事は」

ピーン！

「なんで？」

「さぁ？　人々に避けられるのは当たり前だと思っていたんだ。気にした事もなかったよ」

王が止めただと……？　そこにきっと何かの鍵が隠されている。根拠はないが、そんな気がした。

それにしても……父親が来てるって言うのに、息子のエスターはお構いなしだ。挨拶どころか顔すら出しやしない。

「どうせ魔剣を手にしたら他の何も見えなくなるさ。放っておけばいいよ。ああ、食事は客間に運んでやってくれるかい？」

呼びに行ったらそう言って、さっさと本の修繕に戻っていった。

まぁ身に覚えはあるけど……、淡白だなぁ……。ヲタクの親子なんてこんなものだろうか？

「深いところで僕らには絆があるのさ」って言ってたけど……

大公邸で見かけた久しぶりの親子の対面は、僕の目には互いに布教し合ってるようにしか見えなかったけどね。

「あー、あったあった。ここだよ。リッターホルムの《朽ちた神殿跡》」

「ここが……。柱すらもう残っていないのだね。石壁が少し残るのみか……」

「私も来たのは初めてですが……、草に埋もれ荒れ果てて……これでは神殿跡と言われても分かりませんね……」

陽が差し込まぬほど木々の生い茂った林の奥にあるのは、荒れ果てた草木と崩れた岩々。足元には大小さまざまな石が、まるで干上がった河原のように落ちている。崩壊した石壁の砂利か？　でも砂利の隙間からは雑草のように頑丈なハーブが顔を出し、土地の再生をうっすらと感じさせる。

「敷地の中なのに、ユーリは来た事なかったの？」

「敷地と言っても子供の足には少し遠い。それにここは何もないだろう？　アッシュだって今まで来なかったじゃないか」

思い出すのに時間がかかった……とはナイショの話。

「ふむ……、呪物の気配がするな。どこだ？」

「はぁ……、こっちだよ。ついて来て」

僕はＷＥＢ小説の記述を思い出しながら、間違いのないよう慎重にその仕掛けを解いていく。

そう、確かこの外壁を……こうして、こうやって、それでここにこっちのかけらを嵌めて……

そうすると……カチリ。

「アッシュ、何してるの？」

「草むしり。生えすぎて見えない……。お、出てきた」

「扉!?」

出てきたのは……地下通路への扉だ。小説で知っていたとはいえ、こうして実物をこの目で見ると……、ちょっと感動。

「さぁ教授、行こうか。それからユーリとアレクシさんは約束通りここで待ってて」

「……やっぱり嫌だよアッシュ！　こんな薄暗い地下に君だけを行かせるなんて私は嫌だ！」

「……あのねユーリ、この中にあるのは呪物だ。呪われた魔剣なんだよ。耐性スキルのある教授以外は連れては行けない。僕だって触ったりしない。案内をするだけだ」

　ユーリの武器になるかもしれない魔剣なんて……近寄らせるのも見せるのもまっぴらごめんだ。

ホントはここへだって連れてきたくなんかなかった。

だけどユーリがついてくると言って聞かないから……譲歩したんだ。入り口までって。

「待ってて、お願い。僕はユーリに危険な目に遭ってほしくない」

「ユーリウス様、私からもお願いいたします。当主を危険な目に遭わせる事など容認できません」

「どうして？　だって私はどうせ」

　死なない。その言葉は言わせない！

「馬鹿っ！　ユーリの馬鹿！　もう……もう二度と、金輪際、どうせなんて言葉使わないで！　僕はそう言わせたくなくて必死に頑張ってるのに！」

　一瞬大きく目を見張って……ユーリは静かに項垂れた。

「ごめん……」

　しゅんとしたユーリはとても可愛い。少し気の毒だったかな？　僕を心配しただけなのに……。

でも、念には念を。ここは被せておくところ。

「ね、ユーリは一体誰のもの？」

「君のものだよ、アッシュ……」

「なら、僕の大事なものはユーリも大事にして。雑に扱ったりしたら……本気で怒るよ」

　濃紫の瞳をゆらゆら揺らしてユーリが僕に目を合わせる。ああ……そんな顔しないで……

「きつい事言ってごめんねユーリ。でも分かって！　君が何より大切なんだ！」

「成長された公爵様、誰だって自分の宝は他人にも丁寧に扱ってもらいたいものだ。それこそ神殿の奥にある聖物《じゅぶつ》を扱うようにな。ようく覚えておきなさい。さあもういいな！　行くぞ、アッシュ！」

……いい事言ってんだか、マイペースなんだか。ともかく、しょげたユーリをそこに残して、カンテラを持った僕と教授は真っ暗な地下へと遂に足を踏み入れた。

そこそこ奥まった封印の小部屋までの長い道中、僕は教授に改めて魔剣の説明をする事にした。

この奥の部屋にある剣は使用者の力を強力に底上げするけれど、鞘から抜いたが最後、敵の血を一滴残らずすすり切らないと鞘に戻らないと言われている魔剣なのだという事を……

「苛烈だな。だからこそ魔剣と呼ばれるのだ。それに、聖剣にだってリスクはある。そしてだな、聖剣と魔剣は元は同じだ」

「ええっ⁉　そうなの？」

「最初の使用者が悪か善か、どちらだったかというだけの事。表裏一体というやつだな。そして悪か善かは……勝者か敗者か、その事実で変わるのだ。つまりだな、その魔剣もいずれ聖剣となるやもしれんという事だ」

教授のおかげで聖剣について知る事ができたのは収穫だった。こう見えても博士なんだよねぇ……。呪物を極めて爵位を賜ったのは伊達ではないのだ。

そういえば、勇者の聖剣はどうなっているんだろう？　どこかの祠に奉納されているとかいう話だったはず……けどまぁいっか。どうせ勇者とは会わないのだし。

その後、教授はスキルを展開し、その魔剣を自分以外触れないよう封印すると、今にもスキップするんじゃないかと思うぐらい実に軽やかな足取りで今来た道を戻っていった。下手したら僕を置いて行く勢いで。

地下から戻った僕を捕縛したのはもちろんユーリだ。

「ねぇアッシュ、アッシュは一体誰のもの？」

「……ユ、ユーリのもの……かな……」

「私が君の大切なものなら、君は私の大切なものだ。いいね、覚えておいて！」

怖っわぁ……、おこなの？　ユーリさんおこなんですかっ⁉

その日の晩、僕が深夜遅くまでユーリのご機嫌を取り続けたのは言うまでもない……

その魔剣に当てられた、って事はないだろうけど、教授が最短の滞在を終え、浮かれ気分で王都へと戻った翌日、ユーリは熱を出して寝込んでしまった。日本の体温計でいくと三十七度、あわわわわ……、僕のユーリが熱に倒れるなんて……、一大事だ！　こういう時は。

「サーダさん。スムージー作ってほしいんだけど……」

「スムージー……なんだ、それは？」

前世、僕はモニターの前から動かず、いつも片手でゼリー食品を握りつぶして食べていた。

そんな僕に呆れた祖母は、無言で大量の野菜と果物、一台のミキサー、そして『身体生き生き、スムージー生活』というビタミンカラーの表紙が目に眩しい本をそっと傍らに置いていった。本なら必ず読むだろうと、僕の習性を熟知して。

以来、ホントに時々、フレッシュなものを欲すると作って飲んでいたのだ。あれを日課にしていれば今頃……、いやそれは言わないでおこう。

「こう、野菜や果物をすり潰して……」

「すり潰して搾ればいいのか？」

ノー！　スムージーは皮も含め丸ごと使うからこそ栄養価が高く、食物繊維が腸を整え、そして満腹感が得られるんだよ！

「それじゃぁジュースじゃん。そうじゃなくて、そのまま……」

サーダさんが試しに作ってくれたその代物は……野菜や果物の質感が……こう……飲めるっちゃ飲めるけど……お上品な僕の口はもっと滑らかさを求めている。

そういえばチョコだって、前世のものほど滑らかじゃない。チョコの素に砂糖を混ぜただけだから、いくら頑張ってすり潰しても若干ザラザラしている。しっとりチョコビスケットと思えばそれもまたよし、だけどね。

ああ……ミキサーがあれば……。ブレンダーがあれば……。フープロがあれば……。電子レンジとは言わないからっ！

だけど、僕には思うところがあるのだ。ここのところずっと思っていた。

「ねぇサーダさん。僕はサーダさんの『状態維持』には無限の可能性を感じてるんだ」

「……どういう事だ？」

「つまりね、スキルアップさせれば『状態変化』に化けるんじゃないかって」

僕の『種子創造』の効果は、年齢を重ねるごとにどんどん深まっていった。

ヨチヨチ歩きの頃には、まだ見たものを真似て生やす事しかできなかった。だけどヲタクの習性で、徹底的に、とことん試し、来る日も来る日もスキルを展開し続けているうちに、思い浮かべたもの全てを創造できるようになったのだ。

僕はそれを年齢ゆえの成長だと考えていたけど……果たしてそうだろうか？

ほとんどの人は、生まれた時に得たスキルから特に何の変化もしない。タピオ兄さんの『怪力』スキルはすごいけど、だからってそれ以上にはならなかった。父さんの『疲労回復』スキルだって、僕の知る限り何の変化も見られなかった。

だけど……エスター、それに教授や子爵みたいに、尋常じゃないその道の探究者はスキルが変化してるんじゃないか？

子爵は爵位を継ぎ、自分で骨董を探し求めて買い付けるようになり、毎日ウハウハして骨董を眺め磨き倒しているうちに例のスキル、曰くの判別がつくようになったと言った。

教授に関しては言わずもがなだ。気がついたら呪いに関しては大抵不自由なくなったのだと。

エスターもたいがいおかしい……。ほんっと奴はスキルを出し惜しみして、その全貌は絶対見せない。エスター自身が色々できると言っていたけど、生まれた時からいくつもスキル効果を持つはずがない。これは教授と同じで、極めている間に勝手に増えたんじゃなかろうか。

そして、他でもないユーリだ。

絶望が深くなればなるほど毒性が強まる……。それってつまりはそういう事だろう？　なら、サーダさんのスキルにもまだまだ先があるって事だ。確信がある。『本質をつかむ！　眼力の鍛え方』で磨いた洞察力は今日も元気に作動中だ。

「今まで試した事はないの？」

「『冷却』や『保温』はあれば便利だと思って何度も気合を入れてみたが、かけらも兆しはなかったな」

見当違いか？　いいや！　僕の考察に間違いはない！

「大公閣下の持つ『発酵』も状態を示すものだろうが……できる気は一切しないな」

「あれは微生物とか菌とかそういう他の要素が……、あっ！」

「どうした？」

「ちょっと待って！　なんかいい感じのが来そう……今来てる……」

『状態維持』……今のその状態をそのまま留めるもの……、他の要素を加える事はできないとしたら？

発酵には菌が混ざる。冷却や保温には温度という要素が加わる。質量や条件を変えてはならない、なら形状を変えるだけなら？

サーダさんがそうだって事は、ここに来た初見から周知の事実。これだけ偏執的《ヲタク》なんだから……いける気しかしない。

「……サーダさん、このタマネギ……、みじん切りになってるとこ想像して」

「むむ……」

「もっとしっかり！　頭ン中でいつもみたいに細切れにして！　あの目にも留まらぬ速さで！」

「むー！　駄目だ！」

「ちぇっ、ダメか……」

「ひょっ！　ナッツ！」

肩越しにひょっこり顔を出したのはパティシエのナッツ。

「期待したのになぁ。シェフの新技炸裂するかなって。あ～あ、ざんね～ん」

そういえばナッツは……どうなんだろう。

ナッツはサーダさんに傾倒しているんであって、別に料理人になろうとした訳じゃないから、自分の特性を生かしてパティシエに転向もしている。そして今も個室を辞退し、サーダさんの身の回りの世話をしながら、「シェフはお料理の事だ～け考えててくださいね～」とのたまっている。

つまりナッツが固執してるのは……サーダさ……


「そんな訳で、すりおろしリンゴだよ。はいあ～ん」

長時間うっかり厨房に居座ってしまった僕は、慌てて部屋へ舞い戻った。ユーリの具合が悪化してたら大変だ。後悔しかない。

「遅かったね。どうしたのアッシュ」

「ちょっと脱線して……。熱は大丈夫？」

「だいじょ」

「いえ、大丈夫ではなさそうです。アッシュ様、汗を拭いて差し上げてください。先ほどから二分ほど熱が上がり、背に汗をかきました」

二分上がっただって！　あああああ、じゃぁ三十七度二分になっちゃったって事じゃないか……。

ユーリ……、可哀そうに……

「そうなの？　困ったね、明日には下がるかな？　これ食べ終わったら拭いてあげるね。っていうかアレクシさんは汗拭いてあげなかったの？」

「あー、ヴェストから止められてね……。余計な真似はするなと……」

……？　不慣れな看病はするなって事かな？

「ま、まぁいっか。……ごめんね、遅くなって。汗で身体が冷えてないといいんだけど……」

「ふふ、そうしたらアッシュに温めてもらうからいいよ」

……風邪は他人にうつすと治るっていうしね……


数日後にはすっかりユーリの体調も回復した。

様々な問題が小休止した僕たちの目の前には、トレイに載った一通の手紙がある。それは大公領からの便りで、重厚な封蝋で閉じられた手紙には、暑い夏が来る前に来訪を望むと書いてあった。

大公領にはいつか行きたいと思っていた……。いい機会だ。ぜひこの機会に甘酒を……

米麹の可能性は無限に広がっている。人は健康と美容に関して財布の紐が緩むものだ。その両方を兼ね備えていると聞けば、入れ食いもいいとこ。

「アッシュ、そろそろ休憩の時間だ。ほら早く。お茶が冷めてしまうよ」

いけないいけない……。考え事に没頭してたらすっかりお日様は頭の上だ。

僕が丹精込めたユーリの庭は、六割ほどがお花で埋まった。素焼きのレンガの散歩道が花壇中に巡らされ、そのところどころにアレクシさんが二人掛けのベンチを置いてくれた。

ユーリと二人で、いつかここで休憩できるようにって。そのいつかはまだ来ていない。

でも、進歩もある。ユーリは裏庭を見渡せるサロンの大きな窓の横の小さな扉を潜り、屋敷と庭の間にある軒下、コリント式のオーダーが見事なロッジアまで出てこれるようになったのだ。

ロッジアからは奥のガゼボまで一本の散歩道が伸びている。そこはツタの絡まる緑のトンネルで繋ぐつもりだ。彼とこの道を歩く時……その時こそがユーリにとっての真の解放……

「どう？　だいぶんいい感じになってきたでしょ？　小川も作りたいと思ってるんだ。えっと、僕とユーリが初めて会った……その……」

「……あの小川だね。アッシュが小さな足で必死に飛び越えた」

……余裕だったけどね？

「それより今日はほら、オマッチャだよ。君の言う通り刷毛でくるくるしてみたよ。どうかな？」

「えー、抹茶を立てるなら言ってくれたら見てたのに」

くるくるするユーリだって？　見たいに決まってるじゃないか！

「ふふ。また淹れてあげる。それで？　大公領にはいつ行こうか？」

ユーリの夢は広がる。葡萄の花に間に合うだろうか。ブルーベリーも採れるはずだ。大公領をどれほど満喫するか、今ユーリの胸を占めるのはそんな愉快な計画ばかり。

「ユーリ……、こんなに活動的になって……、ちょっと感動……」

「だってここにいるとノールは勉強勉強ってうるさいし、アッシュはフォレストに入り浸りだろう？　戻ってきても書庫でエスターとべったりだし……、避暑に行けばアッシュと一日中ずっと一緒にいられる」

……そうか、ユーリは勉強嫌いだったね、そういえば……

地頭がいいから何でもこなすし理解するのに、「勉強の時間はアッシュといられないから嫌いだ」と言っていつも不満げに口を尖らす。しょうがないなぁ、いつまでたっても子供なんだから。

「……あの、ユーリウス様」

「どうしたヴェスト」

押しの強いヴェストさんにしては、いつになく窺うような……、どうしたんだろ？

「大公領に行くなら同行させていただけませんか？　あそこには生家の教会があるのですが、執事になったら顔を出すと……ここに来た時そう約束したのです」

「お前はよくやってくれている。構わない、その間はオスモに頼んでおこう。休暇を取って同行するといい」

そうだ、ヴェストさんの故郷は大公領だった。だから王家の毒に関して頼んでいたんだ。結局はほとんど何も分からなかったけど。いくら教会の司祭と言っても、小さな教区の小さな教会じゃね。

やっぱり神殿とか大教会とかそういうのじゃないと……

でも協力は協力。お手数かけちゃったし……、行ったらお礼に伺おうかな。せっかくの機会だし。

「ねぇヴェストさん。僕も一緒に行くよ。お礼もだけど、教会かぁ……参拝とかしてみたいし」

「サンパイ……、礼拝の事かい？　アッシュが行くなら私も行こう。教会か……タキシードはあったかな……」

「礼拝って正装？　……もしかしてここではタキシードが要るの？　ヤバイ、持ってないや」

「ふふ、ヴェスト、用意を」

「お色は……紫でよろしいですね」

「……はぁ……、ヴェスト、待て。ユーリウス様も、時期尚早です」

……何が？　まぁいいか。

実はこの会話の最中、ユーリはずっと筆を動かしっぱなしだったんだけど、絵の上達速度が半端ない。さすが僕のユーリ。天才だ。

ユーリの書斎には仕上げ済みの肖像画の数々が並べてあって、その進化がよく分かる。

キャンバスに描かれた僕は、どれも真っすぐにユーリを見て笑ってる。……照れちゃうな……

「だいぶ美化されてるような……んー、やっぱり見たままか。あれ？　ね、ユーリ、ちょっとこれ……身長足りなくないかな？　もう少しこう……上に伸ばしてもらっても差し支えないよ？」

「そう？　そうかな……？　じゃぁここに立ってみて？」

「うん。あ、ムギュ……」

「ほら、つむじが私のあご先だ。やっぱりあの絵はあれでいい」

……解せぬ……。ん？　あれ？　今何かつむじに……

「ユーリ、今つむじにキスした？」

「ふふ、そう。君が背を気にしてるから……。おまじないだよ」

「……そりゃどうも……」

「じゃぁもう一度。ああ、お日様の匂いがするね。アッシュはいつでも陽だまりのようだ」

そう何度もつむじにキスされると……逆に縮みそうな気がする……。でもそうか、ユーリも僕の成長を期待してくれてるのか……。ありがたいな。

その期待に応えて、百八十を超えるのもきっとすぐだ。


今回の思い切った大公領での保養が、ユーリにとってある意味初めての旅行（マァの村はノーカンで）である。大公領までは馬車で一日半。

のどかな田園を抜け、さらに森林地帯を抜け、そのまた向こうの山を越えたら大公領だ。

それにしてもリッターホルムの屋敷は敷地が広い。屋敷と荘園を隔てる敷地は、その地位を誇示するためだけでなく、むしろ領民の心情を慮っての事なのだと……この一年で理解した。

この距離は心の距離。生活も、運動も、遊びも、その暮らしの全てが敷地内で済むようにと……、過去の領主がそう自制してきたのだと知った時、僕の胸に去来した言いようのない感情。

なんで主張しないんだ！　公爵家の毒は誰も害さないって！

ああ……だけど、所々に残る腐食の跡……、魔剣の隠されたあの荒廃林もきっとそう。闇堕ちしかけたユーリのように、誰かが毒素を吐いたのだろう……

オスモさんのような秘匿系スキル持ちが、いつも使用人にいるとは限らない。少しずつその事実は領民に知れ渡り、脈々と伝えられ……恐怖を伴い増幅したのだ。

これは今後のとても大きくて難しい課題だ。それでもなんとかしたい……

領主が領民に恐れられるなんて……子供の頃に読んだ、『血の伯爵夫人バートリの恐怖』じゃあるまいに……

領民に慕われるユーリの姿を、この目で見たい。雑誌で見た女王のパレードとまでは言わないから、馬車の窓から笑顔でお手振りするユーリを、その雅びな姿をこの目で見たい！　見たいったら見たい！

「アッシュ……、何か興奮してる？」

「ちょ、ちょっとね」

「ふふ、分かるよ。私も興奮してる。ずっと行きたかったんだ、大伯父上の大公領。それもアッシュと一緒だなんて……、なんて心が躍るんだろう」

楽しそうで何よりだ。でも……ユーリはその車窓のカーテンを決して開けはしない。

ああ……せっかくの田園風景が……

「ねぇ、ユーリも外を見てごらんよ。麦の穂がとても綺麗だよ」

「私はいいよ……。領民もあまりいい顔をしないしね……。林に入ったら窓を開けるよ。それまではこのままでいい」

むぅ……領民に禁忌とされているユーリ、いや、歴代領主。む、むむむ……これはかりは一筋縄ではいかない問題だ……

「ん？　んん？　ちょ、ちょっと停めて！　ストップ！」

目の前には、乾季のための溜池がある。いわゆる農業用水というもの。

先日三日間ほど降り続いた雨は、その溜池を満水にした。そして僕の目に飛び込んできたのは、溺れる子供と、それを助けようと二次被害を起こしかけてるもう一人の子供！

待て待て待て！　そこは海ほどは深くないけど、子供が溺れるのには十分な深さだ！

ユーリの制止を振り切り、誰よりも先に馬車を飛び出す。小柄な僕は動きが早い！　急げっ！

でぇぇぇぇい！

運動は得意じゃないけど、今世の僕はカナヅチじゃない。ああ、やっててよかった着衣水泳。体育の授業とタピオ兄さんのスパルタには感謝だ！

僕は大きな水しぶきを立てて飛び込んだ。思いっきりお腹を打ったけど問題ない！

「アッシュ！」

「アッシュ君！」

パニックを起こした子供は僕にしがみ付き大暴れだ！

「ちょ、ごぼっ、動かないでっ」

くそっ！　どちらにせよ一人で二人は無理だ！　誰か……

「アッシュ様。一人は私が」

駆け付けたヴェストさんに、暴れる大きい方を引き渡す。助かった……。いや、ホッとしている場合じゃない。沈みかけた小さい方を助けなければ。

僕は必死だ。何度も言うが、運動は得意じゃないのだ！

水上に子供の顔を引き上げ途中まで進んだところで追いついたアレクシさんに、そのぐったりした小さな身体を預ける。も、もう限界……

「はぁ……ま、参った……こ、子供はっ!?」

「まずい！　呼吸がない！」

「カイッ！　カイ！　わぁぁぁ！　カイを助けて！　誰か！」

「アレクシさん場所代わって！　そこ退いてっ！」

反応は……ない！　くそ！　呼吸は……だめだ！　で、できるのか……、ばかっ！　できるできないじゃない！　やるんだ！

胸骨圧迫を三十回、人工呼吸を二回……、圧迫を三十回、人工呼吸を二回……、圧迫を三十回、人工呼吸を二回……、圧迫を……

「はぁ、はぁ、はぁ……圧迫を……はぁ……」

「カハッ、ゴボ……」

「カイッ！　カイ！　気がついたのか！　なぁ、カイは助かったのかっ？」

「ああ、胸が上下している。おそらくもう大丈夫だ……」

ヘロヘロになった僕の横には、気がついたらユーリが立っていた。目を見開いて、なんとも言えない表情をして……、それでもそっと、その上等な上着を僕の背中にかけてくれた……

放っておく事もできず、御者さんが子供たちの親を探しにいった。

見たところ……七歳くらいと十歳くらいか……。ふっ、勝ったな。僕の方が少し高い……。あーイヤイヤ。言ってる場合かっ！

子供たち……、上の子がダリ、下の子がカイ、という名のその子たちは、ヴェストさんから飲み物をもらって、今一息ついている。もう大丈夫そうだな。やれやれだ。

『役に立つ救命マニュアル～十五章・小児救命』を今日ほど読んでてよかったと思った事はない。まさにタイトル通り、とても役に立った……

「カイ！　ダリ！　何やってんの！　あんたたちは心配かけて！　ほんとにもう……」

しばらくして駆け付けてきたのは、まだ二十代であろう若い両親。彼らはアレクシさんに向きなおると、腰骨が折れそうなほど何度も何度も謝り倒している。現場の面子的に……、一番偉いと思われたかな？

「助けてくださって、本当にありがとうございました。このお礼はどうすればいいのか……」

「いえ、彼らに気づき助けに入ったのは、あそこにいる少年です。礼なら彼に」

促された両親はまさか同じ子供が救助したとは考えもつかなかったんだろう。限界まで目を見開いて驚き……おどろ……え？

「まぁ、あんな小さな少年が、えっ……そこにおられるのは……」

「ま、まさか、こ、公爵様……？」

両親は思い切り子供の腕を引っぱり、ものも言わず背に隠した。それを見て、ユーリは固まる。

目の前で見せられた事を信じたくない。ああ……これがユーリに向けられた現実なんだ……

知っているのと、実際見るのとでは、……肌に感じる不快度がレベチだ。とても……、とても嫌な気分だ。

……いや、ものは考えようだ。僕はピンチをチャンスに変える男だよ？

どうせこの現実をなかった事にはできないんだ！　ならば僕にできる事は……

「そう、僕が助けたんだ。ユーリの……、公爵様の指示で。馬車を停めるよう言ったのも、池に飛び込んで助けるよう言ったのも、全部公爵様だ。温かい飲み物も公爵様が飲ませるように言って、あなたたちが来るのを待った。お礼を言ってほしい訳じゃない。子供たちを放っておけないから……、当たり前の人道からそうしたんだ！」

「公爵様が……」

「あなたたちにも人の道があるなら、知りもしない幼い領主を噂だけで恐れる事がどういう事か、ちゃんと考えて。ユーリはまだたった十四歳で……それも……親を亡くしたのは十二の時で……。あなたたちの息子と大して違わない！」

僕は声を張り上げて、精一杯訴えた。ユーリも村の子供も何も変わらない。心の痛みは同じなんだという事を。彼らの息子が、もしもなんの咎もないのに……村人たちから重罪人みたいな扱いを受けたらどんな気持ちになるのかと。

「僕なら許せない。だけどそれ以上に悲しくて辛い……。子供の気持ちを考えたら、胸が締め付けられる……」

ユーリのスキルは決してユーリの罪ではないし、領民がユーリのスキルを恐れるのも、過去からの負債であって……決して村人たちの罪ではないのだ。……おそらくはきっと……

願わくば……、いつか誤解がとけ、ユーリと彼らが笑顔で向かい合える……そんな日がくればいいと心から思う。

そうだ！　そのために僕はここにいるんだ！

とんだハプニングに精も根も尽き果てた僕は、夕闇せまる中、馬車に戻ってユーリの肩に顔をのせると、コンマ二秒で夢の中へと旅だった。そしてその爆睡中、人には言えない夢を見た……

……ユーリにキスされまくるという、よく分からないけど思春期の願望が駄々洩れになったような、そんな夢を……。額に、頬に、瞼に、そして鼻先に、これでもかと降り注ぐキスの嵐……

まじか……、何か溜まってるんだろうか、僕は……。と言っても、男の証はまだ来てはいない……。あー、冬の間中ストレスマックスだったしね。まぁこういう事も……あるよね？

しかしこの夢は……ふわふわして、ほわほわして、あまりの気持ちよさに、もっと……と、つい呟いた気がしないでもない……

いいよね。どうせ夢だし。夢の中なんだから……このままもっとおねだりしたって……。もっと……もっとしてユーリ……気持ち……いい……zzz……zzz……

「着いたよ。アッシュ、朝だよ。大公領に入ったんだ。ほら、ぶどう棚が朝日に光っているよ」

「んが……。あーよく寝た。ごめんねユーリ、肩凝ってない？　後でマッサージしてあげるね」

「とても有意義な時間だったよ。ふふ、気持ちよかった？」

「ん？　うん。とっても」

しまった。うっかり爆睡してしまった……

あんな事の後だしユーリのフォローをしようと……、しなくちゃと思っていたのに、僕ときたら。

でもなぜだか分からないけど、ユーリはひどくご機嫌で……、まぁそれならそれでいっか。

時刻は既に朝。陽が落ちたら馬車を停めて、山中のロッジに宿泊する予定だったはず。ロッジの横には馬止めがあって、近くに水場もあり飼い葉も用意してあり、そこは大公が来る道中でも必ず泊まる専用拠点だ。冬以外はね。

なのにぶどう棚が視界に入るって事は……

「えっ！　でもだって……、じゃぁ僕は……」

「よく寝てたから起こすのも可哀そうで……、私たちはこのまま馬車で眠ったんだよ」

ひぃぃぃぃぃぃ！　ユ、ユーリを馬車で寝かせるだと……？　この僕が？　ああ、なんたる失態！

「それって……、はっ！　ユーリ座ったまま寝たって事!?　あわわ……、ほんとにごめん。もう……もうっ……僕の馬鹿っ！　一緒に星空ウォッチングしようねって約束したのに！」

「いいんだ。アッシュの事を見ていたから」

へっ？　そうか……、ウォッチングされてたのか……。よだれとか……大丈夫だったかな……。

半目になってなきゃいいけど……

そう言うとユーリは、「アッシュはなんだって可愛いよ」って言ったけど、……相変わらずユーリは語彙が増えないな……。今度ユーリには『最強会話　ボキャブラリー天国』をプレゼントしてあげようか？　僕は可愛くないと何度も言って……、ま、まぁいい。ユーリがカッコよければ他は何だって大した問題じゃない……

そしてさらに二時間ほどひた走ると、ドーンとそびえる大公邸に到着した。

古めかしいロマネスク建築の屋敷は、どっしりした大公にピッタリの重厚感がある。イングリッシュ・バロック様式のリッターホルムと趣の違うその屋敷は、さすがの年輪を感じさせる。

「よく来たユーリウス。こうしてお前を迎え入れる事ができ、実に感慨深い。お前の祖父、ジョナスも元気な頃はよく来ておったのだ。だがあれは来なんだな……。ここは退屈だと、そう言ってな……」

カルロッタさんの事か……。そうだな。若い娘さんには退屈だろう。

この広大な土地にあるのは、果てしなく続くぶどう畑と、整然と並んだお茶畑。その地平線の向こうには、領を隔てる山々が青と緑の間に並んでいる。

そう、ワイナリーは寒暖の差が激しい盆地でこそ発展するのだ。

山で狩猟でもするならまだ楽しめそうだけど、女性にはね……

「ねぇ、ユーリは狩猟とかしないよね？　そういうの僕は苦手で……ちょっとやめとこうか……」

「む、なんだユーリウス。キツネ狩りには行かぬのか。連れていってやろうかと思っておったのだがな」

「いえ、私は狩りは狩りでもアッシュとブルーベリーを狩りに」

ほー、よかった。生きるための狩りはともかく、狩りがスポーツっていう感覚……、ちょっとよく分からない。

「大公もいい年して狩りとかやめときなよ。ぎっくりになったらどうするのさ。そういうの、年寄りの冷や水って言うんだよ、あいたっ！」

げんこつのタイミングまで前世の祖母と寸分たがわず同じとは……、お主できるな。

「まぁよい、アッシュよ。カカオの職人たちはお前が来るのを待ちわびておったぞ。チョコレイトを使った新たなレシピを、とな」

「りょーかーい！　と言うか、大公とは稲作の打ち合わせもしないとね。大丈夫。米作りも盆地向きだし」

米麹さえできればこっちのもので、そこからは様々な展開が広がっていく。大公領の新たな一大産業には申し分ないはず。希少価値で売り込むカカオとは戦略が真逆なのだ。

大公が潤えば僕も潤う。商売はなんでもＷＩＮ―ＷＩＮじゃないと。

邸内を案内されながら大公と笑い合う僕に、アレクシさんが素朴な疑問を口にする。

「アッシュ君はどうしてそう商売に熱心なんだい？　フォレストだけで十分余裕はあるだろう？」

「……どうしても向こう五十年くらいの蓄えがないと不安で……」

でも同じ轍を踏んじゃいけないね……。反省反省。向こう三十年くらいで我慢するか。

「アッシュ……、私と対等でいたいという君の気持ちを汲んで何も言わないでいるが……、私との時間を蔑《ないがし》ろにするなら、もう何もさせないよ？　君が何を言おうと……」

「う、おう」

目がマジだ……。お仕事はほどほどにしておこう……。今回の主目的は観光だからね。僕は保養の意味をもう一度胸に刻みつけた。

夕食までの少しの時間、僕とユーリは大公からチェスの手ほどきを受けた。将棋を楽しむ僕とユーリを目にして大公がソワソワし始めたのだ。

これ……対戦相手が欲しいだけなんじゃないの？　年寄りってこれだから……。自分より弱い者相手にどや顔をするつもりか？

だが甘いな。僕はＡＩ相手のゲームでなら腕に覚えがあるのだよ。

ふっ、ふふふふ……この僕を対戦相手に選んだ事、後悔させてやろうか？

「ぬあー！　なんでっ！　うそだぁー！」

「ふん、小童め。色々仕掛けおったが十年早いわ！」

「えぇ！　ユーリっ！　うそでしょ？」

「ふふ、ごめんねアッシュ。チェスは貴族の嗜みなんだ」

似て非なるもの、それが将棋とチェス。一発のチェックでいきなりメイトって……ひどいじゃないか！

泣いてない……泣いてなんかいない……。あれ？　おかしいな。目から汗が……

話は変わるが、大公領には家令さんがいる。王都で過ごす事も多い大公の代わりに荘園を切り盛りしている家令のロバート氏だ。当然ロバート氏が屋敷にいる事はあまりない。彼は大公の片腕として、時に資金を動かし、相場に手を出す事もある。要は資産を増やすのも仕事のうちなのだ。僕と絡む事も必然的に多い。

お屋敷には他に、執事のカーソンさんがいる。王都邸のベイルマンさんともまた違う、いかにも、な老齢の執事だ。そのカーソンさんに案内されて、僕とユーリは自生のブルーベリーが生る一帯へと出かけていった。

若き従僕に任せずに彼が付いてきたのは、ユーリを慮っての事だろう。

いくらここが大公領とはいえ、ユーリに気づく人はいるかもしれない。行き届いた配慮、カーソンさんには感謝しかない。

「ユーリ、その実はまだ若い。色が淡いからまだ食べられないよ」

「そうなのかい？　よく知らなくて」

「物には食べ頃があってね、なんでも摘めばいいってもんじゃないんだよ」

「食べ頃……」

ブルーベリーの青は光の加減で濃紫に見えて、そこに佇む濃紫の瞳のユーリときたらまるでブルーベリーの精のようだ。

「見てごらんアッシュ、小さくて、輝いてて……まるでアッシュのようだ」

ち、ちいさ……、ううん、聞き間違いだ。そうに違いない。けど言ってる事といったら、以心伝心、同じじゃないか。

それにしても……、去年の今頃は大変だった……。夏前……、集めたばかりの全員が勝手も分からず自由気ままで、あーでもないこーでもないと思考錯誤してようやく屋敷がまわり始めた頃だっけ？　懐かしい……

「今ここでこうして過ごす時間も、君が与えてくれたものだ。アッシュ、私はどんどん欲張りになる……」

「欲張り？　これで欲張りだなんてユーリは謙虚だよね。もっと望んでいいんだよ。僕はユーリのためにここにいるんだから」

まったく何を言ってるんだか。こんなの、何も与えた内になんか入らない。僕の望みはユーリを包む至上の幸福。

誰も彼もが僕の形作ったユーリを崇め、讃え、祝福する、そんな未来。その日が来るまで僕は、何があろうとどんな困難にも打ち勝ってみせる！

前世の祖母は言ったのだ。「いいですか。どんな暗闇にも希望はあります。その希望とは信じる力です。信じるためには約束が必要です。私は約束しましょう。決してあなたを諦めないと」って。

僕は……、僕も諦めたりしてなかった。五十年分の預金を貯めて……それで……、そしていつかは……、いつかは……

だからユーリの解放だって、僕は絶対諦めない！

「……ユーリ、約束しよう。僕はずっと傍にいる。何があっても」

「分かってる。百年一緒だと約束したね。君は約束を違えない」

「信じる？」

「信じるよ」

よかった。ユーリには希望がある。その希望の灯は絶対誰にも消させない……

カゴいっぱいのブルーベリーを持って屋敷に戻ると、帰省中のヴェストさんからお父さんのご都合について手紙が届いていた。

そして翌朝。今日、僕とユーリはついに教会へ行く。司祭様に挨拶をしに。

それにしても……、ユーリがこんなに楽しみにしていたなんて……

まぁ、ヴェストさんに一番世話になっているのはユーリだし、当然といえば当然かもね。

僕はそう、むしろ一言文句を言ってもいいんじゃないかと。「お宅の息子さん、しつけはどうなってるんでしょうね」って。別にいいけど。

「さぁ行こうか、ユーリ」

「ふふ、今日という日を楽しみにしていたんだ」

「あれ？　タキシードはやめたの？」

「……アレクシがまだ早いというから……。でもほら、ジャケットは淡いブラウンにしたよ。予行練習みたいなものだし。アッシュのシャツはラベンダーだね」

「なんかヴェストさんが、教会に来る時はこれしか駄目だって置いてったんだけど」

「……彼は……本当に仕事のできる、いい執事だ」

今の言葉がどの辺にかかってるのかよく分からないけど、いい執事、っていうのは間違いない。

まぁいっか。考えるのもめんどくさい。

しかしまぁ、人と人の出会いって分からない。まさかユーリとヴェストさんが、こんな化学反応《ケミストリー》を起こすなんて。気が合ったなら、何よりだけど。

「指輪は持った？　アッシュ」

「あの公爵家の紋章入りリングだよね？　持ったよ」

大図書館に行った時、門をくぐるのに「アッシュのものだよ」と言って渡された貴重なリング。

それを見せれば公爵家の関係者って事で顔パスになる、便利な指輪だ。

教会の扉をくぐるのにも必要だとは知らなかったな。

会話を楽しむ僕たちの後ろで、アレクシさんのため息が、深く長ーいため息が……大公邸の玄関ホールにいつまでも反響していた。


教会の入り口には、教区の司祭らしく、善良で温かい、だけどどこか泰然とした物腰の人が立っていた。うーん、あの美形なヴェストさんの面差しはどこにもない。ま、まぁ？　あんな美形の司祭や牧師なんていたら、逆に煩悩深まりそうだけど……

「これは……リッターホルム公爵、そしてアッシュ君。こんな小さな教会へお越しいただき、恐縮でございます」

「こちらこそ人払いしてもらっちゃって、すみません」

「なんでも先に礼拝をしたいとか。閣下、いい心がけでいらっしゃいますね」

「うむ。今日は無理を言った」

おや？　なんでもユーリはヴェストさんを通して小さな要望を出していたようだ。

「では先に済ませてしまいましょう。どうぞこちらへ」

教会での厳かな礼拝……。ユーリがそれほど敬虔とは知らなかった。

導かれるまま内陣に進み、ユーリと並んで祭壇の前に立つ。ん？　アレクシさんとヴェストさん……？　が着席して様子を見守るの？

な、何が始まるの……？　アレクシさんはいつものように眉間を押さえてため息をついている。これ以上ため息ついたらいつかしぼんでしまうんじゃなかろうか。そしてヴェストさんは……通常営業なのね。

うん？　ひざまずく……のか……。それで手をこう組んで合わせて……目を瞑って……ふんふん。

「福音書、ローマ人への手紙、第十二章、第九節から二十一節……」

前世の聖書と同じ仕様か？　僕は教会に行った事はないけど、聖書なら新も旧も暗記している。

あ、ヤバイ。司祭様の柔らかな声が、まるで子守唄のようで眠りを誘う……。ダメダメ、ありがたいお話なのに……寝ちゃ……ね……ねっ、寝ないよう何か他の事を……、ああ、そういえば投稿者にいたな、敬虔なキリスト教信者。毒公爵のカッコいい台詞に、ちょこちょこ聖書からの引用を入れてたっけ。あれで神秘さがましてますますセクシーな毒公爵……に……スー……

…………

「では指輪の交換を」

「はっ！　ん？」

「アッシュ、持ってきた指輪、私の指にはめてくれる？」

「……いいけど？」

い、今一瞬寝てた？

「ふふ……じゃぁ今度はアッシュ、手を出して？」

「……はいどうぞ？」

「ほら、ぴったりだ」

ダ、ダイヤモンド！　……もともと何金ってレベルで重かったその指輪が……さらにグレードアップしたんだけど？　何事!?

ちょっとうとうとしてる間に何が起きたの？　え、いいのこれ？　もらっていいの？　え？　え？

ほんのすこーし船を漕いだ間に一体何が起きたのやら……

「さぁ指先を……少しチクッとするよ」

「いて」

なんか刺されて血が出た。痛い。

「さぁ、その血をこの指輪に」

「んん？　こ、こう？」

「じゃぁ私の血もその指輪に……。これでいい。これで約束は聖約になった。ふふ、アッシュ。ずっと一緒にいようね」

「……ま、まぁ……いるけど。え？」

狼狽える僕に誰も何も説明はしてくれない。僕らは司祭様の案内で、その居住部分、司祭館へと案内された。……えー？　誰かっ！　説明っ、説明をー！

◇◆◇

厳しい冬を終え、リッターホルムの地に訪れた和らぎの季節はまさしく、私の心。

アレクシの報告を聞くに、アッシュと大伯父の企みは驚くほど愉快な結果となったようだ。

私を陥れるための歪んだ悪意は、アッシュによって全て奴ら自身に跳ね返された。

私から母親という存在を奪った卑劣な男。オスモによって時折報告されるのは、男の身の丈を超えた暮らしぶり。

だから下位貴族の動きを見て、自身も相伴にあずかろうと色気を出したのだろう。愚かな事だ。

ノールは言った。「当主足る者、物事は常に行動に対する結果を念頭に置かねばならない」と。

それは大伯父の得意とするチェスにも、アッシュの好きなショウギにも通じる事。

大局を見て数手先を読む。揃いも揃って同じ事を言うのだから、気が合うのも当然といったところか。

その後、大伯父から領地へ招待されたのは春が終わりを告げる頃だった。

ああ……、母の背を追い、泣き濡れたあの頃であれば考える事もできなかった、私を苛む外界へ自ら出向く事など……

だが今の私には魂の片割れ、アッシュがいる。死んでも共に在ると約束を交わした小さな騎士が。

大公領は、ヴェストの故郷だ。彼の父親は司祭で、小さくとも整えられた教会を管理しているのだという。

教会と聞いて、頭をよぎるのは……一つの言葉。「僕は結婚したい」。

この国、聖王国は同性の結婚を認めてはいない。ましてや貴族であればなおの事。家門のための結婚をし、子供を、跡継ぎを持つ事が求められる。子を持てぬ不毛な同性の結婚など、認められるはずがない。

しかし、私には密かに決意している事がある。

私がアッシュを得られたのは、万に一つの奇跡。

香水と白粉で素顔を隠したあの怪異たちと心を通わす事など、あり得ない。ましてや、同衾してまで子をなすなど……とても考えられない。

とはいえ、いくらアッシュが賢くとも私の呪いはおそらく破れないだろう。これはそういう呪いだ。何代にも及ぶ……、リッターホルムの修羅……

だが私はアッシュの想いに触れる事ができた。彼の想いを信じる事ができた。だから……、いつかその時が来たら、彼の亡骸を抱いたまま、密やかに残りの生をまっとうしよう。寝たきりになり、手足も動かせず、取り戻した食の幸せを失い、思考さえなくしても……、アッシュのくれた私への想いがきっと私を支える。

やり遂げるのだ。この苦悩をここで終わらせるために……

だから、アッシュが結婚したいと望んだのは、とてもいい考えに思えた。

たかが形式だけの事。だがそれは誰にも明らかな目に見える絆とも言える。

アッシュはそこまで考えてそれを望んだのだろうか。

いつか独りになる私が、拠り所を失わずに済むように、と。

この機に婚礼の儀をすませようとしたが、従者であるアレクシにまだしばらく待つべきだ、と止められた。公私ともに判断力を認められる成人年齢に達するまで待つべきだと。

確かに……、前例のない同性婚に横やりを入れられたとして、成人であれば我も押し通せよう。

今回ばかりはアレクシの意見に従う事にした。ならば、と代わってヴェストが提言したのが『聖約』である。

これは神に仕えし者のみがもつ特別なスキルだ。そのスキルにより、魂を結びつける誓いである。

この聖約により、私たちは互いの命運を握り合うのだ。いつでも、何があろうとも。

古代の王が王妃に課したという聖約……。心変わりを許さぬ誓い……

聖約破られし時、その身体も魂も業火に焼かれるという厳しい誓いだ。

だがアッシュであれば、きっと受け入れてくれるだろう。

あの小さな身体に大きな心を持つ私の運命、アッシュであれば……

聖約の誓いに用いられるブラッディリングは覚悟を示すのだという。

覚悟……、私はヴェストに指示し、もっとも硬いダイヤモンドを用意させた。

そのダイヤモンドは私の心。決して砕かれぬ、硬い覚悟。永遠に離れぬ、固い誓い……

◇◆◇

「それにしても……ヴェストが公爵様の元で、執事見習いとして働く事になったと聞いた時には耳を疑ったものですが……まさかこうして、本当に公爵様が直々にお越しになるとは……。ヴェストはご迷惑をおかけしてはおりませんか？　この子には少々特別な事情がありまして……」

この子……ぶふっ！　ポーカーフェイスのヴェストさんがおこちゃま扱いされている事実が微妙に面白い。

「とてもよくやってくれている。その事情とやらは私にとって必要なものだ。司祭殿の心配には及ばない」

司祭という仕事柄か、もともとのお人柄か、ユーリに対して何の戸惑いも見せず、とても穏やかな時間がここには今、流れている。

そうだ。ノールさんといい、分かってくれる人は以前からきっといたんだ。ユーリの置かれた環境が悪すぎただけで……。ならこれからだって！

そう思った時、司祭館の扉が開いて、荷物を持った二十代半ばから三十前後の男性二人が、一人の女性と共に部屋へと入ってきた。

「……兄さんたち……」

「おお、ヴェスト！　久しぶりだな。とてもとても会いたかった。何年振りか……、よく顔を見せておくれ」

「ヴェスト、お前の顔が見たくて、兄さんと日を合わせて帰ってきたんだ。会えてよかった。元気にしていたかい。筆不精にも程があるよ。兄さんたちをこんなに寂しがらせて……」

ヴェストさんの長兄次兄か。ぷっ、揉みくちゃじゃん。甘やかされてるな……。ふぅん、二人ともいかにも善良そうな……。さすが司祭様の息子。そうか、あの女性が母親か……。母親と長兄がオレンジの髪で、父親、次兄、そしてヴェストさんが青い髪。

けど、兄ーズはそろって司祭似だけど、ヴェストさんのあのイケメンは……おおっ！　お母さんにそっくり！　お母さん超美人！　司祭っ！　一体どうした、何があった！

「アッシュ君……、言いたい事は分かるが、じろじろ見るんじゃない」

「あっ、つい」

いや、驚きすぎてね。なんかもう。

「ユーリウス様。今のうちにアイビーを選定に行きましょう」

「アイビーの選定？」

じろじろ見ちゃって悪かったかな。ヴェストさんはどうにも落ち着かないらしく、ユーリを何やら教会の外へと誘っている。アイビーの選定？　教会の外壁に絡んでたあのアイビーかな？

「アイビーの蔓を一本、選定して持ち帰り育てるのがこの辺りの風習なのです。アイビーはー……のシンボルですから」

んん？　よく聞こえなかったな……。なんて言ったんだろう？　まぁでも教会絡みのシンボルなんだからいい意味しかないよね？　きっと。

「ああ、それはぜひ行かなければ。アッシュ、一番いい蔓を選んでくるよ。ゆっくりしていて」

「……？　あ、うん。とびっきりのを選んできてね！」

何を？

ユーリとアレクシさん、そしてヴェストさんが出ていった部屋では、和やかな世間話が続いていた。

温和なお三方と、温和に見せかけた僕。つまり温和な空間だ。

「それにしても司祭様、ユーリの毒の事、色々調べてくれてありがとうございます」

「いやいや、ですがなんの役にもたてず申し訳ない。何か分かればよかったのですが」

「父さん、それは一体何の話でしょう？」

話を聞いていた長兄が僕の話に興味を持った。まぁ別に話してダメって事もないし……

そこで司祭は息子たちにかいつまんで説明してくれた。僕がヴェストさんに頼んで司祭様に王家の毒に関して調べてもらった事。司祭様は教会の古い文献を調べてくれたのだ。

「公爵様の毒……それはまた難解な……、あっ……」

んんっ？　今「あっ」って言ったな。「あっ」て。聞き逃さないよ？　僕は地獄耳なんだ！　彼は医学校に行った次兄か。ふ〜ん、なら聞かせてもらおうか、さあ吐け！　何を知ってるんだ!?

というのは冗談で、僕は事のいきさつをそれはそれはドラマティックに、そして詳細に語って聞かせた。『九十年代ドラマ　泣きの脚本』は今世でも有効である。

彼らはとても善良で慈悲深く、道徳心に厚い親子だ。へたな小細工を労するよりも、まっすぐぶち当たるのが得策。

何度も出しそびれた心得『外交官の説得術』が、今こそ日の目を見る時！

ユーリがそのスキルのせいでどんな扱いをうけてきたかって事。

王家がその毒を独占するため制約によってユーリを縛っている事。

その使い道が明らかじゃないために、毒のイメージだけが独り歩きして、誤解され続けてる事。

納得いかないあれやこれや、僕は全て、ここぞとばかりに思い切りぶちまけてみせた。

「ユーリの毒は使い方一つで強力な薬にだってなるのに、王家がこうして秘匿するせいで怖いものとしか思われない！　ユーリだけじゃない！　公爵なんて名ばかりで、偏見にさらされてきた歴代の領主、みんな可哀そうだ！　僕はユーリの母親……、カルロッタさんの事は好きじゃないけど……、それでも可哀そうだとは思ってる。皆被害者だ！　王家がちゃんと庇ってくれたら、今頃こんな事にはなってないのに！」

その言葉は、司祭様、神学校へ通う長男、医学校へ通う次男、全員の心に深く響いたようだ。

とりわけ次男は思うところがあったようで……しばしの逡巡の後、その重い口をようやく開いた。

「その……、これは噂ですらない、……学生間にまことしやかに伝わる、根拠のない風聞なのですが……」

つまりあれだ。どこの学校にもある七不思議とか怪談の類、それに近しい噂話。

だけどね……、七不思議にも怪談にも、その元となった事故や事件はあったりするんだよ。火のないところに煙は立たない。

「学内には時々、王家より直轄の医局に学生が引き抜かれる事があるという話がありまして……」

それは成績とかには関係なく、ある日いきなり声がかかるのだとか。その医局では一般の患者は診ず、王家に近しい高位貴族だけを治療するという、かなりの名誉職。

「学生たちは、王家の直轄という言葉に色めき立ち、それに選ばれるにはどうすればいいかと、噂話とはいえ、日ごろから浮ついていていました」

「至って普通の事に聞こえるけど？」

「いえ、ただその、それら貴族家のかかる病気はこの世のどんな薬でも直せない特殊な病気で……その治療には……普通で手に入らない貴重で特別な血清が用いられると……」

へぇ、そんな話、大公からも聞いた事ないな。

「それが風聞？」

「いえ、風聞はここからです。その血清について……昔、公爵家の毒から精製されたんじゃないかと言い出した学生がいて……その学生はなぜかある日を境に消息不明になったのだとか……」

「えっ！」

学生たちはそれを公爵家の祟りだと噂した。その後、学長直々にお達しがあり、その話は口外禁止になったという。それ以来、ますます公爵家の毒については、祟りを恐れ誰も口にしないようになったという話で……。こ、これは……。僕の勘がアラートを鳴らす。これは有力なヒントだと。

「す、すみません。くだらない話を聞かせました」

「……くだらなくなんかないよ……。とても興味深い話だ……」

驚きを通り越して、あきれてさえいる。あれほど方々に（たかがしれてるけど）聞いて回った王家と毒の関係の一片に今、学生の噂話がきっかけで触れようとしている。なんて事だ。

「その程度の言い伝えでいいなら神学校にも……私の入学当時にはありましたよ」

「なっ！」

長兄が言うには、公爵家の毒を医局でなく神殿で保管するのは、その毒が呪いの儀式に使われているからだと、神学校ではささやかれていたのだとか。もちろんそんなのはただの退屈凌ぎの、面白おかしく誰かが言い出しただけの噂で……

「だけどそれを聞いた大神官様は非常に嘆き悲しまれましてね、二度とそんな愚かな事を口にしてはいけない。神、つまりは王家への冒涜であると、そう言われまして……それ以来禁句になっているのですよ」

一見すると両極端な話……。血清と呪いの毒。その両方に共通するのは「公爵家の毒」というキーワードと、どちらも不自然に禁句となっている事……。……これが無関係であるものか。

まさかここで、こんな重大な発見があるなんて……。灯台下暗しとはこの事か……。ヴェストさんの帰省についてきたのはほんの思い付きのはずだったのに。

学校か……、盲点だった。だけどそんなの……思いつくものか。

きっと本来なら箝口令《かんこうれい》を敷き、そのまま表には出てこない話なのだ。だけど学生だから、色々と緩い学生だから……、噂話や娯楽話の体を取って、伝わったのだ……、禁句になってさえ、なお。

その時僕は…、今回のこの物見遊山が、大公でなく、もっと大きな何か、目に見えない何かによって呼ばれたんじゃないかと、根拠はないが……そう思えてならなかった……


大公領で過ごした時間は思いがけずも有意義だった。……語弊があるな……

有意義だろうとは思ってたけど、予想以上に有意義だった。これでよし。

薬指にはめられた、ダイヤの指輪が気になると言えば気になる……、いや、ささいな問題だ。

公爵家にとってダイヤの一つや二つや三つや四つ、……駄菓子屋で飴細工の指輪を買うようなもんだろう。……多分。

「見てごらんよアッシュ、アイビーの根が出てきた」

「ほんとだ、ひげみたい」

いや、もうちょっとマシな感想言おうよ……

「ユーリウス様、屋敷に戻ったら土に植え替えなさいますか？　それともこのまま……」

「うん。これは私の部屋に置いておこう。これは誓いのアイビーだからね。私とアッシュの部屋に置く。そうだろう？」

「う？　ああ、そうだね。いいんじゃない？」

あの日ユーリはご機嫌で戻って来た。手に一本のアイビーを握りしめて。

ご機嫌なユーリなんて……、以前なら考えられない事だ。大公だって驚いている。又甥が会うたびに変わっていくと。

それは劇的な、そして最良な変化。

だからって、他の色々な事に目を瞑る事はできない。僕にはユーリに対して責任があるのだ。

そう、彼のビジュアルを決定づけたという責任が。

ああ……、絶望に濡れる濃紫の瞳とか、背に孤独の影を背負うとか……、無責任に書かなきゃよかった。見てよ、この闇のないイケメンな笑顔、ん？　イケメン？

「ユーリ……、もしかしてまた背伸びた？」

「ああ、その……、……ごめんね？」

「謝らないでっ！……僕の成長期はこれからだから……。諦めたらそこで試合終了だからっ……」

僕の挑戦はこれからも続く……

楽しかった二週間は、あっという間に過ぎてしまった。

ユーリをこれ以上怒らせないよう、仕事は最小限に我慢して、毎日毎日遊び呆けた。

おかげですっかり大公邸の人たちとも親密になれた、そんな気がする。

「アッシュよ、ではロバートに申し付けてあの一区画に苗は植えさせる。後はあの紙に書かれたよう進めればいいのだな？」

「そう。分からなかったら手紙寄越して。それから預けたお金、僕からの寄付として司祭様の救護院に渡しておいて」

「ああ、大伯父上、あの教会へは私からも寄付を。ふふ、何しろ二人の記念の、いえ。……新しい典礼聖具や聖堂聖具などはどうでしょう。一揃い手配していただけますか？」

「構わぬが……、聖約の儀式をしたそうだな。全く……。私の目を盗みよって。まぁよい。同性とはいえ、アッシュはお前にとってもリッターホルムにとっても比類なき至宝。よくやったユーリウスよ。よいか、離すでないぞ」

「大伯父上にそう言っていただけるとは……望外の喜び。お任せください。このユーリウス、決してこの手を離しはしません」

なんかいい感じの事言ってるけど……、僕の名前と、気になるワードが一つ。あの時、誰も何も教えてくれなかったあの儀式……結局なんなの？

おっと、ちょうどいいところに執事のカーソン氏が。ユーリが大公と話し込んでる今のうちに……

「ねぇカーソンさん、聖約の儀式って？」

「……ゴホン、永き時間を共に過ごしましょうという……、……可愛らしい子供同士の約束でございますよ」

「じゃぁあの血は？」

「……血と血を交わし、家族になりましょうという……たわいもない儀式の真似事ですよ」

ああなんだ、そういう。任侠ものでよく見る、血の盃ってやつか。ユーリってば漢らしいな。そうだ！

「ねぇカーソンさん、アイビーって何の意味があるの？」

「アイビー……、けっこ……いえ。その、アッシュ様はアイビーの花言葉を御存知でいらっしゃいますか？」

「ん？　誠実とか友情とかじゃなかったっけ？」

「ああ、アッシュ様の地域ではそうなのですね」

おかしいな。『気持ちを届ける花ことば』には、そう書いてあったんだけど。まぁ花言葉って国によって色々あるよね？

「ここでは違うの？」

「おや、主人が呼んでいるようですね。失礼」

「は、誰も呼んでな、ちょ、……まぁいいや」

教会の緑に恐ろしい意味があるはずないし、花言葉を知らなくっても毎日は過ぎていく。

何より、これ以上考えるのがめんどくさい。僕には他に考えなければならない、重要な事がたくさんあるのだ。脳のリソースは空けておかねば。

お別れの挨拶を済ませたユーリに呼ばれ、慌てて玄関に向かって走る僕の耳には、残念ながらそれ以上、カーソンさんの言葉は届かなかった。

「言える訳がありません……、旦那様があれほど心配してらしたユーリウス様が、こんなに明るく元気になられたのですから。アッシュ様は知ったらどう思うのでしょう？　アイビーの花言葉が『死んでも離れない』だと……」


行きは寝ていて記憶にない、山中のロッジに今日は宿泊する。

この山はリッターホルム側になる。関所を越えて、数時間進んだところだ。無理して進めば真夜中も真夜中、丑三つ時くらいには屋敷に到着できなくもないけど……、こんな暗い山中やその向こうの大森林に無理に馬車を進めるのは危険極まりない。

「やれやれ、帰りはベッドで寝られるね。今度こそ星空ウォッチングしようよ、ユーリ」

「……そうだね……」

なんで不満そうなの？

「おや？　なんでしょうかこれは……」

アレクシさんが何かに気づく。

「……リンゴだ。貸して。……少し日が経ってるね。誰が持ってきたんだろう？」

ロッジの玄関の扉の前に、まるで山の主にでも捧げるように、たくさんの木の実とリンゴが積まれている。なんてファンタジー。でも一体誰が？

「向こうに足跡があります。……大人のものです。一人ですね。あの沈み方は男です」

ヴェストさんが認識した。ほほう、便利だな。鑑識みたいだ。

果物にも木の実にも何かされた形跡はない。少し日が経って完熟になってる以外は食べられそうだ。

それに……理由はないけど、不思議とその果物からは、嫌な感じがしないのだ。むしろとても……

「せっかくだし、後でいただこうかユーリ」

「君がそう言うのなら……」

その果物を誰が置いたか……、確証はないけど分かった気がする。


「お帰りなさいませ、ユーリウス様。大公領はいかがでございましたかな」

「ああ、とてもいい時間を過ごせた。だが疲れたな。オスモ、隠居中に世話をかけた。ヴェスト、入浴の準備を」

帰宅早々ユーリはお風呂に入るらしい。……という事は僕もか。

まぁ、長時間の馬車移動で身体が固まっているし、背骨は伸ばしておかなくては。大事な事だ。

「お、やっと帰ったか。大公領は楽しかったかい？　おや？」

「お帰り～、あれ？　アッシュ君それなぁに～？　指輪？　前のと違うね～」

「そ、ユーリにもらったの。前のはユーリがはめてる。なんか教会で交換してね。こう……血をね、一滴ずつ垂らして」

「「あー……」」

エスターもナッツも、二人して何？

そして、僕とユーリは公爵邸の広いお風呂にのんびりと浸かる。

「一度聞いてみたかったんだけど……、どうしてアッシュは入浴時タオルを頭に乗せるんだい？」

「様式美？　気にしないで。意味はないから」

「それにしてももうすぐ君の誕生日だ。準備をしなくてはね」

「早くない？　誕生日は再来月じゃない」

「君と過ごす時間はあっという間だ。少しも早くないよ」

大公邸の唯一の難点は、浴槽が小さかった事だ。その小さな浴槽に、それでもユーリは入りたがった。……僕と一緒にね。

残念ながら大公に止められてたけど……。どうしたものかと思ったよ。僕のユーリはいつまでも甘えん坊の赤ちゃんで困ったものだ。

「来年の誕生日が来たら……、二人とも成人になるね」

「そうだね」

十六歳で成人か……。実感湧かないな。まだまだ子供の感覚なのに……

「そうしたら……ふふ……、ああ、楽しみだ」

ユーリは早く大人になりたいのか、待ちきれないのか、一年先の未来に想いを馳せて微笑んでいる。

なんにせよ、未来を夢見れるようになったというのはいい事だ。

ユーリが何を楽しみにしているか……その心の内まで分からないけど、彼の願いが叶えばいいなと、そう願わずにはいられない。

浴室を出ると、そこはかとなく得意げな顔のノールさんがいた。風呂上がりだというのに僕は彼に捕まってしまった。珍しい事もあるもんだな。ノールさんがこんなドヤ顔するなんて。

「アッシュ君、おかえり。そういえばね、石板の解析……少し進んだよ」

「へぇ……すごいね。それでどこまで進んだの？」

ああ、だからか。

パズル好きのノールさんはミステリー好きというか、謎解きが好きというか……、頭を使う事が大好きで、そりゃ学術院を目指して予備学院に進む訳だ。

文系よりの理系？　理系よりの文系？　ともかく、石板の解読には並々ならぬ闘志を燃やしていた。謎解きが進んでいるなら、得意げになるのも無理はない。どれ、お手並み拝見といきますか。

「人であり人ならざる者……、これが一行目だね。そして二行目、……共通するこの文字は『者』、つまりその前の部分はどんな『者』かの説明だ、きっと。ね、そうでしょ？　それから三行目……これは二行目にかかってくる言葉で、それらの『者』の行動を示してるんじゃないかな？　それから四行目と五行目……。ここの部分が同じだから……ここは二行が繋がってる。それでこの文章は…、一行目の相対文！　違う？」

「……アプローチ法、変えた？　解読……とは違うけど……いい線いってる。すごすぎ……」

驚いた……。文章自体は読めてないから、解読……ではない。でもこれは……

全体を通して石板の示す趣旨を掴もうというのか。頭がいいってこういう事なんだな。予備学院から退学を惜しまれるはずだよ……

エスターの頭の回転とは方向性の違う、まさしく正統派の頭の良さだ。

「それ以上にちょっとした事に気づけた気がするよ」

「え、何？」

「この石板……、教授に見せていただいた現物は緑に発光してたんだよ。そして僕が造形模写した時も……、発光してた。見たよね？　アッシュ君も」

「うん。発光してた」

気がついたら光を失っていた石板。それが示すものとは？

「それが翌日から光らなくなった。学院の石板も光を失ったと教授はおっしゃった。……きっとそれは……何かの役目を終えたからなんじゃないかって……」

「役目？」

「学院の奥で、その役目はまだ果たされてなかった……。模写してすぐも、果たされていなくて……その次の日までの……たった一日の間に役目は、……果たされたんだよ」

ゴクリ……

「その間、この石板はどこにあって、誰が傍にいたのか……、その答えは、アッシュ君、君が一番よく知ってるよね」

それは……、僕の仕事場、専用の書斎にあって、傍にいたのは……僕だ。

「その役目が何か……。石板の中身を知ってる君なら、分かるんじゃないのかな？」

……それは、買い被りというものだよノール先生。僕にはさっぱりわからない……

あの石板は勇者を旅へと誘うスイッチみたいなもの。

その勇者は今頃王宮の奥で、王から依頼を受けているはず。そして準備が整い次第、仲間を集めに旅に出る。それは間違いないはず……。はずっ！

なら、ここに在る石板に何の意味と意義があるというのか……

「それからアッシュ君には……、これはお礼を言っておくべきなのかな。微妙だけど……君のおかげで僕の『造形模写』は……、『造形複製』になっちゃった……」

ふっ、複製って……、より凶悪になってるじゃん！

「Nの文字は？」

「……なくなっちゃった……」

ごっ、極悪……

ノールさんのスキルだけはこの屋敷から絶対！　絶対漏れないようにしなくては。

ちょっと留守にしている間に、まさかの重要機密が爆誕してしまった……

第四章

新緑の初夏へと季節は移り、公爵邸の裏庭に咲く小さな花々を太陽が明るく照らしている。

以前からは考えられないくらい賑やかになった公爵邸に、その日は朝から歓喜の声が響き渡った。

「やった！　遂に進化した！　私は為したのだ！　遂に私の『状態維持』が変化の時を迎えたのだ！」

「サーダ、何を大声出してるんだ。早朝なんだぞ。静かにしないか」

「これが大人しくしていられるものか！　どれほどこの時を待ちわびた事か！」

ピクッ！　厨房からサーダさんの雄たけびが聞こえる……

「ああ……、スキルの事か。それで？　どう進化したんだ」

「うむ、形状を変える事に成功したのだ。見ろ、このオレンジ色の粉状のものは、もとは人参だ」

なんだと！　ついにサーダさんが成し遂げたっていうのか!?　こうしちゃいられない！

僕は取るものもとりあえず厨房へと駆け付けた。

「あんまり大きな声だから、庭まで聞こえてきたよ。変化って聞こえたけど？　まさか……」

「そのまさかだ！」

僕とサーダさんの興奮っぷりに、奥からナッツも顔を出す。アレクシさんも含め、僕たち四人は歓喜と驚愕の中で新たなるスキルを堪能する。

テーブルの上に置かれた野菜や果実。その形状は……

個体から粉末へ、粉末から液体へ、液体からまた個体へ、次から次へと形を変え最後は液体となって差し出された。おおっ！　これはまさしく『状態変化』！　ついに念願のスムージーが……！

うん、濃厚で美味しい！

「シェフすご～い！　だけどノールさんに先を越されるなんて、悔し～ぃ」

「むっ！」

こらナッツ！　煽るんじゃありません！

「ちっとも悔しくないよ」

本気で悔しがるナッツに、僕は丁寧に言って聞かせた。

ノールさんの『造形模写』は、確かに特殊スキルだ。だけどノールさんは極力使わないようにしていたという。つまりあれは恐らくファーストスキル。だからこれが初めてのスキルアップだ。そこへいくとサーダさんのスキルは……多分最初は下位スキル『状態保存』で、サーダさんも知らない内にスキルアップして、上位スキル『状態維持』になってたんだろう。

「セカンドスキルからサードスキルになった。時間がかかって当然だよ。レベルは上がれば上がるほど、必要な経験値が膨大になってくんだから」

むしろよくこんな短期間で上げられたな……。すごいよ。脱帽だよ。さすが食の探究者！

「これは……使い勝手がいい。これでますます……ふふふ……ははは！」

「シェフかっこいい～！」

おっとお二人さん。甘いな。満足するのは早いんじゃない？

「最終ミッションがあるからね。これで終わったと思わないでよ」

「ほう？　つまり？」

食のクオリティを追求するうえで、避けて通れないのが雑味の除去！

「部分的に取り出したりとか切り離したりとか……どう思う？　例えば肉の筋の部分だけを取り分けるとか、煮込み中の灰汁だけを取り出すとか、えぐみの原因だけを取り除く、とか」

「なるほど！　そうか分かった！　まかせておけ！」

彼はなぜ挑戦し続けるのか、それは……、そこに料理があるから……である。

厨房を後にし、僕は興奮も冷めやらぬまま、でき立てのスムージーを持ってユーリを誘いロッジアへ出た。

リッターホルムの冬は寒さが厳しい、つまり夏はそこそこ涼しいという事でもある。こんな初夏の風が爽やかな日は外で朝食を摂るに限る。

毎朝作り続けたミルク粥はさすがにもう役目を終えた。裏庭の花々が増えるにつれ、水やり、雑草、花がら摘み、僕の行う朝の仕事も増えたからだ。

ユーリも身体が大きくなって、男らしさを意識するようになってきたのだろう、思いのほかすんなりそのお願いは聞き入れられた。

今朝の食事はでき立てホヤホヤのスムージー。ユーリは一体どこで覚えたのか、片側のグラスからストローを抜き取ると、もう片側のグラスに二本のストローを差し、僕の前にズイっと差し出した。

こ、これはいわゆる……。ま、まま、まったくもって問題ないな。う〜ん、冷やしたスムージーが美味しい……

そこへやってきたのは、麗しの執事ヴェストさんである。届いたばかりの手紙をトレイに載せて運んできたのだ。封を開けるとブッケ教授からの手紙で、そこには無事、指定されたセンター分けの黒髪が王家の命を受けたと書かれていた。ほっ……、これで一安心……

「この後は少しフォレストに行ってくる。ユーリも午後は仕事だよね。来季の計画を確認するんだっけ？」

「ああ。でもアフタヌーンティーまでには終わる。アッシュもそれまでには帰ってきて」

「分かった。なるべく早く戻る。今日はサーダさんとナッツが合作で新技を駆使して、チョコテリーヌをおやつに出してくれるらしいし。ユーリもきっと気に入るよ」

「ふふ、それは楽しみだ」

そんな風にして別れた日常の一コマの後、あんな事件が起こるとは……この時、誰が予期できただろう。

そう、この僕でさえも、この数刻後、何が起きるかなど分かるはずはなかったのだ……

◇◆◇

「アレクシ！　アッシュは戻ったのか！」

「いえ……それがまだ……」

「おかしい……もう夕刻だ。アフタヌーンティーには戻ると言ったのに！」

「ユーリウス様、まだ夕刻、そんなに心配なさらなくてもじきに戻られますよ、きっと」

「アッシュは私との約束は破らない！　何があろうと、どんなささいな約束だろうともだ！」

それは初めて会ったあの記念すべき夏の日から破られる事なく続いている。

オスモがくれたおじい様の懐中時計は、あれから常に胸ポケットの中だ。その針は既に夕刻を指している。

私たちのアフタヌーンティーが昼下がりを過ぎた事はない。まだわずかな時間しか過ぎていないが、どうしても違和感が拭えない。

「なぜ戻らない……。怪我でもして動けなくなっているのか？　アレクシ、敷地内に危険な場所はないか！」

「す、既に確認に出向いております」

聖約があろうがなかろうが、アッシュが私を嫌い出ていく事などあり得ない。彼はいつでもその愛情を余す事なく明確に伝えてくれる。

アッシュの造るレンガの小道の進む先には、彼との未来がある。

彼は何も言わず敷地を出たりはしない。おそらくは何かあったのだ。

とても落ち着いて待つ事などできそうにない。自分の顔が次第に険しさを増しているのが分かる。

だが、一瞬たりとも彼への信頼は揺るがない。

「具合でも悪くなったのか……あの冷たい飲み物がいけなかったのだろうか？」

「そんなはずは……。あれは私もいただきましたが、特に問題ありません」

違いない。彼と同じグラスで飲んだ私自身も体調に変化はない。

「ヴェスト、道を見失う脇道などはあったか？」

「道を外れて茂みを掻き分ければ、あるいは」

公爵邸の敷地は広い。十全なガーデナーを持たぬ敷地内には、放置されたまま伸びきった藪がところどころ残されている。

「ああ……アッシュ……」

その時、今は西門近くに居を構え、隠居生活を送るオスモが息を切らしてやってきた。見覚えのある青年をその傍らに引き連れて……

アレクシが声をかける。

「オスモどうしたんだ。おや？　その青年はあの時の……」

引き連れていたのは、体躯のいい一人の男。大公領へと保養に出かけたあの時、溜池で溺れていた子供たちの父親ではないか。私に怯み、その身を固くした子供の父親……

「その、彼が門の前をウロウロしておりまして……」

リッターホルムの領民たちは誰であってもここへは来ない。差配人さえ屋敷への訪問を拒むのが代々の習わしである。だから、領内の様々な報告はアレクシによって荘園の端にある共有地区にて行われるのだ。

屋敷を囲む塀と塀を繋ぐ四つの門を自分の意志で自ら越えたのはアッシュだけ。

「私の家に留め置こうとも考えたのですが……聞けば内容がアッシュ君の事でしたので、無礼かとは思いましたが連れてきたほうがよいと判断いたしました」

「アッシュの！　それはなんだ！」

オスモに与えた小さな家屋は敷地西の鋳造門近く、厩舎や御者の家などの建物が並ぶ一角にある。そこに住む御者一家は、亡くなった家令と同じく代々リッターホルムに仕える数少ない忠臣。何が起きようと決して逃げ出さず、この家の足を一手に担ってくれる、とても無口で朴訥な、だが信頼のおける父親と三人の息子たちだ。

そんな場所でこの男は一体何を？　領内を走る馬車にさえ近寄る事を嫌がる領民が、門前まで来たというのか。

「話してみなさい。公爵様は聞いてくださるようですよ」

「その……、今朝の事なんですが……」

男の名はケイン。大公領へと向かう際、アッシュが助けた子供の父親である。

男はこの公爵領の森林帯の近くの小さな空き小屋に住み着き、山野で狩りのまねごとをしながら暮らしているという。どうでもいい。興味も関心もない。私の心を占めるのは常にアッシュだけ。

その男が今朝、昨日の獲物を換金するため領都の解体屋へと出向いた際、薄暗い路地裏で不穏な会話を耳にしたと言う。それはかどわかしの計画だった。

何の力も持たない一平民が、普通なら決して関わりを持とうとは思わない厄介事だ。庶民にとって、危険とは防ぐものでなく避けるべきものなのだ。

「だけど……奴らが話していたその人相は……『茶色い髪に茶色い瞳の公爵の傍にいる小さな子供』だったんだ。茶色い目も茶色い髪も、そこいらにいくらでもいるさ。だけど……公爵様の傍にいる小さな子なんて……きっとあの子だけだ……」

男が話した内容に、部屋は緊張に包まれる。かどわかし……私のアッシュを？

「俺は……、あの時のあの子の言葉をずっと考えてた。そうだ……、俺たちは自分の暮らす領の事も、その、領主様の事も、なんにも分かっちゃいない。そんな俺でも分かってる事がある」

あの時のアッシュの言葉……。私を思い遣る、そして思い遣ってほしいと願う、その言葉。

「あの子は俺の息子を助けてくれた。そんであの子は、公爵様を大事に思ってる。公爵様が俺の息子を助けるよう言ったなんて信じちゃいない。公爵様はあん時……怖い顔をしてた。けど、あの子が公爵様を信じてるってんなら俺も信じるさ。あの子は恩人だ！」

怖い顔……、そうだろうとも。私は不快だった。ひどく不快だった。

あの時あの場所で、彼が人道に従い行動したのは分かっている。だがあの時、彼はその唇をあの子供に触れさせたのだ。唇と唇を合わせ……息を吹き込んだ。

それがどれほど不快だったか！

彼は言う。優しく繊細なユーリ、と。だが私の優しさはアッシュにのみ向けられるものだし、アッシュの言う私の繊細さとは、おそらく私の執着を指す。

この男はそれを敏感に察したのだろう。

「奴らは公爵邸の塀の下に穴を開けたって言ってやがった。それが昨日ついに貫通したって。なら早くなんとかしないとあの子が攫われる。なぁ公爵様、俺の話を信じてくれ！」

貫通……穴……、賊は敷地内に侵入したというのか！

「信じるさ……。ああ信じるとも……。そうだ……アッシュは戻っていない！　ケイン、よく来てくれた。オスモ、彼に謝礼を。アレクシっ！　ヴェストっ！　使用人を集めるんだ！」

「謝礼なんかいるもんか。あの子を助けてやってくれよ！」

……当然だ……。私のアッシュに指一本触れさせるものか。もしも危害が加えられたらその時は……、その時、私は……

ヴェストにより、使用人が集められた。そこには普段であれば決して書庫から出てこないエスターや片足のサーダ、そしてナッツまでもがいた。

アッシュがどれほど皆に慕われているか……、その事実がまたいっそう気持ちを曇らせる。

「いいか、外郭伝いに不審な穴を探すんだ。その穴は隠してあるかもしれない。草を掻き分け、決して見落とすな。分かったな！」

アレクシが指示を飛ばす。

「落ちているものがないかそれも一緒に探して！　何一つ見落とさないで！」

いつも静かなノールですら声を張り上げる。

アッシュ……ああ、アッシュ……。急がなくては。陽が沈めば……暗闇が全てを覆い隠す……

◇◆◇

「う、痛てて……」

ここはどこだろう……。後頭部がズキズキ痛む……。一体何が起きたんだ？

ただ一つ、はっきり分かるのは、僕が拉致られたと言う事実。

「殴られたのか……。打ち所が悪かったらどうするんだ！　うっ、イタ、響く……」

あの時……、ユーリと別れた僕は《シーズニングフォレスト》へとやってきた。あの風評騒動の後、減反した塩生植物の代わりに畑を埋めた、生姜の様子を見るために。

《シーズニングフォレスト》の一帯は、二つの囲いと鍵で厳重に管理されている。ここは重要機密がいっぱいなのだ。出入りができるのは、僕とユーリと上級使用人、そして箝口《かんこう》スキルを施された者たちだけ。

手前の囲いはいわゆるフェンスで、普通に鍵を開けて出入りする。その奥はある種の生体認証で管理している。僕のスキルを駆使し、一面緑の壁で覆いつくすこの内部では、特に重要な植物、絶対に見せられないカカオやなんかを育てている。

僕は決して油断はしない。いつ何時も、転ばぬ先には杖が要る。用心はしすぎて困る事などないのだ。これこそが現代人の防犯意識。の、はずだったのに……この有様、情けない……

見回りを終え、緑の壁を作り、フェンスを開け、鍵をかけて振り向こうとしたその瞬間、……ブラックアウトしたのだ……。くそっ！　なんて事だ。

ここはどこかの空き家か？　こんな小屋、敷地内にあったか？　いいや、ない。なら……はぁ……敷地の外か……。それにしても誰が？　一体なんのために？　乱暴者め！

ともかくなんとかしなければ。いつまでもここにはいられない。僕の姿が見えないとなったら、きっとユーリは心を乱す。

駄目だ……、痛む頭がその恐ろしい光景を拒む……

何があろうと、僕がユーリの心を乱すなんて事、あっちゃならないんだ！

しかしこんな簡単に手足を縛って終わりとは、……しかも手が前だと？　子供だと思って舐めてんのか？　馬鹿め、こういう時は裸にひん剥いて芋虫みたいにするんだよっ！　古今東西のバイオレンス物を知らないのか！

いや、がっちり縛られても困るけど……、とにかくこれは不幸中の幸い。この手足の縄さえなんとかできれば……

子供だと思って侮った事、後悔するがいいっ！

足元の縄の結び目にそっと蔓性植物を生やしてみる。いつか見た『覚えて損のないライフハック十五選』で見た、クリップを使って固く結んだロープや紐を解く方法の応用だ。ここにクリップはないけど、硬い蔦なら代わりになるんじゃないかと、僕はそう考えたのだ。

上手く通した蔓の両端を握りしめたら……引っ張る！

んぎぃぃぃ！　おおっ！　緩んだ……す、すごいなライフハック……。さて、お次は手か。今度は歯で……んぐぅぅ！　よっしゃ！　そうしたらこの縄を……バレないように、こうして……これでよし……

それにしても……密室か。出入口は一つ。鍵のかかった扉と窓のない部屋。……仕方ない。犯人が来るまで待つしかないか……

そうなるとタイミングが問題だ。いけるか？　いけるのか？　やるしかないのか？

そうだ！　やるしかないんだ！

今は一体何時だろう。きっとアフタヌーンティーの時刻は過ぎている。ユーリは心配してるだろうか……。不安になったりしていないだろうか……

ユーリ、信じて。僕はユーリを独り置いて、どこかに行ったりしないから。

僕は……、僕は……、ユーリの元に帰るんだ！

「おっ、小僧、目が覚めたか。悪く思うなよ。これもおじさんたちのお仕事なんでね」

どれほど放置されたのか。ようやく姿を現したのは、見るからに悪党面した男が二人。テンプレモブめ！

「お前たちは誰だ！　僕をどうするつもりだ！」

テンプレにはテンプレで返してみる。様式美って大切だよね。

「可愛い声してんじゃねぇか。どら、顔もよく見せてみろ」

「触んなっ！　なんだってこんな事するんだ！」

あごクイだと？　それをしていいのは庭仕事を終えた僕の汗を拭くユーリだけだ！

「威勢がいいねぇ。これなら奴隷商にも高く売れるな。労働奴隷になるのか愛玩奴隷になるかは知らねぇが、まぁどっちに転んでもろくな事にはならねぇな。お前、何やって伯爵の怒りを買ったんだ？　こんなちいせぇ子供を攫って売り飛ばせとは、よほどの事をしたんだな？　ばかな小僧だぜ、まったく」

伯爵……？　そうか、お前か……。マテアス……お前なんだな！　次から次へと性懲りもなく……、しつこいなっ！

「っ、って、来るな！　こっち来るなってば！　あっ！」

僕のお気に入りがっ！　母さんが縫ってくれた刺繍入りのシャツがっ！　二枚目だよこれで……。よくも破ったな！

「身体見せてみろ。なかなかいい肌してんじゃねぇか。こりゃ愛玩奴隷だな。どーれ味見だ」

うげ！　舐められた……

「く、臭い！　キモイ！　汚いっ！」

「なんだとこのガキ！　子供だと思って優しくしてりゃあ！」

思いっきり殴られた僕は勢い余って床に転がる。いったいな！

「っ……うぅ……」

「おい！　顔に傷つけんじゃねぇ！　売りもんだって分かってんのか！」

「すまねぇ兄貴……」

こっちが兄貴か……。間抜けそうなもう一人と違って、隙がない。

「余計な事やってない、で黙って連れてけっ！　夜の間に関所を抜けるぞ、とっととこんな不気味な土地からはおさらばだ！」

「わ、分かったってての……。ちっ！　大人しくしてろ！」

「ぐ！　ぅっ……」

おまけの蹴り一発……。クソ……父親《おやじ》にも殴られた事ないのに……。覚えてろよ……絶対仕返ししてやるからな……

「そのガキは馬の背に乗せろ！　おいっ！　こいつの畑から盗ってきた胡椒はどうした！」

「あ、兄貴が持ってきたんじゃねぇのかよ」

「馬鹿野郎！　あれは高く売れるんだ！　早く持ってこい！」

しめたっ！　敵が一人になった今こそ絶好のチャンスっ！　パラリとな……

「ちっ、使えねぇ……。ったく、グズが……、って、おい！　お前、縄はどうした！」

ふっ、あれは見せかけだ！　僕が何のためにロープマジックを覚えたと思ってるんだ！　そう、それはまさにこの時のためだ！　嘘だけどっ！　とにかく逃げろっ！

「馬鹿め！　子供の足で逃げられると思うのか！」

背後から魔の手が伸びる。だが僕には、前世で猛特訓した『子供でもできる護身術』がある。

基本その一！　背後から抱え込まれた腕をホールドし、すかさず全体重をかけて踵で足の甲を潰すべし！

「うおぉ！」

基本その二っ！　相手が怯んだところを時計回りにひねって、その肘で金的！　正直こんなの肘でも嫌だけど力の限り！　ああっ！　キモイっ！

「ぎゃぁぁー！　ぐぅぅぅ……、こっ、この野郎！　おいっ！　早く追え！　追うんだ！」

クソっ！　弟分が戻ってきた！　でも隙のない兄貴の方さえ動けなきゃ勝機はある！

「待ちやがれっ！」

肩を掴まれたってへっちゃらだ！　ミニマムにはミニマムの戦いがあるっ！　しゃがめば楽勝！

ぬぉっ！　くっ、首かっ！　その位置関係は盲点だった。苦しっ、仕方ない。

基本その三！　親指を握りしめ、曲がっちゃいけない方向に……うぅ……こ、こわい……けどこれもユーリのため！　ええい！

ボキッ！

「うわぁぁぁ！　このガキぃ！」

「首舐めたお礼だっ！　馬鹿め！」

急げ！　走れ！　体力なら今世は多少自信があるんだ！　農家の子なめんな！

それにしてもどこだよここ！　四方八方レンガ造りでどこまで行っても景色が同じ、くっそ、領都の事調べとけばよかった。だいたい暗いっ！　ああっ！　ネオンが恋しいっ！

いくつかの極々細い路地は、僕と奴らを引き離す迷路としてお役立ちだが、それだって一時しのぎ。公爵邸にはどうやって帰る？

はっ！　リッターホルムのあの《朽ちた神殿跡》！　あの地下道は領都の倉庫街、レンガ造りの暗い路地裏の空き倉庫に続いてたはず！　……そうだ！　あれは松明を持った領民に囲まれた時の……毒公爵の抜け道！

思い出せ！　思い出すんだ！　……目印、目印はなんだ！　目印は……、初代様の顔だ‼

うろ覚えの描写を頼りに、なんとか倉庫街までたどり着く。

奴らに見つかりかけた最大の危機も、建物と建物のスキマに身体を入れて上手く逃れた。悔しいけど、自分の小柄さを初めて神に感謝した。

「ここだ！　初代様だ！　なんだよもう、鍵がっ！」

駄目だ！　さすが公爵家の頑丈な鍵、造りが違う！　悠長に『鍵師七日間養成講座』を駆使して鍵を開けてる暇はないっ！　どうするか？　……あの天窓、キョロ……奴らは来ていない……

「『種子創造』」

上まで伸びた蔦をロープ代わりにクライミングの真似事とは……、うぅ、タピオ兄さんのスパルタ教育に感謝だ……

窓枠に手をかけ、奴らが登ってこれないようさっさと蔦を引き上げる。そしてその蔦をグルグル巻きにして、気休めとはいえ保護した拳で……うう……いつかのデジャブだ。

でえいっ！　くそっ、硬い！　もういっちょ！

「割れた！」

って、うわぁっ！　勢いでバランスが！

「しゅ、『種子創造』」

身体が床に打ち付けられる。とっさに緑のクッションを作ったとはいえ、それでもかなりの衝撃があった。

「いったぁ……イタイ……うぅ……痛すぎる……。いや！　それどころじゃない！」

きょろきょろと倉庫の中を見渡す。雑多なその場所は使われた形跡がない。きっとここは見せかけの倉庫。地下通路の出入り口を隠すための、あの荷物もこの荷物もただのオブジェだ。

……オブジェにしては本物の美術品みたいだけど……

「さすが公爵家。オブジェでも手は抜かないか。古書もある……エスターが喜ぶ、ん？　これは……」

うっかり倉庫内に気を取られた僕の耳に、今一番聞きたくない声が届けられる。

――こっちだ！　こっちの方でガラスの割れる音がした！　――

やばい。こんな事してる場合じゃない。急がなくっちゃ！

コンコン、コンコン、コンコン、ドンッ！

音が変わった、ここか。さてこれどうす……この扉……神殿跡の入り口と同じか？　なら、これをこうしてこうやって、ここにこれを嵌めてこうすればっと。

カチリ。

「開いた……」

待っててユーリ！　今すぐ帰るよ、君の元へ！　君が膝を抱えて泣き出す前に。

◇◆◇

アッシュの名を呼びながら髪を振り乱し、最愛を探し求める私の姿に、通いのボーイたちも、そしてあの男ケインもチラチラと視線を寄越す。

だが、何を言われようが何を思われようが構うものか！　アッシュさえ、彼さえこの手に戻れば……、それ以外の事など全てが些事だ。

「こっちです。ユーリウス様、ここ一帯は草の立ち上がり方が乱れています」

「丈の高い草に隠れて穴があった！　賊はここから侵入したんだ！」

ヴェストのスキル、『空間認識』は閉ざされた場所でこそ効果を発揮する。囲いなく放たれた屋外では本来の効果は発揮できない。それでもいち早くその変化に気づく事ができたのはアッシュを思えばこそなのだろう。

私とは似て非なる感情ではあるが、彼はアッシュに敬愛を抱いている。自分自身を理解できる者だと。彼もまたアッシュを失えばその喪失感は計り知れないだろう。彼の胸を占める恩義は私にとって幸いだった。

ヴェストが告げる。草の沈み方、倒れ方、開けられた穴と方角の関係性。

「つまり賊は、こちらから入り、そしてあちらに向かって……重量を増して逃げていったのです」

「あちら……、つまり領都の方角か……」

「増した……子供一人分の体重の事だね……」

掘られた穴を中心に、捜索はなおも続く。関所の封鎖を申し付けたオスモは御者、そして私に光明を与えた男とともに領都へ向けて馬車を出す。

自ら出向けないこの身が歯痒い。だが私が出向けば、この怒りに満ちた私を見れば……、領民は話を聞くより先に隠れてしまう。任せるより仕方ない……

私の焦燥が深まり始めたその時、脚の悪いサーダとともに、塀の内側で探っていたベイカーのナッツが穴から顔を出し、戸惑いながらも皆を呼んだ。

「みんなこっち！　中に来て！　なんか……おかしな感じがする」

捜索に集められたボーイたちにその場をまかせ、私と上級使用人はナッツの言う異常を確認するため塀の内部へと移動する。

「どうしたナッツ。おかしな感じとはどういう事だ？」

アレクシの問いにナッツが答える。

「よ、よく分かんないけど、土の中に感じる質量がなんか不安定で……、き、気のせいかも……」

ナッツもスキルを行使している。『計量』のスキルがどう役に立つかも分からなかっただろうに。

だが、何かしないではいられないのは彼も同じなのだ。

「ああ、確かにします。そう……地面からかすかに異変を感じます」

「異変だと？」

ナッツの感覚をヴェストが補う。誰にも届かない地中深くからの振動……。地面の、そのほんのわずかな変化を彼のスキルは認識する。

「さっきからヴェストのスキルが冴えっぱなしだ。ヴェスト、どこへ向かっているか分からないかい？」

「異変は移動しています。こちらです」

皆がヴェストの後に続く。今日ほど彼の空間認識をありがたいと思った事はない。一刻も早くアッシュの安全を確かめなければ。

「ヴェスト、他には何に気づいた？」

彼が認識したのは足元からの振動、耳に届く葉擦れの音、ほんのわずかに感じる空気の動き。どこかに空気の通り道がある。そこから届けられるかすかな音。人の足音。

「一、二、……そして三。三人……歩幅の大きいものが二つ、小さな歩幅が一つ……。小さな歩幅を、大きな歩幅が……追っている。急ぎましょう。アッシュ様を二人の人間が追いかけているようです」

「追いかけ……、ならばヴェスト、今アッシュは捕まってはいないのだな？」

「おそらくは」

彼は一度ここから連れ去られた。それはあの現状を見れば間違いない。

どうやってその手を逃れ、どうやってここまで戻ったのか……。だが肝心なのは、アッシュが今追手から逃げていて、あの小さな子供の足では、またいつ捕まるか分からないという事。

「さすがアッシュ君だ。逃げ出したのか」

アレクシは安堵の声を上げる。

「一体どうやって……。そんなのは後だね。早く行こう！」

ノールは疑問を口にしたが、首を横に振って足を動かす。

脱出方法など、後からいくらでも、アッシュ本人に聞けばいい。無事に助け出したその後、元気な彼の口から直接聞くのだ。

右に左に、時に草むらを掻き分け、どれくらい歩いただろうか…かなりの時間をかけ、未整備の枯れ木が覆いつくす荒廃林の中の一角……、荒れ果て、乱雑に石の転がるその場所へたどり着く。

すると、そこにあったのは開け放たれた地下へと続く扉、踏みつぶされた草木、そして争ったであろういくつもの足跡。

「ここは……あの時の《朽ちた神殿跡》……。そうか……あの地下通路を使って……。ならばあれは一体どれほど広がっているんだ……」

「父が案内されたと言う……ここが……」

その時、さらにその林の奥からかすかな争う声が聞こえた。その場にいた全員がハッとする。

「ユーリウス様！　あちらの方です！　お早く！」

アレクシが叫び、皆が一斉に駆け出す。その先頭にいるのはもちろん私だ。

アッシュ今行く！　ああ、間に合ってくれ！

◇◆◇

公爵邸に向かって、暗い地下道を必死に走る。息も切れ、全身は汗でびっしょりだ。

決して快適とはいえない暗い空間には、僕の足音だけが響いている。もうどれくらい走っただろう……数時間は走った気がする。身体中が痛い。そして体内時計はお腹の限界を告げている。

あの倉庫は見つかってしまっただろうか？　地下への扉は閉めてきたけど、内側からでは十分に隠せてはいないだろう。初代様の鍵が守るあの頑強な扉を、奴らに破る手立てがあるのだろうか？

でもそうか、ガラスを割る音で見つかったか……。そりゃそうだ。こんな真夜中にあんな音……、目立つに決まってる。

運良く……、この暗闇が割れた天窓を隠してくれたりは……しないだろうなぁ……。今日は月も星も……燦然と輝いていた。

とにかく早く公爵邸の敷地に戻るんだ！　そうすれば誰かが助けに、いや最悪、敷地の中でならこのスキルを使ったっていい！　なんとかできる！

しかし……、分岐が多いな。迷い込んだ者を惑わそうとしているのか。小説を知ってる僕だって目印がなければ難しかった。

あの日教授が魔剣を持ち上げた後、僕はそこに、目印として一本の苗を生やしたのだ。紫の小花が可愛くも、その繁殖力が厄介なシソ科のアジュガ。暗闇でも迷わずあの場所へと行けるように。

転ばぬ先の杖だったんだけど……、ほらね、必要だったろう？

僕のスキルはそのアジュガを爆発的に繁殖させる。花は魔剣のあった場所から今僕のいるスキルの発信元へとまっすぐに繁殖し、その紫の花を目印にして僕をあの場所へと導いている。

ユーリの瞳と同じ、紫の目印……。僕はユーリの瞳へとまっすぐに戻る！

――……足音だ！　こっちだ！　――

ああっ、もうっ！　この殿下が、あともう二十センチ長ければっ！

リーチの違う大人の足に子供の足では敵わず、あっという間にその距離は声の届く範囲まで縮められる。

だけどどうして？　なぜ奴らは分岐で迷わない？　さては盗掘系スキルか！　悪党め！

その時、ようやく魔剣のあった祭壇が視界に入った。やった！　ここまでくればあと少しのはず。

時間にしたらあと三十分の道のり。

あと三十分。まだ三十分……。追いかけっこはまだまだ続く……

「いたぞ！　小僧だ！」

「階段を上っていくぞ！　ひっ捕まえて引きずり落とせ！」

くそっ！　追い付かれた！

でももうすぐそこが地上だ！　この扉さえ開ければもう……。開いたっ！　って、足がっ！

「捕まえたぞ！」

「離せ！　くっそ、痛いよっ！　離せってば！」

闇雲に足を動かす。何発かは顔面に当たったようだ。ざまあみろ！

「足癖が悪い小僧だ、うおっと、ちっ！　靴か！」

蹴り飛ばしてる間に、僕の靴は奴の手と一緒に滑り抜けた。脱げやすい靴で助かった。よし地上だ、急げ！

はぁっはぁっはぁっ……

いつの間にかもう夜明けか……。屋敷までが遠い……。でもあと少しで林を抜けるはず。誰か……誰か来ないか、あっ！

襟首をつかまれ、力任せに引き倒される。なんて軽い身体。不甲斐ない。

「観念しやがれ！　手こずらせやがって！」

奴らは僕が売り物だという事すら忘れて怒り狂っている。これだから野蛮人は！

「……っつ！　子供相手に二人がかりで……汚いぞ！　大人の風上にも置けない奴らだなっ！」

「うるせぇ！　二度と生意気な口きけなくしてやる！」

「ゲホッ！」

くっそぅ……、脚癖が悪いのはお前らじゃないか！　さっきからドカドカと……僕はサッカーボールじゃないんだからなっ！　けどどうやって屋敷に戻る？　僕は黙って言いなりになんか……

その時、視線の先に枯れたタモの木があるのに気が付いた。幹には蔦が絡みつき、本体から陽《えいよう》の光を奪っている……そうかっ！　ここは既に僕のテリトリーだ。ならば……

「やれるもんならやってみろ！　『種子創造』」

一気に伸びた緑のそれは……蔓性植物、スイカズラだ！

「うわぁ！　なんだこりゃ！」

「畜生！　絡みついて離れねぇ！」

足元から生やしたスイカズラの蔓は、愚かな奴らを支柱代わりにあっという間に成長する。

腕も、足も、顔さえも、その丈夫な蔓に全て巻きつかれて……、作品名、緑の監獄。これでどうだ！　身動きできまいっ！

このスキルを知られたからにはもう生かしては帰せない。おっと、これは悪役の台詞……、間違えた。

と、とりあえずこれでひとまず安心……。休憩……、疲れた……。身体中が痛くてもう一歩も歩けない……。だけど、誰かを呼んでこなくちゃ……。誰かを……、誰を？

「アッシュ君！」

「アッシュ！」

「アッシュ様！」

「みっ、みんなっ！」

そこに飛び込んできたのは会いたくて会いたくて心が震えたいつもの皆。そして……

「アーッシュ！」

「ユーリ!!」

会いたかった……どれほど顔を見たかったか……ユーリ……

その場に現れたユーリと、心配そうな顔で僕に駆け寄る屋敷の面々に、なぜここに？　とか、どうやってここが？　とか、聞きたい事はいっぱいあるけど、そんな事よりユーリ！

腕を取られて引き寄せられるより先に、自らその胸にダイビング。力が入らない……。もう指一本動かせない……

「ああ……アッシュ……無事で……無事でよかった……」

「無事だよ……。心配かけちゃった？　ごめんね……。でもちゃんと帰ってきたよ。迎えに来てくれたの？　会いたかった……ユーリ……ユーリ……」

ユーリと抱き合う僕に上着をかけながらアレクシさんが問う。

「アッシュ君大丈夫か？　こいつらは誰なんだ？」

言いたかない。ユーリには聞かせたくない。けどこの場合どうしようもない。

「……僕を攫いにきた。奴隷商に売ろうとしてたみたい。……マテアスの命令で……」

マテアス……、口にするのも不愉快なその名前……。何がどうしてどうなって、どんな流れで僕を攫おうと思ったのか……。ユーリはその名前、そして奴隷と聞いて、……忌々し気に顔を歪めた。

「奴隷商……？」

「愛玩奴隷とかって……。いくら僕がキュートだからってありえないよ。ああもう疲れた……早く連れて帰ってユーリ。もう歩けない……」

あいつらは緑の緊縛で逃げられない。どうするかは連れて帰ってから考えればいい。とにかく一回帰りたい……。ああだけど……

一晩中逃げ回ってた僕を一晩中探し回って心配し続けていたユーリの心情を考えたら、こうなるのは必然といえば必然……

「アッシュ！　この腕の傷は⁉」

「あ……ちょっと、ガ、ガラスで……」

「……靴、靴はどうした？　裸足で逃げてきたのか！」

「逃げてる途中で脱げた……って、わぁ！」

「足の裏……切れてるじゃないかこんなに……、なんだ！　この足首の手形は！」

身体中を確認しながら、僕のひどい有様を発見するたびユーリの表情が強張っていく。そしてユーリの纏う空気はどんどん不穏な影を増していく。嫌な予感……

「一晩中走ってきたんだ……、ねぇ、早く帰ろうよ……、ユーリ？」

「ユーリウス様。アッシュ君をこちらへ。連れて帰って一刻も早く手当てを……」

僕の予感とほぼ同時にヴェストさんも認識したようだ。そう。マズイって……

「アッシュこの痣は？　……ここも、ここも、ここにも……、ああ、頬がこんなにも腫れて……、こいつらがやったのか……」

嫌な予感は確信へと変わっていく。ユーリをこのままにしてはいけない。僕の中のアラートがさっきから鳴りっぱなしで、頭がガンガンする……

「そ、それは……、半分は天窓から落ちた時の……、そのっ、あいつらに何かされた怪我だけじゃ、……ユーリ……？」

ユーリの瞳に憤怒の火が灯る。

「同じ事だ！　よくも……、よくも私のアッシュをこんな目に……」

「もう行こうよ！　ユーリ！　行こうってば！」

「ユーリウス様。お願いです、彼を私に……」

焦る僕を見て、アレクシさんもこの先の展開に気がついたようだ。

「下がれアレクシ！　アッシュ……破れたこのシャツは誰がやった……何をされたっ！」

「そっ、それは……」

「ユ、ユーリウス様！」

「私の最愛に何をした!!」

僕の声も、アレクシさんの声も、どんどん怒りの色を濃くしていくユーリにはもう……届かない！

「私からアッシュを奪おうとする者など……この世には不要だ!!」

一瞬にして湧き出て、ユーリを包んだオーラは僕とアレクシさん、ヴェストさんですら怯ませる。

「消えろっ……、跡形もなく消えてしまえっ！」

「お願いユーリ！　そいつらは放っておいて！　後で僕が何とかするからっ！」

「ユ、ユーリウス様！　お止めください！」

「目の前の存在が何であるか……、それすら分からぬ愚か者など消え去るがいい!!」

こ、これは……！　ＷＥＢ小説で何度も読んだ【毒公爵】の台詞！　ああ、こんな形で聞きたくはなかった！

口から吐き出されるどす黒い、悍ましさを感じさせる気体。これが、……これが毒素なのかっ！

ほとんど悲鳴のようにいくら懇願しても、ユーリの視線は監獄に捕らわれた二人の男を憎々しげに射すくめたまま、決して逸れる事はない。

「ユーリ、ユーリ！　やめて！　駄目っ！　毒素を撒かないで！」

「……っ……」

ああ駄目だ！　今のユーリに理性はない！　だって毒素を出すのは自分の意思じゃないって言ってたじゃないか！　じゃぁ今は正気じゃないって事？　怒りのあまり意識が飛んだって事⁉

どれほどユーリの名を呼んでも、今のユーリには届かない。どれほどその背中にしがみついても軽い僕の身体なんて……ズルズルとユーリの前進に引きずられるだけ。

「ユーリっ！　ユーリっ！　しっかりして！　やめて！　コントロールして！」

「ユーリウス様！　お願いです！」

アレクシさんは既に眩暈で膝をついている。ユーリにはその姿さえ、もう目に入っていない。

「駄目です！　アッシュ様、お離れください！」

「アレクシ！　アッシュ君！　その気体を吸っちゃだめだ！」

毒素の危険性を認識したんだろう。珍しくヴェストさんが焦った声を上げる。その気体を初めて見るはずのノールさんにもそのヤバさは一目で伝わったようだ。

ユーリとユーリにしがみつく僕から距離を取るよう、アレクシさんを引っ張っていく。

「アッシュ君、一緒に来るんだ！　致死毒でないとはいえ、その距離で吸ったらただでは済まない！」

「お願い、アッシュ君来て！」

それは分かってる！　ユーリの毒素は吸収されると、物質を腐食させる。だから草木は枯れたし、地面は変質した。あのカルロッタさんの部屋も、床板は傷みギシギシと音を立て、危険だからと今は立ち入り禁止になっている。吸収の遅い金属系は免れたけど、木製の家具は全て焼却された。それを吸ったらきっと内臓は……

分かってる！　だからってこのままにはできない。できないんだよアレクシさん！

「アレクシさんは先に行って！　僕はユーリを放ってはいけないっ！　それにっ！」

「アッシュ！　言いたい事は分かるがこっちに来るんだっ！」

あのエスターまでもが僕を引き戻そうと声を張り上げる。それでも今僕たちがいる場所までは近づけないでいる。僕は渾身の力でしがみつくが、所詮焼け石に水だ。ああっ！　どうすればいい？

「ダメだ！　ユーリに彼らを傷つけさせちゃ駄目なんだ！」

ユーリの異様な気配を感じとった奴らが、さっきまでの威勢はどこへ、見苦しい声を張り上げる。

「う、うぁぁぁ！　来るな！　何をする気だ！」

「ひぃっ！　服が腐ったっ！　止めろ、止めてくれ！」

ユーリの本質はとても優しい……。多分きっと。そうだったはず。

【毒公爵】はその毒で、人を傷つけ苦しめるたび心を痛め、挙句の果てに闇落ちしたのだ。人々からの憎悪や恐怖の要因となるのは、己の毒が積み上げた人々の骸だ。

その事実に何度も何度もその心は闇に落ち……、そしてとうとう……彼は深淵の王になったのだ……。その国に住む住人など一人もいないというのに……

ユーリの毒を、毒素を、人を傷つける事に使っては駄目だ！　それは負の連鎖の始まり！

「頼む！　俺たちが悪かった！　なんでもする！　謝るから助けてくれ！」

浅はかな悪党たちはみっともなく命乞いをする。だが時既に遅しだ。

「ユーリっ！　僕の目を見て！　僕の声を聞いて！　ユーリっ！」

「アッシュ君！　毒素の量が増えてる！　もうダメ！　お願いっ！　こっちに来て！」

ナッツ、なんだ滑舌よく話せるじゃないか、ああ、横にはサーダさんの姿も……サーダさん……そうか！

「く、草が溶けた、今だ！　逃げるぞっ、ぎゃぁぁ！　沈む！」

「うぁぁ、地面が！　地面が溶けた！　足が抜けない！」

奴らの足が泥に埋まっていく……。地面の腐食が始まったんだ！　もうこれ以上は待てないっ！

「サーダさん！　あれをっ!!」

眼を見開いたサーダさんをロクに確認もせず、ユーリに向き合う。信じてるよサーダさん。以心伝心だって！

僕はユーリのその頬を両手で、逃げられないようしっかりとと掴み口を塞ぐと、今度はその首に腕を回して絶対離れないよう固定した！

「そうかっ！　『状態変化』」

「んっ、ん、んー、んんー」

正気に戻ってきたのか……ユーリが僕から逃げようともがいている。自分でも驚きだ。こんな力が出るなんて。これが火事場の馬鹿力か……

だけど逃がさないよユーリ。君がその毒素を吐くのをやめない限り、僕は何があろうと離れない。ほら、早く止めないと。いくら致死毒じゃないって言ったって、さすがの僕も内臓腐って死んじゃうよ？　いいの？　我を忘れるくらい大事な僕なんでしょ？　死んじゃうよ？　……死んじゃうから……ねぇ……早く止めようか。お願い、止めてください。

僕が何で口を塞いだかって？　想像にお任せします……

「アッシュ君！　やっ、止めるんだ！」

「アッシュ君！　ああ……」

「アッシュ、きみ……」

色んな声が聞こえる。これは……アレクシさん、ノールさん、そしてエスターか。

んんん……ユーリの毒素が弱まってきた……んん……ん……、息が苦しい……

がんばれ僕。鼻だ、鼻で息をするんだ……って、途中までしか読めなかった『秘密のハウツー本』に書いてあった……。なんのハウツー本かは、あえて言わないけど……

ああだけど、ついにユーリが僕を引き剥がした。それはもう、力任せに……

「んー！　んんっ、ぷはっ！　な、なんて事をするんだアッシュ！　馬鹿な真似を！　身体は!?

毒素は吸ったのか！　ああ……アッシュ……」

馬鹿な真似って……自分で毒素を吐いておいて、なんて言い草……。けどよかった。ユーリの毒素は止まったようだ。

ヴェストさんが奴らを捕縛しに向かったのが目の端に入る。さすが、優秀な執事は抜かりがない。

「アッシュ……口もきけないほど苦しいのか……？　ああ、どうしたら……」

こんなに焦るくらいなら、毒素を吐かなきゃいいのに……。ユーリ、後悔は先に立たないんだよ。人生最大の後悔を知ってる僕が言うと、説得力も増し増しだ。まぁでも。

「……んべ」

べーした僕の舌の上には、どす黒い……大きめの飴玉が二つ。舐める気にはなれないけどね……

コロリ……

手のひらに転がされたその丸い物体を、ユーリも、そして遠巻きに見ているアレクシさんたちまでもが驚きに目を見開き凝視している。

「アッシュ……それは……」

「ユーリの毒素。サーダさんのスキルで固形化した」

騒動の直前にスキルアップしたばかりのサーダさんの新技、それが『状態変化』。このタイミングでこれが完成していた事実を神に感謝せずにはいられない……

「気体から固体に……。通じてよかったよ、サーダさんに。変化が液体とか粉末だったら飲んじゃってた。まぁ間に合わなかった気体、ちょっぴり吸ったけど……」

そうなのである。そこには多少のタイムラグがある。

「そうか……。アッシュ……ああ、私はなんて事を。もう少しで取り返しのつかない事に……」

「気にしないで。これは自分でしたんだし。それより……」

「それより？」

「実は全く平気じゃない。もう倒れてもいいかな？」

ユーリの返事を待つ事もできず……、僕は意識を手放した。これ……二回目だなぁ……なんて呑気に考えながら……


いつもの目覚め、……とはいかないな。鉛のように身体が重い。まぶたすらまるで完徹した翌朝のようだ。

「まぶたが……、アレクシ！　まぶたが動いた！　アッシュ！　アッシュ……、気がついた、のか……？」

「ぅ……ユーリ？」

ユーリの焦った声が聞こえるのに、声がかすれてまともに話せない。唇も恐ろしいほどカサカサだ。

「アッシュ君動かないで！　二日間も眠り続けてたんだ。いいかい？　そのまま横に……そう」

目覚めた僕の周りには、ユーリにアレクシさん、それにノールさんにナッツ、なんとエスターまでがいた。

二日間だって？　人ってそんなに眠れるのか……。僕は深く短く眠るタイプなんだけどな。……どれほど身体を酷使したかわかるってものだ……。それにしても……

「……なんか……全身が痛い……。中も外も……」

痛くないところがない……

「アッシュ、ほらこれを持って。水が入った吸い飲みだ。喉が渇いただろう？」

水をこれほど美味しいと感じた事が今までの人生にあっただろうか。

硬水から軟水まで、ありとあらゆる世界のミネラルウォーターを飲んできた僕だけど、この水が一番美味しいと感じる……。ああ、染みる……

「ひどいものだ。全身の打撲に手足の切傷、擦過傷、歯も一本折れていたけど、子供の歯で幸いだったね……。アッシュ、君気づいてないだろうけど肋骨にヒビが入ってたみたいだよ。何されたって？　本当にどうやって逃げ出してきたんだい？　驚くべき胆力だ。けどまぁ……、無事でよかった」

エスターが珍しく神妙な顔で、医師の置いていった傷の一覧を読み上げる……。肋骨ヒビいっちゃってたか……。どの蹴りだろう。どうりで痛いと思った。子供の歯って……まだ残ってたのか……。ウソだろ？

打撲は多分落下の分も混ざってる。でも、緑のクッションがなかったらこんなものじゃ済まなかっただろうなぁ……。あの倉庫、ただの目くらましの癖に、三階建てくらいの高さはあった。打撲で済んだならもうけものだ……。充分悲惨だけど……

「ヒビは蹴られて……それから天窓から落ちた……。打撲はあいつらの仕業だけじゃないよ。最初は気を失ってたし……、その間は縛られて転がってたから比較的マシな……」

ちょっと待て自分！　言葉のチョイスを間違えるとユーリがまた……

「その、売り物だから丁寧にとかって。あっ、ユーリっ、そのっ、ちがっ、大丈夫だからっ」

これ墓穴ー！

「分かっているアッシュ。もう暴走はしない。君の頬の腫れを見るだけで憎々しい気持ちにはなるが……、これ以上君を弱らせる訳にはいかない……。中が痛いというのは腑の事だろう？　お腹が痛むのかい？……本当にすまなかった……私が感情的になったばかりに……」

「あー、あー、そのっ、あいつらっ、あいつらどうなった？　ヴェストさんが捕まえてたけど……？見ものだったでしょ？　緑の監獄。あいつらどうしたの？」

意気消沈したユーリは僕の母性本能を鷲掴み。そんな本能が僕にあるかは知らないけど……でもそんな顔を見るために戻ってきたんじゃない。僕はいつだってユーリの笑顔が見たいんだ。

ねぇ……笑って？

「賊はまだ地下牢に捕らえてある」

「ゴホゴホ、ウェッホ、地下牢……？　そんなものこの屋敷にあったっけ？」

「アッシュ君、君が逃げ出すのに使った地下道には、分岐したいくつもの道とその先には部屋が……、いくつもの牢があったんだ」

アレクシさんが教えてくれる。ヴェストさんのスキルで検分して徹底的にマッピングしたんだと。

「そうか、君もそこまでは知らなかったのか……」

「知らなかったよ！」

公爵邸に入り込んだ勇者の仲間であるひげ面のドワーフを牢に閉じ込める描写は……確かにあった。あったけど……、あそこだったのか！

それにしても、あの長く広い地下道をマッピングしたのか。大変だっただろうに……すごいな。

「ヴェストの『空間認識』はこの捜索中により研ぎ澄まされた」

「ああ、実に助かったよ……」

上級使用人たちの特殊スキルには……日々驚かされるばかりだ。

「じゃ、じゃぁ倉庫はどうし……」

「あの倉庫は公爵家の名で厳重に封鎖したよ」

そう言ったのはノールさんだ。確かに、誰彼構わず入ってこられては問題だ。

「それに、念のため検分したヴェストとアレクシ以外は、まだ誰も立ち入ってないんだ。君が意識を取り戻すまでは、と思ってね」

僕を待っててくれたのか……。ありがたい。あそこにはノールさんに見せたいものがある。行くなら一緒に……、ん？　待て！　地下道だって？

「ああそうだ。君のあの紫の花が……、私たちをまっすぐ倉庫へと案内してくれた。いつの間にあんな……君は用意がいい」

「花？」

ギクッ！

「紫の花か……、ユーリウス様の目と同じだね〜。へぇ〜」

「……なに……」

「アッシュ、きみ、ユーリ君のところに帰るっていう決意が漲ってるね」

「……うるさい……」

変なところで目ざといな、ナッツめ……。エスターまで、ホントそういうとこ……、ヤメロ！　その顔！

もうユーリってば……、そんな嬉しそうな顔しないでよ……。いやもう……全て事実だけど、どういう顔すればいいのか……、いたたまれない。

「医師が言うには二、三日、胃に負担のかからない食事を摂って、こうして休めば大丈夫だそうだ。安心したよ」

「若いからヒビは半月ほどで治るそうだし、その間、裏庭の水やりは僕がするから安静にするんだよ」

ニヤニヤするあの二人と違って、屋敷の良心二人ときたら……ホロリ……これだよこれ。

「シェフには消化にいいもの頼んであるからね〜。あとね、僕もこの間教えてくれたプリンだっけ？　作ってあるから持ってくるね〜」

「ありがと……」

けどなんだか……くすぐったいな。こういうの。でも、悪くない……

余り外出しなかった前世の僕。陽にあたらず不健康そうに見えて、実はそれほど病気にはかからなかった。常に空調の整えられた快適な部屋にいて……、持病と言えば肩こりと腰痛、そして眼精疲労くらい……

だから……知らなかったのだ。こうして心配されるのが案外いい気持ちだって事を……

ああ……祖母の言葉が蘇る。

「人は人との関わりの中でしか得られない感情があるのです。それは文字を追うだけでは分かりませんよ」

本当だ……。やはり祖母は正しかった。

「なんにしても……、ユーリウス様は感情の制御を学ばなければ。さすがに少し……、驚きました。ですが、感情が溢れるたびにこんな事があってはいけません。僕も協力しますから、感情、……つまり毒素の制御ができるよう頑張りましょうね」

あの時、ノールさんの瞳は驚愕に見開かれていた。既にユーリのひととなりを知っていた彼だからすぐに立ち直ったけど……、あれが普通の反応。

あんな顔をさせちゃいけない。相手が誰であっても。もう二度と。

「ノールの言う通りだ……。だができるだろうか……？」

そう。感情とは人との関わりで生まれる……。だからってそれに振り回されてはいけない。危険な可能性をその身に秘めた、……他でもないユーリだからこそ……

「制御なら、アッシュ君に協力してもらったら～？」

気の抜けるようなナッツの声がシリアスな空気をぶち壊した。

いきなり投げ込まれたキラーパス。っていうか、僕に何を協力しろって？

ユーリにとって、感情の制御は死活問題。絶対に克服しなければならない問題だ。怒るたびにあんなになっちゃ、小説みたいにいつか全てを失う。

ユーリを白金の部屋に閉じ込めるなんてそんな事、とても許容できない！

その回避のために何をしろって？　それがユーリのためなら僕はどんな協力も惜しまないとも！

「だって感情の制御ができればいいんでしょ～？　それならアッシュ君がこないだみたいに協力したらいいんじゃな～い？」

ナッツの提案はこうだ。ユーリの感情は僕がからむと千々に乱れる。逆に、僕を二度と危険に会わせないためなら、何が何でも暴走を抑えるだろう。だから同じシチュエーションを用意して反復練習、つまりイメトレの上位互換をすればいい、と。

「いくら感情が高ぶったって、アッシュ君のためなら暴走なんかしないよね～？」

な、なんだと!?　思わずユーリと顔を見合わせ、真っ赤になってパクパクと言葉を探す。いや、赤いのは僕だけだけど。

昨日みたいって……それは、つまり……、口と口を……その……、重ね……、いや、あれは違う、いや、違わない。そ、そういうのを世間一般では……接吻とか口づけとかベーゼとか……、キ、キスとか、言うんだよ！　ナーッツ！　何言ってんのー!!

あ……、あぁー!?　あれは……ファーストキ……、わぁ！　バカバカ！　僕のバカ！　おかしな事考えんなっ！

「あっ、あれは非常事態でっ、そのっ！　だ、だって！　ねぇ、ユーリ！　なんとか言ってよ！」

「……私はアッシュを危険に晒した。いくら制御のためとはいえ、私からそんな事は提案できない。できるはずもない。だがそうだな、……アッシュがやろうと言ってくれるなら、話は別だ」

「へっ？　あ、や、その、ユーリの制御は大切な事だし、僕だってできる協力はなんだって……したいとは思ってるけど……でも……あれは……そ」

動揺と羞恥がないまぜになって、上手く頭が働かない。ナッツ、怪我人に一体なんて苦行を……

「ナッツ。やはり私からは言えないよ。いくら効果的だからといって、そうとも、どれほどそれが有効な手段でも、毒素の制御のために、アッシュにその身を危険に晒してくれなんて……。こんなひどい目に遭ったばかりのアッシュに……。だが私のためにと……アッシュ自身が望んでくれるなら話は別だ」

あっ……！　ぼくのバカっ！　少し考えれば分かるじゃないか！　今の僕にユーリからお願いなんてできる訳がない。たとえそれがどれほど有効な方法でも。

ああ……、僕はこんな事にも気が付かないくらい思考力が低下して……ん？　……有効？

「そ、あれ？　や、なんか、ん？　ま、まぁ？　ユーリの制御がそれで進むなら？　そ、それくらいの協力？　やぶさかでないけど？」

有効……？　ホントに有効なんだよね……？

「いいのかい？　アッシュ、なんて優しい……あんな目に遭わせた私なんかのために……。ああ……やっぱりそんな事……そんな虫のいい事を頼んでいいはずがないっ！　駄目だアッシュ！　私はなんて身勝手なんだ！」

ああっ！　ユ、ユーリが嘆いている！　身体全体を震わせながら、苦悩に満ちた表情で……。えぇいっ誰だ！　こんな顔させた奴は！　僕だ！

「ユーリ……、いいよっ！　訓練しよう！　ユーリのためだもの！　これくらい何でもない！　僕にできる事ならなんだってするって！　全くもって問題ない！　僕に任せてよ!!」

ユーリにとって毒素の制御は至上の命題。やらいでか！

「アッシュ……君、チョロすぎ……」

「アッシュくん……まぁ君がいいならいいけど……」

外野が何か言ってるけど、気になんかしない。これは必要な事だ。これは必要なことだ！これは必要な事だからっー！

いや、恥ずかしいっちゃ恥ずかしいよ？　でも……、別に嫌な訳じゃ……だ、だってユーリは可愛いし……？　最近じゃ背も伸びて時々ドキっとするほどカッコいいし……？　いずれは僕の理想になる訳で……

こ、光栄と言えば光栄……、役得と言えば役得……？　そうだよね？

で、でも……その理想は、僕がそうなりたいっていう方の理想だったんだけど……

いいや！　これでまた一つ、国が滅亡から遠ざかると思えば……僕ってば救世主みたいなもんじゃ？　きっとそうだ……。そうだと思いたい……。お願い、誰かそうだと言って……

よく分からないうちに今後の方針が決まり、一段落着いた事で、甲斐甲斐しくもユーリは食事を「私が運ぶ」と言って部屋を出ていった。

まるで今にも踊り出しそうな軽やかな足取りに見えたのは気のせいだろうか？

その後ろをプリン担当、ナッツが追う。そうそう。デザートは大事だからね。

ふぅぅ……、今のうちにちょっとクールダウンしよう。頭が、顔が沸騰しそうだ……

なぜだろう……。場の成り行きを見守っていたユーリとナッツ以外の全員が、珍妙な顔でこちらを見るのは……。パタパタと顔を扇ぐ僕と目が合ったアレクシさんに至っては……サッと目を逸らされてしまった……

なにか……とんでもない事をしでかしてしまった気がする……

「ユーリウス様～。貸し一つですよ～」

「……なんの事か分からないが、貸しというからには借りは返せと言う事か。一応聞いておこう。何が望みだ」

「そんな大したものはいらないですよ～。ここでの暮らしにはとっても満足してるから。でもそうだなぁ……」

「なんだ」

「僕がシェフと、……何かそういった……ここぞ！　と言う時に、しっかりと後押ししてくれたらそれでいいですよ」

「ふっ、くくっ……、そうか。まぁ、覚えておこう」

ユーリが今回の件をまとめて大公に報告書を送るというので、アレクシさん、そしてヴェストさんはユーリについて出ていった。

静かな室内……人気の消えた寝室で、僕は一人思考を巡らせる。

思えばこの一年……、想像以上に大変な事が続いた。

そのほとんどがマテアスの姦計によるものだが、……【毒公爵】誕生のバックボーンにあの男がこれほどまでに関わっていたとは気づかなかった。モブかと思ったのに……。もっともマテアスの記述自体、WEB小説にはなかったのだけど……

あの暑い夏の日から、気がつけば二年の月日が経とうとしている。

僕たちは順調に平穏な日々を送っていた。いや、送っているつもりでいた。

ユーリの生活を整え、一人ずつ信用できる使用人を増やし、焦らず領民との感情問題を解決に導き、そして……毒にまつわる呪い、そして王家の制約を解いていけばいいのだと。

こうして荒事を起さず月日を重ね、その中で一つ一つの問題に取り組めばいい。そう思っていた。

……だがそうではないのかもしれない。

ユーリを苛む問題、それはいつも王都からやってくる。分かっているようで真に分かってはいなかったその本質を、図らずも今回、理解できた気がする……

二重にも三重にも張り巡らされたユーリを深淵へと誘う計略は、僕の都合などおかまいなしに否応なくユーリを巻き込む。

僕はより一層、覚悟を決めなければならない。

ユーリを護り、愛と平和に囲まれた幸せな未来を手に入れ享受するためには、このままではまだ足りないのだ。覚悟が、思考が、行動が、そして何より……情報が。

僕に足りているのはユーリを想う気持ちだけだ！

祖母の言葉を反芻する。この二年、何度も何度も思い出し大切にしてきた言葉だ。

「男は簡単に決意を覆さないのですよ。己の格が下がります。でなければ初めから決意や覚悟といった言葉を気安く使うんじゃありません」

祖母は僕にとってリスペクトの対象だ。僕は祖母の言葉を蔑《ないがし》ろにはしない。

傷だらけの僕の手には、固形化したユーリの毒素がある。

この固まった毒素はユーリの希望。これはサーダさんのスキルアップによって成し得た結果の産物。これは可能性だ！

サーダさんは変化した。そしてノールさんも変化した。ヴェストさんだってアップグレードしたんだ！

変わらない未来なんてどこにもない。ひたむきに自分と向き合い続ければ、きっとそこには輝かしい未来がある。

ユーリは変わる！　畏怖と忌避の象徴【毒公爵】から、大公のように人々の尊敬と称賛を集める【リッターホルムの公爵閣下】へと！

そのために僕がいる。

世界中の誰より彼を大切に思う、彼のチートな転生農家の息子が！

「ユーリを護る！　その覚悟が僕にはある！」

リッターホルムの星の下、揺るがない決意を新たに、……僕は手のひらに転がる黒いキャンディーを強く強く握りしめた。

この作品に対する皆様のご意見・ご感想をお待ちしております。

おハガキ・お手紙は以下の宛先にお送りください。

【宛先】

〒150-6019 東京都渋谷区恵比寿 4-20-3 恵比寿ｶﾞｰﾃﾞﾝﾌﾟﾚｲｽﾀﾜｰ 19F
（株）アルファポリス　書籍感想係

メールフォームでのご意見・ご感想は右のＱＲコードから、
あるいは以下のワードで検索をかけてください。

アルファポリス　書籍の感想　検索

ご感想はこちらから

本書は、「アルファポリス」（https://www.alphapolis.co.jp/）に掲載されていたものを、
改題、改稿、加筆のうえ、書籍化したものです。

チートな転生農《てんせいのう》家《か》の息《むす》子《こ》は悪《あく》の公爵《こうしゃく》を溺愛《できあい》する

kozzy（こーじー）

2024年 7月 20日初版発行

編集－徳井文香・森 順子
編集長－倉持真理
発行者－梶本雄介
発行所－株式会社アルファポリス
〒150-6019 東京都渋谷区恵比寿4-20-3 恵比寿ｶﾞｰﾃﾞﾝﾌﾟﾚｲｽﾀﾜｰ19F
TEL 03-6277-1601（営業） 03-6277-1602（編集）
URL https://www.alphapolis.co.jp/
発売元－株式会社星雲社（共同出版社・流通責任出版社）
〒112-0005 東京都文京区水道1-3-30
TEL 03-3868-3275
装丁・本文イラスト－たわん
装丁デザイン－しおざわりな（ムシカゴグラフィクス）
（レーベルフォーマットデザイン－円と球）
印刷－中央精版印刷株式会社

価格はカバーに表示されてあります。

落丁乱丁の場合はアルファポリスまでご連絡ください。

送料は小社負担でお取り替えします。


ISBN978-4-434-34170-0 C0093